Die Abrechnung des Schotten

HIGHLAND HUNTERS 7

KEIRA MONTCLAIR

KAPITEL EINS

Schottland, Vorfrühling, 1316

THEA DOUGLAS BRACH das Herz entzwei. Sie wusste nicht, was sie unternehmen sollte. Warum nur sah sie sich immer wieder vor Entscheidungen gestellt, die sie konfuser denn je machten?

Sie ließ ihren Blick von der einen Gruppe geliebter Menschen zur anderen wandern.

Maitland und Dyna standen auf einer Seite von ihr und warteten geduldig darauf, dass Thea sich ihrer Patrouille anschloss. Und auf ihrer anderen Seite? Ihre Eltern. Donnan und Bethia Douglas standen dicht beieinander, und sie wirkten beide so betrübt, wie Thea ihre Eltern noch nie erlebt hatte. Und ihre kleine Schwester Lorana, deren Mundwinkel auf eine wohlvertraute Weise nach unten zeigten, hielt sich am Rockzipfel ihrer Mutter fest.

»Ich fürchte, du kannst noch immer nicht klar denken, Thea«, meinte ihre Mutter.

Sie verstand nicht ganz, warum ihre Mutter so etwas sagen würde, und konnte sich nur vorstellen, dass es eine List war, die sie zum Einsatz brachte, um ihre Tochter daheim zu behalten. Für Thea war es allerdings Zeit, Stellung zu beziehen und für Schottland zu kämpfen. Sie musste einfach gehen, ohne allerdings zu wissen, wie sie ihre Eltern von ihrem plötzlichen Drang überzeugen sollte, in die Welt hinauszuziehen. Gerade in letzter Zeit war sie von verwirrenden Gedanken darüber überkommen worden, wer sie eigentlich war und wo sich ihr Platz im Leben befand. Sie glaubte, wie auch eine ganze Reihe ihrer Cousins und Cousinen, die Antwort auf der Patrouille zu finden, die dazu beitrug, ihre schottischen Landesgenossen vor den Engländern zu schützen. Viele von ihren Verwandten hatten dabei nicht nur sich selbst, sondern auch ihre Seelenverwandten gefunden, sich verliebt und schon bald waren sie den Bund der Ehe eingegangen.

Wäre sie nicht als Nächstes an der Reihe?

Doch bestand die Antwort für sie tatsächlich in der Ehe? Sie wusste es nicht. Sie liebte ihre Familie, ihre Haustiere und ihren Clan, aber wo war der rechte Platz für Thea Douglas? Worin bestand ihre Aufgabe in dieser Welt? Hatte sie überhaupt eine, oder war sie dazu bestimmt, sich ihrer größten Angst stellen zu müssen?

Nichts Besonderes zu sein.

»Ich glaube, ich sollte gehen«, meinte Thea und schaute ihre Eltern so intensiv an, dass sie hoffte, Loranas Gesicht würde aus ihrem Blickfeld weichen. Sie verabscheute zutiefst, ihre liebe Schwester enttäuschen zu müssen.

»Wir könnten ihre Hilfe wirklich gebrauchen«,

meldete sich Maitland zu Wort. »Da Ysenda und Isla noch auf der Black Isle sind, haben wir nur Wenna und vielleicht Reyna für eine kurze Zeit. Wie wäre es, wenn wir uns darauf einigen, dass sie alle zwei Wochen nach Hause kommt?«

»Das könnten wir einrichten«, fügte Dyna hinzu.

Die beiden führten die Patrouille an und hielten nach Engländern Ausschau, die nicht in ihr Gebiet gehörten. König Edward II. wollte ganz Schottland erobern, doch König Robert The Bruce hinderte ihn daran. König Robert hatte seinem Bruder in Irland beigestanden und Maitland und Dyna gebeten, während seiner Abwesenheit für Schottlands Schutz Sorge zu tragen. Alle Engländer in den Highlands führten nichts Gutes gegen die Schotten im Schilde. Nun sollte die Patrouille allerdings auch in den Lowlands unterwegs sein, um sicherzugehen, dass die Engländer keine Streitkräfte für eine Invasion sammelten. Edwards Männer hielten Berwick Castle weiter besetzt, obwohl König Robert geschworen hatte, es zurückzuerobern.

Theas Mutter schaute ihren Vater an, und er nickte ihr knapp zu. Ihre Mutter trat vor und sagte: »Ich würde mich gerne kurz mit meiner Tochter unterhalten, bevor sie sich von uns verabschiedet.«

»Natürlich«, gestand Maitland ihr zu. »Wir können Ramsay Hall aufsuchen, während ihr euch mit ihr unterhaltet. Wir werden uns erkundigen, ob Reyna und Wulf sich uns anschließen werden. Komm in die Halle, wenn du bereit bist, Thea.«

Maitland und Dyna verabschiedeten sich, und Theas Vater meinte: »Bethia, ich kann mit allen vierzehn Tagen leben. Kannst du das auch?«

Ihrer Mutter stiegen Tränen in die Augen, aber trotzdem antwortete sie: »Das kann ich auch. Aber bitte Thea, komm und begleite mich.«

Sie nickte und war hocherfreut, dass ihr erlaubt wurde, zu gehen. »Mama, ich bin sechsundzwanzig.«

»Ich weiß, wie alt du bist. Und ich weiß, dass du einfach gehen kannst, ohne dass wir dich zurückhalten könnten.« Ihre Mutter führte sie zur Tür hinaus und dann zur Badevorrichtung ihres Vaters hinunter, die zu den Dingen gehörte, die Thea auf Reisen vermisste. Das Gefühl, wenn das Wasser über ihren Körper rann, konnte einzig und allein von einem schönen Wasserfall im Sommer wiedergegeben werden. Ihr Vater hatte eine Möglichkeit erdacht, das Wasser durch die Sonne zu erwärmen, und sie liebte es. Ihre Schwester Lorana und sie duschten oft gemeinsam, und ihre Schwester kicherte, während das Wasser über ihren Körper hinwegfloss.

Am schmerzlichsten würde sie aber Lorana vermissen, wenn sie auch nur acht Sommer alt war.

Aber sie musste auch zu sich selbst finden.

»Geh mit unserem Segen, Tochter, denn ich möchte, dass du dich mit allen Sinnen auf die Patrouille konzentrierst. Ich weiß, dass Schottland auf starke Bogenschützinnen angewiesen ist, um die Sicherheit unseres Landes zu gewährleisten. Aber ich sorge mich auch um dich, und wenn du alle vierzehn Tage zurückkommst, würde ich mir keine allzu großen Sorgen machen.«

»Das verstehe ich, Mama. Außerdem könnte ich mich dann alle vierzehn Tage unter einer schönen Dusche reinigen.« Sie fasste nach der Hand ihrer Mutter und lächelte. »Ich muss fortgehen, um herauszufinden, wo mein Platz ist. Vielleicht hilft mir der Abstand von zu Hause meinen Weg zu finden.«

»Ich weiß, dass du konfus bist, aber du bist so geschickt im Umgang mit Tieren, so sanft, aber sorgfältig, dass ich immer davon geträumt habe, du würdest hier im Gebiet der Ramsays bleiben und meine Arbeit eines Tages fortsetzen. Meine Hände sind vielleicht nicht mehr lange einsatzfähig. Du weißt, wie sehr sie mich nachts schmerzen. Du könntest auch von Großmutter lernen und Heilerin werden. In der Umgebung deiner Heimat stehen dir viele Wege offen.«

Das war Thea wohl bewusst, aber wie sollte sie ihrer Mutter beibringen, dass sie sich etwas anderes wünschte? Ihr wohnte das dringende Bedürfnis inne, ihr Land zu verlassen, um auf Wanderschaft zu gehen und sich frei zu fühlen. Sie hatte miterlebt, wie ihre Cousinen auf Patrouille gingen. Und wie diese ihr Leben riskiert hatten, sich verliebten und so glücklich wurden, dass sie davon ganz überrascht waren. Thea hatte keinesfalls damit gerechnet, Reyna und Isla so zufrieden mit ihrem neuen Leben zu sehen. Doch das waren sie. Und Ceit hatte Brin Cameron geheiratet, und nun war Ysenda mit Lewis Haggert verlobt.

Ihr war allerdings auch bewusst, dass ein Ehemann nicht das einzige fehlende Glied in ihrem Leben war. Sie fühlte sich ruhelos. Sie wünschte sich mehr als alles andere, von hier wegzukommen und auf Reisen zu gehen. Sie wollte Edinburgh und Glasgow und Ayr sehen. Wieder nach Berwick oder Inverness reisen. Das geschäftige Leben in den Städten miterleben, das sie so fasziniert hatte.

Thea war auf der Suche nach etwas, von dem sie sicher war, es hier bei den Ramsays niemals zu finden. Das letzte Jahr ihres Lebens war unruhig und unbefriedigend verlaufen, obwohl sie sich über den Grund nicht ganz sicher war. Sie empfand eine gewisse Verpflichtung, bei ihren Eltern zu bleiben, doch andererseits wünschte sie sich, frei zu sein. Welcher Drang hatte im Moment die Oberhand? Es lief auf den letzteren hinaus und sie würde auf ihre Intuition hören.

»Ich verspreche dir, auf mich achtzugeben, Mama, und ich werde alle zwei Wochen nach Hause kommen. Du hast ja die Tiere der Ramsays, die dich beschäftigen. Versprich mir, dass du dich um meine Hunde kümmerst. Ich lasse sie nur ungern zurück, aber sie haben ja euch alle, die sie versorgen.«

Ihre Mutter verdrehte tatsächlich die Augen. »Das ist wahr, aber sie sind nicht so glücklich, wenn du fort bist. Ich werde deine Hunde für einige Tage zu Torrian und seinem Trupp schicken. Das wird sie ermüden, während sie auf dich warten.«

Thea umarmte ihre Mutter kurz und gab ihr einen Kuss auf die Wange. »Ich liebe dich, Mama. Drystan wird bald zu Besuch kommen. Ich bin sicher, dass er schon überfällig ist.« Ihr einziger Bruder verbrachte einige Monde bei Connor Grant, der für seine Kunst im Umgang mit dem Schwert berühmt war. Ihr Bruder scherzte, dass er im fortgeschrittenen Alter von vierunddreißig Jahren noch Förderung bedurfte.

»Also gut«, meinte ihre Mutter und richtete ihren starren Blick zu den Bäumen, als würde sie ihre Worte sorgfältig abwägen. »Geh mit meinem Segen. Halte deine Augen offen und bewahre immer die Ruhe. Hör auf Maitland und Dyna. Sie kennen sich mit den Kampfbedingungen gut aus. Ich hoffe, König Robert kehrt bald zurück, um zu kämpfen. Wir müssen Edwards ständigen Angriffen ein Ende setzen. Ihre Mutter küsste sie auf die Wange und nahm sie kurz in den Arm. »Geh und pack deine Sachen, während ich einen Beutel mit Proviant für dich vorbereite.«

Thea pfiff nach ihren Hirschhunden, Bo und Gerland. Die beiden Hunde kamen von ihrem Lieblingsort, dem Wald, über das offene Gelände angerannt. Sie waren zwei Jahre alte Brüder und sie stammten aus einem Wurf von Torrians bestem Hirschhundepaar. Trotz ihrer Größe benahmen sie sich immer noch wie kleine Rabauken.

Bo war der dunklere der beiden, und seine Hüften wackelten, während er mit dem Schwanz wedelte. Er liebte es, sich an ihr zu reiben, wenn er besonders aufgeregt war. Das schlechte Gewissen, das sie für einen kurzen Augenblick überkam, weil sie die beiden verlassen würde, konnte sie nicht umstimmen.

»Ihr werdet nicht mehr so überschwänglich sein, wenn ihr erst merkt, dass ich fort bin. Es ist nur für eine kurze Zeit, und dann bin ich wieder da.«

Gerland war eine Spur größer als sein Bruder und von einem helleren grau. Er drückte mit seiner Nase auf der Suche nach einem Leckerbissen oder einer Streicheleinheit seines Ohrs gegen ihre Hand.

»Ich habe keine Leckerbissen, und nur Ohrenkraulen für euch.« Überschwänglich streichelte sie beide Hunde, während diese mit ihren Leibern hin und her wackelten und seltsame freudige Geräusche von sich gaben. »Ihr müsst hierbleiben und Lorana beschützen.«

Ihr Vater kam aus dem Haus und die beiden Hunde rasten mit voller Geschwindigkeit auf ihn zu. »Gut. Papa, kannst du sie ein bisschen ablenken? Ich muss packen gehen.«

Ihr Vater redete nicht viel, aber seine wenigen Worte waren in der Regel sehr wertvoll. »Deine Mutter macht sich noch immer Sorgen um dich. Enttäusche sie nicht.« Sein Haar war eine Mischung aus Grau und Dunkelbraun. Sein Gesicht trug die Falten, die sein Alter verrieten, aber seine Hände waren so flink wie immer. Tante Brenna hatte behauptet, es läge daran, dass er sie beim Bau all seiner Gerätschaften und Erfindungen so viel arbeiten ließ.

Thea liebte ihn. Er war ihr Fels in der

Brandung und immer für sie da, und er gab ihr kluge Ratschläge, die sie wie einen Schatz hütete und in ihrem Herzen aufbewahrte. Sie würde ihn sehr vermissen, ebenso wie ihre Mutter und ihre Schwester.

»Das weiß ich«, gab sie zur Antwort und stellte sich auf die Zehenspitzen, um ihn auf die Wange zu küssen. »Aber Drystan sollte bald wieder hier sein.«

»Du weißt, was ich meine, Mädchen.«

Anstatt sich noch mehr Belehrungen anzuhören, entschloss sie sich, ihm auf Wiedersehen zu sagen. »Ich muss packen gehen, Papa.«

»Viel Glück, und wir werden uns in zwei Wochen wiedersehen, nicht später.« Er nickte zur Bekräftigung und lenkte seine Schritte zu seiner Werkstatt voller Holz und Gerätschaften. Er hatte die Werkstatt vor Jahren erbaut, um Platz für den Bau all seiner Erfindungen zu haben, und normalerweise begleitete sie ihn gerne, aber heute nicht.

Thea wollte ein Abenteuer, und sie konnte kaum erwarten, zu erleben, was die Welt für sie bereithielt.

***

Willum MacLerie saß im Mittelpunkt der großen Halle der Ramsays und wartete auf das Eintreffen von Maitland und Dyna, damit sie ihn über ihre nächste Patrouille aufs Laufende bringen konnten. Seine Eltern waren gekommen, um das Weihnachtsfest mit der Familie seiner Mutter zu verbringen, um dann allerdings erfahren zu müssen, dass Großmutter und Großvater auf Black Isle waren.

Tante Sorcha setzte sich neben ihn. »Willst du schon aufbrechen, Willum? Ich glaube, Cadyn möchte bei der nächsten Patrouille dabei sein.«

Willum nickte. »Du weißt, dass ich gerne in Bewegung bleibe, Tante. Hoffentlich wird Cadyn bald wieder zu uns stoßen. Gibt es einen Grund, warum er nicht mit uns auf Patrouille geht?« Er wusste, dass Cadyn frisch verheiratet war, hatte jedoch nicht erwartet, dass sich dessen Leben dadurch drastisch ändern würde. Allerdings hatten scheinbar all die jüngsten Verbindungen zwischen den Mitgliedern der Patrouille das Leben vieler von ihnen verändert. Er konnte nicht umhin, sich mit der Frage zu beschäftigen, wann es ihm beschieden sein würde, die Liebe seines Lebens zu finden.

»Tryana ist schwanger und sie hat es schwer mit dem Kind. Und auch Perrin hat mit seinem neuen Leben zu kämpfen, obwohl er hier viel glücklicher ist als dort, wo er vorher gelebt hat. Wulf und Tryana tun alles in ihrer Macht Stehende, um alle seinen Bedürfnissen gerecht zu werden. Der arme Junge gerät jedoch jedes Mal wieder aufs Neue in Panik, wenn jemand davon spricht, dass er das Gebiet der Ramsays verlassen soll. Wenn Cadyn auf Patrouille ginge, wäre das für ihn verheerend. Er hat sich sehr an ihn gewöhnt.«

»Ich wünsche ihm das Beste aber sage ihm bitte, dass er vermisst wird.»

»Das werde ich. Jetzt ist es an dir, eine Frau zu finden. Hast du dich bereits umgesehen und schon jemanden ins Auge gefasst?«

Über die Akkuratesse überrascht, mit der seine Tante seine Gedanken lesen konnte, errötete er. »Ich habe Zeit.«

»Und Wenna. Sie sollte bald jemanden finden. Sie einige Jahre älter als du. Ist es nicht so, Willum?«

»Ja. Sie ist siebenundzwanzig. Ich bin zwei Jahre jünger. Wir haben es beide nicht eilig.«

»Ich werde Cailean suchen. Ich wünsche euch viel Glück auf eurer Reise.«

Tante Sorcha verabschiedete sich gerade, als die Tür geöffnet wurde. Maitland und Dyna traten ein und Maitland hielt direkt auf Willums Tisch zu, während Dyna zu seinen Eltern ging, die an einem anderen Tisch saßen.

»Bist du bereit, Willum?«

»Aye. Gib mir bitte noch etwas Zeit zum Vorbereiten.« Er blickte zu seinem Vater hinüber und nickte, um ihm mitzuteilen, dass er tatsächlich aufbrechen würde. Seine Mutter wollte auf die Rückkehr ihrer Eltern warten, also würden sie noch mindestens eine weitere Woche bleiben.

»Ausgezeichnet«, meinte Maitland. »Wir haben eine Aufforderung für einen kurzen Auftrag erhalten. König Robert wünscht, dass wir nach Edinburgh reisen. Er hat von einer kleinen Gruppe von Engländern erfahren, die irgendwo zwischen hier und der Stadt reisende Schotten überfallen und ihnen all ihr Geld rauben. Unser König geht davon aus, dass sie sich in Edinburgh befinden. Dafür brauchen wir keinen großen Trupp.«

Willums Vater erhob sich und trat zu ihnen. »Maitland, ich vermute einmal, dass du einen weiteren Trupp für deine nächste Patrouille im Auftrag von König Robert zusammenstellst?«

Maitland berührte den älteren Mann an der Schulter. »Aye, ich möchte, dass Willum uns auf dieser Patrouille begleitet, Will. Wir wollen in vierzehn Tagen zurückkehren, und dann möchte ich, dass Wenna uns auf der nächsten Patrouille begleitet. Diese Reise sollte kurz sein, also brauchen wir nicht viele Leute. Was die nächste Patrouille angeht, kann ich das noch nicht sicher sagen, aber ich bin gerne im Voraus vorbereitet.«

»Wer sind die sechs für diesen Auftrag?«, wollte Will wissen.

»Thea, Willum, Reyna und Wulf«, zählte er auf, da er wusste, dass es als selbstverständlich galt, dass Dyna ebenfalls auf Reisen ging.

Sein Vater blickte ihn mit einem subtilen Lächeln an. »Ich bin sicher, dass Willum unbedingt mitkommen will. Er bleibt nicht gern für längere Zeit am gleichen Ort, wie du sehr gut weißt, Maitland. Willum, nimm einen der Falken mit, wenn du willst.«

»Sie sind immer willkommen«, entgegnete Maitland mit einem Lächeln.

Willum war über die Liste der Mitglieder des Trupps erfreut und über die Möglichkeit, einen Falken mitzunehmen. Mehr noch, wartete er sehnsüchtig auf das Ende des Gesprächs, damit er die Halle verlassen und sich auf die

Reise vorbereiten konnte. Er verabscheute Menschenansammlungen, insbesondere innerhalb von Mauern. Er zog es vor, nachts beim Einschlafen, nur die Bäume und den Himmel über seinem Kopf zu sehen.

Seine Eltern hatten ihn und seine Schwester anfangs in einer Höhle aufgezogen und nun fiel es ihm schwer, sich für längere Zeit in Räumen aufzuhalten. Nach vielen Jahren waren sie schließlich in ein kleines Häuschen unweit der Ramsays gezogen, aber im Sommer und Herbst zog er den Himmel als Dach vor. In den warmen Monaten schlief er oft hinter dem Häuschen. Das friedliche Zwitschern der Vögel und die frische Luft wirkten beruhigend auf seine Seele. Allerdings hatte er auch viele Nächte in einer tiefen Höhle verbracht, wo ein Feuer nah am Eingang ihn nachts warmhielt. Seine Mutter hatte einige ihrer Kleidungsstücke aus den Fellen von Kaninchen und Rehen hergestellt, da diese wärmer hielten und trockener blieben. Sie besaß ein besonderes Geschick im Umgang mit Leder und Fellen und brachte ihrer Familie zum Weihnachtsfest einige neue Kleidungsstücke mit.

Er war aufgestanden, als Tante Sorcha sich verabschiedete und sein Vater sich zu ihnen gesellt hatte. Das war zum Teil aus Respekt geschehen, aber auch, weil er es nicht erwarten konnte, vor die Tür zu gelangen, wenn der Himmel auch grau und bewölkt war. Er bekam eine trockene Haut vom Kamin, wenn er sich zu lange drinnen aufhielt.

Seine Geduld war jedoch belohnt worden.

Da er nun wusste, dass Thea mitkam, war die Reise noch verlockender. Wenn er sich nur davonstehlen könnte, um mit ihr zu plaudern, wäre er noch glücklicher.

Er musste sich eingestehen, dass Thea Douglas ihm immer besser gefiel, je mehr er von ihr sah. Sie war eine hervorragende Bogenschützin, und das machte sie zu einer starken Frau. Sie war nicht nur klug und bildschön, sondern auch eine der wenigen Frauen aus dem Clan, die ein wenig breiter in der Hüfte waren als die meisten. Das gefiel ihm. Obwohl er die meiste Zeit seines Lebens in der Wildnis und in einer Höhle verlebt hatte, war er mit genügend Frauen zusammen gewesen, um sich im Klaren darüber zu sein, dass er diejenigen bevorzugte, die nicht zu dünn waren. Er war so groß wie sein Vater, und das eine Mal, als er mit einer dünnen Frau zusammen gewesen war, hatte er befürchtet, ihr bei jeder Berührung Schaden zuzufügen.

Thea war seiner Ansicht nach nahezu perfekt. Sie war stark, klug, geschickt und geistreich. Sie war solide. So würde er sie bezeichnen. Was könnte er sich mehr von einer Frau wünschen? Sie war nicht die Art von Frau, die vom Winde verweht wurde. Die arme Ysenda war über den Rand einer Schlucht geschleudert worden, als wäre sie nicht mehr als ein Zweig, der auf dem Weg abprallte und brach. Wäre sie mehr wie Thea gebaut gewesen, hätte sie nie diese vielen Verletzungen erlitten, und darauf würde er wetten.

Auch seine Schwester Wenna war dünn.

Obwohl sie älter als er war, hatte sie noch viel zu lernen. Sie hatte mit dem Bogenschießen ihre Mühe gehabt, doch sie war dabeigeblieben, weil ihre Mutter eine der besten Bogenschützinnen im ganzen Land gewesen war. Schließlich hatte sie einen guten Umgang mit ihrem Bogen gemeistert und sie war auch in der Lage ein gutes Pferd zu reiten, aber in der Wildnis war sie oft unaufmerksam. Sie hatte große Angst vor Spinnen und Wildschweinen. Es genügte, wenn sich eine Spinne von einer Baumkrone auf ihren Arm fallen ließ, und ihre Schreie waren weithin zu hören.

»Bleibt Wenna hier?«, fragte er seinen Vater.

»Ja, sie wollte ihre Großeltern sehen, bevor sie auf Patrouille geht. Ich bin mir sicher, dass du sie nach deiner Rückkehr wiedersehen wirst, aber sie verbringt ihre Zeit am liebsten mit Großmutter auf dem Bogenschießplatz, und das sogar bei dem kalten Wetter.« Sein Vater fuhr sich mit der Hand durch das Haar und strich sich dann ein paar der wilden Strähnen aus dem Gesicht. »Wir wollen sie nicht enttäuschen, wo wir doch hier sind.«

Die Tür ging auf, und Thea schritt herein, um dann gleich darauf eine prall gefüllte Satteltasche neben der Tür abzusetzen. Sie ging direkt auf ihren Tisch zu.

»Du hast nicht lange zum Packen gebraucht«, bemerkte Maitland.

»Nein, ich bin bereit, auf Reisen zu gehen.« Sie grinste und schaute vielsagend zu Willum. »Ihr wisst, wie gern ich unterwegs bin.«

Dieser Blick brachte ihn auf Gedanken, die

er sich niemals eingestehen würde. Durch das Heben ihrer Augenbrauen wurde ihr Blick so verführerisch, dass er ihn bis direkt ins Gemächt spürte. Bei ihrem Gesichtsausdruck beschwor seine Fantasie Visionen von Thea auf dem Pferd herauf, die den Feind grimmigen Blickes bekämpfte. Er liebte es, ihr zuzuschauen, wenn sie in Aktion war. Ihre Fähigkeit, sich auf ihr Ziel zu konzentrieren, war erstaunlich und die meisten Krieger mussten diese Kunst erst in jahrelanger Übung lernen, wenn er es recht bedachte. Thea besaß diese Fähigkeit, als ob sie ihr angeboren wäre, wie die Tiere des Waldes, die sich geduldig anpirschten. Sie war die Königin der Kreaturen, und sie bot für ihn einen Anblick, den er so verlockend und reizvoll fand, dass er sich zwingen musste, wieder zur Ruhe zu kommen und seinen Herzschlag zu verlangsamen.

Er schaute sich nach den anderen in der Halle um, da er wusste, dass dies seinen Körper beruhigen würde, aber seine Reaktion auf ihre Anwesenheit ließ ihn innehalten. Er musste lernen, seine sexuelle Reaktion auf diese Frau zu beherrschen.

Andererseits könnten sie beide auf dieser Patrouille in Schwierigkeiten geraten.

KAPITEL ZWEI

THEA BLICKTE ZU Willum auf, dem geheimnisvollsten Mitglied ihrer Patrouillen, dessen langes, dunkles Haar oft vom Wind zerzaust war und seine Gesichtszüge verbarg. Er sprach wenig, aber er nahm alles wahr.

»Thea, ich nehme einen Falken mit auf diese Reise. Willst du mich begleiten, während ich ihn vorbereite?«

»Ja, das mache ich gerne.«

»Ich trage deine Tasche für dich raus.«

Thea wurde bei dieser kleinen Geste fast ohnmächtig. Normalerweise wäre sie über das Hilfsangebot verärgert gewesen – sie war durchaus in der Lage, ihre Tasche selbst zu tragen, doch die Vorstellung, dass ein Mann ihr half, insbesondere Willum, gefiel ihr sehr.

Sie hatte einen Verdacht, warum so viele ihrer Cousinen sich während einer Patrouille verliebt hatten. Es war die Freiheit vom Clan. Sie war frei von ihren Eltern oder Onkel Logan, die ihr über die Schulter schauten und bereit waren, alles herauszuposaunen. Da sie in ihrem Leben nicht viel gereist war, kannte sie außer den Männern des Ramsay und Grant Clans nur wenige andere, und mit den meisten von ihnen war sie verwandt.

Die Heirat von Brenna Grant mit Quade Ramsay führte zu einem wunderbaren Bündnis zwischen den beiden Clans, was jedoch die Heirat aller Nachkommen erschwerte, da Brenna die Heirat von Cousins und Cousinen nicht zulassen wollte.

Es waren jedoch viele junge Menschen von beiden Clans adoptiert worden, sodass diese ohne Bedenken jeden heiraten konnten. Tante Molly, Tante Maggie, Loki, Simone und Kenzie gehörten unter vielen anderen zu den Adoptierten. Auch Willum war einer von ihnen; denn seine in England geborene Mutter war vom Clan adoptiert worden.

Ein weitaus bedeutsamerer Aspekt bestand jedoch in Willums gutem Aussehen. Er war der stille, rätselhafte Typ, der sein Schwert ebenso gut beherrschte wie seinen Bogen, wobei er aber dennoch sanft genug war, jegliche Art von Vogel oder Tier zu handhaben, ohne ihm auch nur eine Feder zu krümmen. Willum und sie hatten so viel gemeinsam. Er schien sich in der Nähe von Tieren wohler zu fühlen als in der von Menschen, wie es ihr auch häufig selbst erging. Ihre Mutter nahm sich der Tiere des Clans an – Kühe, Schafe, Pferde, Hunde, Hühner – einfach alle. Wenn sie auch nicht so erfahren mit dem Federvieh war, fühlte sich Thea zu den gefiederten Kreaturen genauso hingezogen wie zu allen anderen Tieren. Und da Thea viele ihrer Tage mit ihrer Mutter verbrachte, konnte sie mit den Tieren und Vögeln fast so gut umgehen wie ihre Lehrmeisterin.

Das konnte Willum ebenfalls. Es gefiel ihr sehr, wenn ein großer, dunkelhaariger Mann nach einem Kaninchen griff und es streichelte, als wäre es das Schönste auf der Welt. Sie schwor, dass sie erlebt hatte, wie er einmal einem Kaninchen etwas vorgegurrt hatte. Sie hatte gekichert, und er hatte ihr mit einem bezaubernden Grinsen geantwortet.

Deshalb fühlte sie sich auch nicht schuldig, als sie nun den ersten Schwächeanfall ihres Lebens hatte, weil er ihre Tasche aufhob und ihr die Tür aufhielt, bevor er dann vor ihr her schritt und mit einer wackelnden Augenbraue und einem Lächeln zu ihr zurückblickte.

Es lag insbesondere an seinen Augen, die eine seltsame Mischung aus Blau und Grün waren. Es war die Farbe, hatte sie gehört, welche in den tiefsten Gewässern der Welt zu finden war, aber Genaues wusste sie nicht darüber. Sie wusste nur, wie gern sie es hatte, wenn diese mystischen Augen auf sie gerichtet waren.

»Welchen Falken wirst du mitnehmen?«, fragte sie und musste in einen Laufschritt fallen, um mit seinen langen Schritten Schritt zu halten.

»Meine Wahl ist der Wanderfalke. Er hat den absolut schnellsten Sturzflug aller Vögel, und es ist eine Wonne, ihn in Aktion zu beobachten. Er heißt Blue, weil er fast blaue Augen hat und nicht die üblichen blaugrauen. Ich habe ihn seit etwa drei Jahren.« Er führte sie in den Bereich vor dem Tor hinunter und dann pfiff er und hielt seinen

Arm in die Luft. Die schwere Wolle seiner Tunika schützte ihn vor den scharfen Krallen des Vogels. Es hatte ganz den Anschein, als wäre eigens für diesen Zweck ein besonders dickes Stück Stoff an den Ärmel seines Gewandes genäht worden.

Fast unverzüglich erschien ein schneller, schlanker Raubvogel. Thea hatte von der Falknerei vor allem durch Willums Vater gehört, der als Ausbilder einen guten Ruf genoss. Tatsächlich hatte er einmal Vögel für den Vater des jetzigen Königs, Edward I., geschult.

Der derzeitige König Edward würde so etwas nie erbitten – er war ein hassenswerter Bastard. Sie selbst fand die Falknerei faszinierend, ohne jedoch selbst je die Gelegenheit gehabt zu haben, sie auszuprobieren. Möglicherweise erbot sich Willum als Lehrmeister und sie könnte etwas darüber lernen. Dabei würde sie Gelegenheit erhalten mehr Zeit mit ihm zu verbringen.

Der Falke kreiste über ihm, und sobald Willum einen zweiten Pfiff ertönen ließ, richtete er seinen Blick auf seinen Ausbilder und flog auf ihn zu, wobei er einen wunderschönen Sturzflug vollführte und auf Willum zuhielt. Thea wich zwei Schritte zurück, als der Vogel seine Flügel ausbreitete, um seinen Sinkflug abzubremsen.

»Hab keine Angst. Ich verspreche dir, dass Blue dich nicht mit seinen Flügeln treffen wird, wenn du in der Nähe bist. Diese Vögel verfügen über eine erstaunliche Kontrolle.« Sein Gesicht hellte sich auf, als Blue immer näher kam, und Thea war zwischen der Freude auf Willums Gesicht und dem Rausch des Vogelflugs hin und her gerissen.

Willum streckte zu Beruhigung die andere Hand nach ihr aus, während er seinem zahmen Raubvogel zugurrte, der im Nu landete und mit den Flügeln schlug, was den Armbewegungen eines Königs nicht unähnlich war, der gerade dem besten seiner Ritter eine Auszeichnung überreicht hatte. Der Falke wirkte mit seinem grau-schwarzen Kopf und dem weißen Hals ungemein majestätisch. Sie war von seiner Geschicklichkeit und Kraft in Bann geschlagen.

Sobald der Vogel gelandet war, bot Willum ihm einen kleinen Leckerbissen an, den der Vogel annahm, ehe er sich dann umdrehte und sie musterte, während er seine Belohnung verspeiste.

»Möchtest du, dass er auf deinem Arm landet?«, fragte Willum mit ernster Miene. Er betastete ihren Ärmel und sagte: »Der Soff ist dick genug. Er wird deine zarte Haut nicht verletzen, das verspreche ich.«

»Aber würde er nicht lieber auf deinem Arm hocken als auf meinem?« Sie musste zugeben, dass ihr die Aussicht auf die scharfen Krallen, die ihre Haut berührten, ein wenig Angst bereitete.

»Nein. Ich werde hier neben dir stehen. Aye? Versuch es doch mal.«

Sie nickte, aber hauptsächlich, weil sie von seinen Augen fasziniert war, die sie nun in so großer Nähe vor sich hatte. In diesem Moment kam die Sonne hinter den Wolken hervor, und seine Augen bekamen die Farbe eines klaren Sommerhimmels, die allerdings ein Glitzern enthielten.

»Was ist?«

»Nichts«, antwortete sie und musste heftig schlucken, da er sie erwischt hatte, wie sie in angestarrt hatte. »Deine Augen haben so eine interessante Farbe. Teils blau, teils grün. Das ist sehr schön.«

»Wie mein Vater. Seine Augen waren ebenso. Wennas Augen sind genauso blau wie Mamas. Also, was sagst du? Willst du Blue auf deinem Arm landen lassen?« Er beugte sich hinunter und flüsterte ihr ins Ohr. »Ich verspreche dir, dass es dir gefallen wird.«

Ein Schauer überlief ihren Rücken, und sie war plötzlich machtlos, seine Einladung zurückzuweisen. Sie war so fasziniert davon, Willum so nahe zu sein, dass sie nickte, ohne einen Gedanken an die Folgen zu verschwenden. Der Mann hatte sie in seinen Bann gezogen. Warum war er ihr nie zuvor aufgefallen?

Dieser Mann berührte sie mehr als jeder andere zuvor. Wann hatte einer von ihnen sie je dazu gebracht, zu vergessen, woran sie gerade gedacht hatte? Das waren zu viele Fragen, auf die sie keine Antworten hatte. Ihr Herz war im Begriff, die Oberhand über ihren Verstand zu gewinnen.

Willum hob seinen Arm und schwang ihn ein Stück zur Seite, woraufhin Blue in den Himmel segelte, sich dann wieder ein Stück sinken ließ und dann wieder höher flog.

»Was muss ich tun?« Ihr Blick huschte zwischen Willum und Blue hin und her. Was hatte sie sich nur dabei gedacht, dieser Torheit zuzustimmen? Sie hatte keine Ahnung, wie sie die Ruhe bewahren sollte, und sie besaß genügend Erfahrung mit Tieren, um zu wissen, wie bedeutsam das eigene Verhalten war, um ihr Vertrauen zu erlangen. Eine Missachtung dieses Kodex könnte katastrophal sein.

Er drehte sich um und legte einen Arm um ihre Schultern. »Bleibe gelassen und es wird alles gut gehen. Hör einfach zu. Ich werde nach ihm pfeifen. Er wird nicht auf dich hören. Wusstest du, dass die alten Könige ihre Falken darauf geschult hatten, sie vor der Sonne zu schützen? Bei uns ist es so oft bewölkt, dass wir diesen Dienst nicht brauchen, aber ich habe mich sehr oft gefragt, wie man einen Vogel für so etwas abrichtet. Sie benutzten einen Falken oder einen Habicht als Schattenspender. Kannst du dir das vorstellen?«

»Das klingt überaus interessant. Ich würde gerne mehr darüber erfahren, wie du deine Vögel ausbildest. Allerdings muss ich gestehen, dass ich ein klein wenig nervös bin. Versprichst du mir, dass du mir hilfst? Wirst du ihn jetzt herbeirufen?«

»Wenn du nichts dagegen einzuwenden hast, rufe ich ihn und ich verspreche, dir bei seiner Landung beizustehen. Er wird nett zu dir sein.« Er grinste, sein Lächeln war voller Wärme und guter Laune.

Der Mann war nahezu perfekt.

»Einverstanden. Wann immer du willst.« Sie willigte einfach deshalb ein, weil ihr der Gedanke gefiel, dass er ihr dann näher war.

»Darf ich dich berühren?«

Sie nickte und dachte, dass sie sich nichts mehr wünschte. Diesen Gedanken behielt sie allerdings für sich.

Er legte die Hände um ihre Hüften und richtete sie so aus, wie er es für richtig hielt, ehe er dann um sie herumging und sich hinter sie stellte. Dann hob er ihren Arm vor ihr hoch. Er pfiff einmal nach Blue und der Vogel kam wieder in ihr Blickfeld.

»Jetzt halte deinen Arm genau dahin. Nicht in einer Linie mit deinem Gesicht, sondern vor der Linie deines Körpers.«

Willum trat näher heran, bis ihre Körper aneinandergeschmiegt waren. Es war Vorfrühling und es war eine leichte Brise aufgekommen, aber noch nie in ihrem Leben war ihr so warm gewesen. Sie fühlte sich von einer Hitze verzehrt, die von seinem Körper auf den ihren überging. Wie gebannt stand sie da und wartete, ob er etwas sagen würde. Das tat er allerdings nicht, sondern er wechselte seine Stellung stattdessen so, dass sein Kinn fast auf ihrem Kopf lag. Er pfiff ein zweites Mal, hielt ihren Arm fest und sagte: »Jetzt lass deinen Arm genau da.«

Dann trat er einen Schritt zurück und stellte sich vor sie. Sie schaute ihn an, und sein Gesichtsausdruck war so voller Freude und Wertschätzung für seinen Falken, dass sie sich ganz ergriffen fühlte. Wenn er sie nur so ansehen würde.

Er hob ihren Ellbogen ein wenig an. »Da kommt er.«

»Was soll ich tun?« Ein seltsames Kichern lag in ihrer Stimme, denn sie fürchtete sich ein bisschen.

»Nichts. Er wird gleich zu dir fliegen, das verspreche ich.« Willum hob den Kopf und pfiff erneut. Dann kam Blue direkt auf sie zugeflogen, sein Blick war nun auf sie gerichtet und nicht mehr auf seinen Herrn.

Ein solches Hochgefühl hatte sie noch nie erlebt. Je näher der Vogel kam, desto mehr reagierte ihr Körper. Sie wollte Willum ansehen, wagte es aber nicht.

Willum flüsterte: »Gute Arbeit. Behalte ihn im Auge. Er wird in einem Wimpernschlag landen, also halte deinen Arm fest in seiner Position.«

Da sie nicht imstande war, sich zu rühren, quiekte sie ein wenig mit geschlossenem Mund, und ihr Körper vibrierte vor Erregung, als Blue direkt auf ihrem Arm landete und sie mit seinen Augen fixierte, ehe er sich zu Willum umdrehte.

»Gut gemacht, Blue!« Willum gab ihm einen Leckerbissen, und der Vogel schaute zwischen den beiden hin und her, da er wahrscheinlich nach einem weiteren Leckerbissen Ausschau hielt.

»Was frisst er denn? Ich dachte, die Raubvögel ernähren sich von kleineren Vögeln, aber mit was fütterst du ihn?«

»Das ist von der Jahreszeit abhängig. Meistens bevorzugt Blue andere Vögel, aber im Winter frisst er auch Mäuse und kleine Nagetiere. Ich habe sogar schon gesehen, wie einige von Papas Vögeln Kaninchen gefressen haben, aber wir versuchen, das zu verhindern, weil ich Kaninchen liebe. Blue frisst keine Kaninchen.«

Bei dem Gedanken, dass dieser große Highlander Kaninchen als Haustiere hielt, schmolz ihr Herz dahin. Die musste sie eines Tages mit eigenen Augen sehen. »Was hast du ihm gegeben?«

»Hier. Ich habe ein paar Brocken Trockenfleisch. Wir stellen es nur für die Vögel und die Ausbildung her. Zu ihren Mahlzeiten bekommen sie ganze Beutetiere zu fressen.«

Sie bot Blue einen kleinen Brocken Fleisch an und quiekte, als er es ihr abnahm.

»Ist dein Arm schon müde?«

»Ja, ein kleines bisschen.«

»Ich zeige dir, wie du ihn wegschickst.«

Er demonstrierte mit seinem Arm, was zu tun war, dann machte sie seine Bewegung nach und Blue hob ab, wobei er seine Flügel mit einer solchen Anmut und Schönheit ausbreitete, dass ihr ganz ehrfürchtig zumute wurde.

»Vielen Dank, dass du mir Blue vorgestellt hast.«

Willum lächelte und griff nach ihrer Hand. »Komm. Wahrscheinlich warten sie schon auf uns. Es ist Zeit für eine neue Patrouille.«

Lächelnd drückte sie seine Hand. Diese Patrouille bekam von Augenblick zu Augenblick immer bessere Aussichten.

KAPITEL DREI

———⁓———

DER TRUPP TRAF sich bei den Ställen, um die Pferde vorzubereiten, aber Willum war überrascht, dass nur Maitland und Dyna mit seinem Vater und Theas Vater, Donnan, sprachen.

Maitland wandte sich um, um Willum und Thea in das Gespräch einzubeziehen, als er ihr Näherkommen bemerkte. »Wir werden eine kurze Reise machen und planen, in zwei Wochen zurückzukehren. Sobald der Winter endgültig vorbei ist, werden wir dann Verstärkung brauchen. Wie ihr wisst, wagen sich bei diesem Wetter nicht viele so weit in die Highlands.«

Der Schnee fiel in trägen Schauern, und es war ein typischer Tag im Vorfrühling. Willum freute sich über den Schnee, denn er bedeckte das tote Gras und ließ die Landschaft sauber und hell erscheinen. Abgesehen von den immergrünen Bäumen und Sträuchern boten die kahlen Äste der meisten Bäume einen tristen Anblick.

Durch den Schnee wurde die Aussicht auf die bewaldeten Hügel allerdings spektakulär.

Wulf kam eilig heraus, und er war ganz rot im

Gesicht. »Wir können euch nicht begleiten. Es tut mir leid, aber Reyna geht es nicht gut.«

Dyna drehte sich um und fragte: »Was ist das Problem?«

Von Dynas Frage überrascht warf Thea einen Blick auf Willum, bevor sie zu ihrem Vater zurückblickte, der mit den Schultern zuckte.

»Sie hat sich über die ganze Halle erbrochen«, antwortete Wulf. »Geht nicht rein — das ist kein Anblick, den sie jemanden sehen lassen will. Und sie ist wütend, weil Gwyneth und Brenna hier sind. Wir können nicht mitkommen, aber wo finden wir die nächste Heilerin? Jennet und Brigid sind weg. Keine Jennie. Ich bin ratlos. Habt ihr einen Vorschlag?«

»Ich werde Bethia holen, da sie oft mit ihrer Mutter gearbeitet hat«, erbot sich Donnan. »Sie weiß viel über das Heilen, oder zumindest genügend, um sagen zu können, worin das Problem besteht. Wenn ich nicht zurück bin, ehe ihr anderen zur Patrouille aufbrecht, wünsche ich euch allen viel Glück und sehe euch in zwei Wochen wieder.« Er nickte Maitland zu, als wolle er ihn an das Versprechen erinnern, wirklich schon bald zurückzukehren, und zwinkerte dann Thea zu.

»Wir könnten früher zurück sein, wenn wir Wulf und Reyna nicht dabeihaben«, meinte Maitland. »Ich würde nicht angreifen, wenn wir nicht mindestens sechs sind. Dies wäre nur eine Aufklärungsmission. Ist das für euch annehmbar?« Er blickte zu Dyna, Willum und Thea.

Thea nickte, und Willum konnte erkennen,

wie ungeduldig sie war, endlich aufzubrechen. Dann schaute er zu seinem Vater, um sich zu vergewissern, dass er wegen der Umstände sein Zugeständnis nicht zurücknehmen würde.

»Nein, ich denke, ihr könnt zu viert auf Patrouille gehen. Seht euch um, was dort draußen vor sich geht. Es ist kalt genug, um eine kurze Reise anzustreben«, meinte Will. »Auch wenn ich Anzeichen für den einsetzenden Frühling bemerke, bezweifle ich, dass bis in zwei oder drei Wochen noch mehr davon zu sehen sein wird. In etwa einem Mond wird es eindeutig aktiver sein. Die Engländer vertragen die Kälte nicht sonderlich gut, was insbesondere die Nähe der Highlands betrifft.«

Der immer noch verunsicherte Wulf, fragte: »Dyna, hast du eine Ahnung, was mit meiner Frau nicht stimmen könnte?«

Thea lächelte, dann verbarg sie die Reaktion schnell mit einer Hand über ihrem Mund. »Hast du schon bedacht, dass sie vielleicht schwanger sein könnte? Manche Frauen können sich heftig erbrechen, wenn ein Baby unterwegs ist.«

»Erbrechen?« Wulf riss die Augen auf. »Wahrhaftig? Ein Kind in sich zu tragen, könnte sie zum Erbrechen bringen?«

Thea nickte. Willum war sich ziemlich sicher, dass der Mann noch gar nicht auf diesen Gedanken gekommen war. Sogar ihm waren schon Kommentare über Frauen zu Ohren gekommen, die sich bei einer Schwangerschaft äußerst unwohl fühlten.

Dyna gab sich keine Mühe, ihr Lächeln zu

verbergen. »Viele Frauen haben in den ersten Monaten unter Übelkeit zu leiden. Normalerweise geht das vorbei, aber es kann sehr unangenehm für die Betroffene sein. Das gilt besonders für die frühen Morgenstunden des Tages.«

Wulf wölbte eine Augenbraue. »Schwanger? Wahrhaftig?«

Willum vermutete, dass dem armen Mann nicht im Geringsten bewusst war, dass er sich wiederholt hatte. Der Gedanke an eine mögliche Schwangerschaft seiner Frau hatte ihn vollkommen aus dem Konzept gebracht. Wulf wartete Bethias Rückkehr gar nicht erst ab, sondern machte auf dem Absatz kehrt und rannte in die Halle zurück.

»Ich werde ihm nachgehen«, sagte Willums Vater. »Ich erinnere mich gut an das Gefühl. Ich wünsche euch allen viel Glück und eine gute Reise.«

Als sein Vater gegangen war, sagte er zu Thea: »Kaum zu glauben, dass der Mann, der so viele englische Soldaten das Fürchten gelehrt hat, von seiner kleinen Frau in die Knie gezwungen werden kann.« Willum konnte nicht glauben, wie sehr sich Wulf seit seiner Heirat mit Reyna verändert hatte und seit er weitere Mitglieder seiner Familie gefunden hatte. Perrin hatte sich als wahrer Segen erwiesen.

Dyna stieß ein sehr undamenhaftes Schnauben aus. »Das passiert vielen von ihnen.«

Thea flüsterte: »Er ist so liebenswert, wenn er sich um Reyna sorgt.«

Willum und die anderen saßen auf. Er hatte ein seltsames Gefühl im Bauch und wollte so schnell wie möglich von hier weg. Auf einmal verspürte er den Drang, von hier zu verschwinden, so wie er es früher am Tag in der Halle gespürt hatte.

Seit er sein Leben in der freien Natur verbrachte – was das Schlafen, Jagen und Fischen anbelangte – konnte er kein Interesse mehr für ein Leben innerhalb von Mauern aufbringen. Er hatte eingewilligt, mit seinen Eltern zu den Ramsays zu reisen, aber jedes Mal, wenn sie die Reise unternahmen, erschauderte er aufs Neue, wenn er viel Zeit in der Burg verbringen musste. Er hatte sich daran gewöhnen müssen, im Winter mit seiner kleinen Familie in einem kleinen Häuschen zu leben, aber große Burgen waren einfach mit Menschen überfüllt. Es waren einfach zu viele, als dass er sich hätte wohlfühlen können.

Jemand in Edinburgh hatte ihn einmal klaustrophobisch genannt, und er hatte das neue Wort, in seinen Wortschatz aufgenommen, weil es ihm zutreffend erschienen war. Er konnte sich nur für kurze Zeit innerhalb von vier Wänden und unter einem Dach aufhalten, was insbesondere für einen so großen Raum wie die Halle eines Castles galt. Das lag weniger an der Größe des Gebäudes als vielmehr an der Anzahl der Menschen, die er um sich herum ertragen konnte.

Seiner Meinung nach verbrachte er seine Zeit am besten in Gesellschaft seiner Vögel, seiner Kaninchen und den Hunden seiner Schwester

Wenna. Und nun wohl auch einer neuen Gefährtin, die der sogar den Tieren vorzog.

Thea Douglas.

»Lasst uns aufbrechen«, schlug Dyna vor und gab ihnen das entsprechende Zeichen zum Aufbruch. Thea fragte, in welche Richtung sie unterwegs sein würden. Richtung Süden war der einzige Hinweis, den Willum verstehen konnte, aber mehr musste er auch gar nicht hören. Es hätte keinen Sinn, in dieser Kälte Jagd auf die Engländer in den Highlands zu machen.

Thea und Dyna ritten nebeneinander, und er ritt hinter den Frauen, was es ihm schwer machte, ein Gespräch mit ihr anzufangen. Das machte allerdings nichts. Er nahm sich die Zeit, die Rundung ihres herrlichen Hinterteils in der Strumpfhose zu bewundern und entsann sich, wie perfekt sich ihre weichen Kurven angefühlt hatten, als sie sie bei der Lektion mit Blue gegen seinen Körper gepresst hatte. Er hatte einen Schritt zurücktreten müssen, ehe sein Glied ihn verraten hätte und sich zum Gruß an ihre perfekten Formen, an die es sich schmiegte, aufrichtete.

Die junge Frau war schön, geschickt, intelligent und sanft. All dies hatte er bereits gewusst und jetzt wusste er aber auch, wie einfach es war, mit ihr zu reden und wie wunderbar es sich anfühlte, wenn sie sich an ihn schmiegte.

Er musste mit Thea Douglas hinaus in die Wildnis, und frei mit ihr umherstreifen, während sie einander genossen. Falls sie das Glück hätten und ihre Patrouille ereignislos verlaufen würde, bekäme er die Gelegenheit, mehr über sie zu erfahren.

Wenn Thea zu der Art von Frauen gehörte, die ihr Leben in geschlossenen Räumen verbringen wollte, würden sie niemals harmonieren. Er erhoffte sich allerdings, dass dem nicht so war, doch er wusste auch nicht, wie er ihr eine solche Frage stellen sollte. Die Tatsache, dass sie ihr Leben in einem kleinen Häuschen abseits der Castles verbrachte, gab ihm Hoffnung. Das konnte er noch verkraften, solange das Haus nicht mit einer Schar von Menschen oder mehr gefüllt war.

Als sie das Gebiet der Ramsays verlassen hatten und auf dem Hauptweg nach Süden ritten, teilten sie sich in Zweiergruppen auf, Maitland und Dyna ritten vor ihm und Thea.

Perfekt. Jetzt musste er sich nur ein Gesprächsthema einfallen lassen, über das sie plaudern konnten. Zum Glück übernahm Thea das für ihn.

»Worin besteht für dich der Sinn des Lebens, Willum? Mein Vater stellt mir immer diese oder ähnliche Fragen. Er will wissen, was ich mit meinem Leben anfangen möchte. Was würde ich gerne werden? Eine Heilerin für die Menschen? Oder eine Heilerin für Tiere wie meine Mutter? Eine Bogenschützin? Eine Spionin? Oder eine Mutter vieler Kinder?«

»Antwortest du ihm darauf?«

Vehement schüttelte sie den Kopf und biss sich auf die Lippe. »Nein. Ich habe nicht die geringste Ahnung. Nun, ich muss gestehen, dass da immer ein Gedanke in meinem Hinterkopf

zu sein scheint, der mich in die eine oder andere
Richtung drängen will. Es gelingt mir aber nie,
genau zu sagen, was das eigentlich ist. Ich hoffe,
auf Patrouille die Antwort auf diese Frage zu
finden. Weit fort von den gewohnten alltäglichen
Pflichten und Aktivitäten. Wenn ich woanders
bin, glaube ich, dass sich mein Geist für andere
Möglichkeiten öffnen kann. Wie steht es mit dir?«

»Ich bin mir nicht sicher. Ich liebe es, Falken
auszubilden, und ich liebe die Jagd. Ich habe
am Bogenschießen Gefallen, doch ich glaube
trotzdem, dass ich meinem Schwert den Vorzug
gebe. Mama fragt mich oft, ob ich Krieger bei
den Ramsays oder den Grants sein möchte.«
Er zuckte mit den Schultern. »Ich habe alles
gründlich überlegt, aber mir gefällt alles gleich
gut. Ich bin zwiegespalten.«

»Wie steht es mit der Patrouille?«

»Das ist mir lieber als einer der Wachen zu sein,
insbesondere deshalb, weil ich mich dabei im
Freien aufhalten kann. Die meiste Zeit meines
Lebens habe ich in einer Höhle oder unter den
Sternen geschlafen, weshalb es mir schwerfällt, in
einem großen Bergfried mit so vielen Menschen
zu leben. Ich klinge wahrscheinlich ein wenig
einfältig.« Er warf Thea einen Seitenblick zu,
deren lose Haare aus ihrem Gesicht geweht
wurden. »Wir haben viele Winter in einer kleinen
Hütte verbracht, was mich aber nie gestört hat,
obwohl ich mich immer wieder nach draußen
geschlichen habe, wann immer ich konnte. Die
großen Hallen vieler Castles waren jedoch voller
Menschen, wie Krieger, die im Winter auf dem

Boden schlafen, um sich warm zu halten, oder Hunden, die nach Essensresten suchen. Das ist zu viel für mich. Ich bin froh, dass auf dem Bergfried der Ramsays nie so viel Trubel herrscht. Der Bau von Unterkünften für die Krieger neben den Stallungen war eine kluge Idee, die viele andere auch für ihre Männer in Betracht ziehen sollten.« Für einen kurzen Moment stieg ihm der Duft von etwas Süßem in die Nase und er schaute sie erneut an. Ihre Haut war so klar wie das Blütenblatt der schönsten Blume, und er wettete, dass sie denselben Duft ausströmte.

Oder vielleicht auch süßer.

Ihre Lippen waren von der Kälte rosig geworden, und ihre Unterlippe sah weich und prall aus. Würde er jemals den Mut aufbringen, sie zu kosten? Er wünschte sich sehnlichst, dass er die Gelegenheit dazu erhalten würde.

»Nein, ich verstehe das. Erzähl mir mehr von der Hütte, in der du mit deiner Familie gewohnt hast. Meine Eltern mögen den Bergfried auch nicht. Mein Vater zieht die Stille vor, und meine Mutter hört morgens lieber den Vögeln zu, aber wir bleiben drinnen, wo es warm ist. Ich liebe die große Feuerstelle, wenn der Schnee fällt. Habt ihr euch nie nach Wärme im Winter gesehnt?«

»Meine Mutter hat viele Winter darauf bestanden. Vor allem, als wir noch klein waren und als sie das Baby bekam ...«

Theas Gesichtsausdruck wandelte sich augenblicklich zu Traurigkeit und es war dieselbe Reaktion, die ein jeder zeigte, wenn die Sprache auf den Verlust des Babys der Mutter kam. Der

Verlust seiner ganzen Familie. So gern hätte er noch eine Schwester gehabt.

»Das hatte ich vergessen«, sagte sie und schaute einen Moment lang zum Himmel auf. »Wie alt war das Mädchen?«

»Sie war weniger als ein Jahr alt, aber sie war winzig, als sie geboren wurde. Mama brachte sie zu den Camerons und dann zu den Ramsays, damit ihr geholfen würde, mehr Gewicht zu gewinnen, doch nichts hat geholfen. Papa fand eine Hütte für uns, als Mama schwanger war, und wir blieben dort, wenn es am kältesten war, aber selbst das hatte die kleine Annis nicht aufwärmen können. Es war eine schwere Zeit.«

Schwer war wohl kaum das Wort, zu dem er greifen würde, wenn er wahrhaftig über den Zerfall seiner Mutter in den Kummer sprechen wollte. An dem Tag, an dem sie Annis verloren hatten, hatte sein Vater seine Mutter zu ihren Eltern bei den Ramsays gebracht und Willum und Wenna zum Cameron Clan. Dort waren Wenna und er viele Wochen geblieben, bevor sie ihre Eltern wiedergesehen hatten. Jennie Cameron war ein Geschenk des Himmels für die beiden gewesen. Sie hatte sich um die Geschwister gekümmert, als wären sie ihre eigenen Kinder.

Der tiefe Schmerz in den Augen seiner Mutter hatte eine unauslöschliche Spur in seiner Seele hinterlassen. Aber sie hatten weitergemacht. Ein Welpe, der kleinste aus Torrians Wurf in diesem Jahr, war zu ihrer Familie gekommen. Dieser Hund gehörte nun Wenna, aber dieser Welpe hatte Freude und Lächeln in ihr Leben zurückgebracht. Wenna hatte den Welpen Sunny genannt, und der Hund folgte Wenna noch immer auf Schritt und Tritt, sogar dann, wenn Wenna gelegentlich auf Patrouillen ging.

Jäh wurde er von einer Hand in seinen Erinnerungen unterbrochen, die sich um seinen Oberarm gelegt hatte und ihn in seinen Bewegungen innehalten ließ.

Thea wies auf irgendetwas rechts von ihnen. Maitland und Dyna hatten das Rascheln in den Bäumen überhört.

Was zur Hölle hatte es verursacht?

KAPITEL VIER

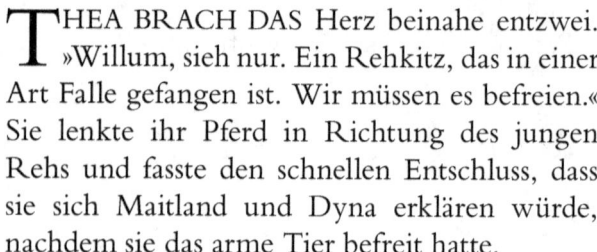

THEA BRACH DAS Herz beinahe entzwei. »Willum, sieh nur. Ein Rehkitz, das in einer Art Falle gefangen ist. Wir müssen es befreien.« Sie lenkte ihr Pferd in Richtung des jungen Rehs und fasste den schnellen Entschluss, dass sie sich Maitland und Dyna erklären würde, nachdem sie das arme Tier befreit hatte.

»Thea, warte. Wir müssen mit den anderen beiden sprechen.«

Maitland und Dyna ritten so weit vor Thea und Willum, dass sie das Anhalten der beiden gar nicht bemerkt hatten.

»Aber ich kann die Mutter hinter dem Kitz sehen.« Dann keuchte sie auf. Sie fragte sich, ob Willum dasselbe gesehen hatte wie sie – drei Männer, die sich nicht weit entfernt in einem Eichenwäldchen versteckten. Offenbar hatte die Mutter sie nicht bemerkt, sonst wäre sie davongelaufen. Die Männer mussten die Ricke ebenfalls nicht bemerkt haben, sonst hätten sie sie bereits getötet.

»Und ich sehe die Jäger«, flüsterte Willum.

»Ich werde mit dir gehen. Wir werden uns später erklären.«

Thea nickte und spornte ihr Pferd in Richtung des armen Rehs an. »Schütze mich, während ich das Kitz befreie.«

Willum nickte. »Geh. Ich werde den Bogen gespannt halten und schussbereit sein.«

Thea griff nach ihrem Dolch in ihrem Stiefel und vergewisserte sich, dass er dort war, bevor sie vom Pferd sprang. Sie klopfte ihrer Stute auf die Flanke, um sie ein kleines Stück wegzubringen. Thea wusste, dass sie nicht davonlaufen würde, aber sie wollte vermeiden, dass sie in die Schusslinie eines Jägers geriet.

Sie schritt auf das Kitz zu. Als sie näherkam, konnte sie sehen, dass sein Hinterbein in einer seltsamen Vorrichtung steckte. Die Mutter wich nervös zurück, floh aber nicht. Da Thea sich leise und langsam bewegte, hatte sie beschlossen, zu bleiben und abzuwarten, was passierte.

»Willum, beschütze auch die Mutter.«

Sobald die Jäger sie bemerkten, brüllte einer sie an. »Lass die Finger davon. Wir haben es uns verdient ! Ihr habt kein Recht auf unsere Beute.«

An ihrem Akzent erkannte sie, dass es sich um Engländer handelte. Waren sie aus Berwick Castle oder den Borderlands? Sie wusste es nicht und es war ihr im Grunde auch einerlei, aber sie musste alles tun, um dieses unschuldige Tier zu befreien.

Um sein Bein hatte sich ein Seil geschlungen, an dem ein seltsamer Metallring befestigt war. Sie schnitt das Seil durch, als sie hörte, wie jemand ihren Namen rief.

»Thea, mach, dass du da wegkommst. Ihr werdet gleich angegriffen!« Dynas Ruf war lauter als die Stimmen der Jäger, die sie ebenso ignorierte. Ein Blick in die verängstigten Augen des kleinen Rehkitzes sagte ihr, dass sie bleiben würde. Diese Männer würden weder diese Kreatur noch ihre Mutter zu ihrer nächsten Mahlzeit machen.

Das arme Tier reagierte auf all das Geschrei um es herum und zitterte so stark vor Angst, dass Thea weinen wollte. Das Muttertier fing durch das ganze Durcheinander an aufgeregt umherzulaufen. Die Jäger waren in den Bäumen und Willum, Dyna und Maitland und ihre unruhigen Pferde auf dem Weg. Ein Pfeil sirrte über dem Kopf des Rehs hinweg, und Thea sprach ein Stoßgebet, dass sie nicht getroffen werden würde.

»Ich werde dich befreien, Kleines. Deine Mutter wartet auf dich.«

Während sie sich bemühte, das Tier freizubekommen, versuchte sie, die Jäger im Auge zu behalten, doch es gelang ihr nicht ihre Aufmerksamkeit gleichzeitig auf das Kitz und die Jäger zu richten. Sie vernahm ein Rascheln und drehte sich um. Die Männer kamen mit ihren kleinen Schwertern zum Schlag bereit auf sie zu. Willum schoss einen Pfeil ab und traf den ersten damit ins Bein, während Maitland brüllte und sein Schwert mit einem Arm über seinem Kopf schwang.

Das ließ die beiden anderen Männer in die andere Richtung flüchten, aber derjenige, den es getroffen hatte, benahm sich weiterhin wie von

Sinnen und schrie fluchend auf sie ein, während er gleichzeitig den Pfeil aus seinem Bein zerrte. Das Blut floss an dem verletzten Bein hinunter und durchnässte seine Hose, während er seinen Begleitern hinterherhumpelte.

Höllenfeuer, aber sie würde sich nicht von der Stelle rühren, bis sie dieses schöne Tier freigelassen hätte. Schließlich gelang es ihr, die Schlinge zu lösen, doch dann bemerkte sie die offene Wunde, welche dem Rehkitz offenbar durch die Falle am Bein beigebracht worden war. Sie holte die Salbe heraus, die sie immer in ihrer Tunika trug, und versorgte die Wunde so schnell sie konnte.

Dyna ließ sich neben ihr nieder. »Hast du den Verstand verloren? Du riskierst unser aller Leben für dieses eine Kitz.«

»Ich konnte es nicht sterben lassen.« Irgendetwas in ihr sagte ihr, dass es ihre Aufgabe war, dieses Tier zu retten, und diesem Befehl konnte sie sich nicht entziehen. »Ich weiß nicht warum, aber ich konnte nicht anders handeln.«

Nachdem die Wunde mit Salbe bestrichen war, hob sie das Kitz auf ihre Arme und schaffte es, zusammen mit ihm aufzustehen. Sie drückte das junge Tier fest an sich und sah sich nach ihrer Mutter um.

Sie sprach beruhigende Worte zu dem Tier, wie ihre Mutter sie vor langer Zeit gelehrt hatte. *Es ist nicht wichtig, was du sagst, denn sie verstehen dich nicht, aber der Ton deiner Stimme kann selbst die wildesten Kreaturen beruhigen.* Das Zittern der kleinen Kreatur in ihren Armen ließ nach.

Beinahe wäre sie von dem Baum, hinter dem sie

sich versteckt hatte, weggetreten, aber Dyna hielt sie zurück. »Maitland und Willum folgen den Jägern. Versichere dich immer, dass die Engländer schon lange weg sind, ehe du dich bewegst.«

Die Stille des Waldes stellte sich allmählich wieder ein, und als Reaktion darauf trat das Reh näher an Thea heran, blieb aber in sicherer Entfernung.

Einen Moment später stürmten drei Männer auf Pferden aus dem Wäldchen und ritten in Richtung Süden. Einer von ihnen rief: »Ihr werdet dafür bezahlen, dass ihr unser Essen gestohlen habt!«

Thea war deshalb nicht besorgt. Willum und Maitland ritten bald darauf aus den Bäumen heraus, die Waffen locker an der Seite haltend. Sie kehrten zu den Frauen zurück, blieben aber stehen, als sie sahen, wie Thea das Kitz zu seiner Mutter trug. Als sie nahe genug war, kniete sie sich hin und setzte das junge Tier ab, um sich zu vergewissern, ob es laufen würde. Das Tier belastete vorsichtig sein Bein und blökte zu seiner Mutter, die schnell antwortete, als ob sie ihr Junges ermutigen wollte, sich von selbst zu bewegen. Wenige Augenblicke später machte das Jungtier zaghaft vier Schritte und schoss dann auf seine wartende Mutter zu. Seine Mutter liebkoste es und dann liefen beide in den Wald und verschwanden in Windeseile.

Thea lächelte, als Dyna ihr auf die Schulter klopfte. »Gut gemacht, Mädchen.« Sie unternahm nicht einmal einen Versuch, die paar Tränen zurückzuhalten, die ihr über die Wangen rannen.

»Das musste ich einfach tun. Es tut mir leid, aber ...«

»Ich hatte mich bereit erklärt, ihr zu helfen«, mischte Willum sich ein. »Es war nicht nur Theas Schuld.«

Bei seiner Unterstützung zog es ihr das Herz ein wenig zusammen.

»Macht so etwas unter keinen Umständen noch einmal. Keiner von euch beiden. Ihr habt unser aller Leben riskiert.« Maitland schob sein Schwert in die Scheide und machte mit einer Geste deutlich, dass sie auf den Weg zurückkehren sollten.

»Aber das Kitz brauchte unsere Hilfe. Ich musste einfach eingreifen.« Sie konnte Maitlands Argumentation nicht folgen. »Hättest du es ignorieren können?«

»Du bist ein großes Risiko eingegangen, Thea. Wäre das Leben des Kitzes dein eigenes oder Willums Leben wert gewesen, wenn der Pfeil einen von euch beiden getroffen hätte, anstatt blind über eure Köpfe hinwegzufliegen? Wusstest du, dass dort die Jäger gelauert hatten, als du dich auf den Weg zu dem Kitz gemacht hast, oder wie viele Männer es waren?«

»Nein, doch das hätte mich nicht umgestimmt. Und ich habe Willum überzeugt, mir zu helfen.« Thea schaute Dyna an, um ihre Unterstützung zu erbitten.

Dynas Worte überraschten sie. »Ich hätte mich nach der Person oder den Personen umgesehen, die diese Falle aufgestellt haben, bevor ich mein Vorhaben durchgeführt hätte. Du warst unvorsichtig, Mädchen. Es ist ein Glück, dass alles gut ausgegangen ist.«

Thea fand keine Worte. Auf Anhieb wollte ihr auch keine Rechtfertigung für ihr Handeln einfallen oder irgendeine Erklärung, die verständlich gemacht hätte, dass sie sich zu ihrer Tat gezwungen gefühlt hatte. Vielleicht hätte sie sich ein besseres Bild über die Situation machen sollen, ehe sie zur Tat geschritten war.

»Das nächste Mal sprichst du dich vorher mit einem von uns ab, Mädchen. Wenn nicht, wird dies deine letzte Patrouille gewesen sein«, meinte Maitland.

Bei dieser Ankündigung musste Thea schwer schlucken, aber sie konnte Maitland auch nicht widersprechen. Allerdings vermochte sie auch nichts daran zu verändern, was in ihrem Herzen war.

Im Grunde genommen verstand sie es selbst nicht so recht. Sie hatte etwas Irrationales getan. Ihre Eltern hatten sie besser ausgebildet. Ihr Vater hatte ihr gezeigt, wie man etwas sorgfältig analysierte, ehe man zur Tat schritt – auf diese Weise schuf er seine Werkzeuge und Erfindungen; und ihre Mutter hatte ihr beigebracht, wie man insbesondere Tiere sicher versorgt.

»Verzeiht mir«, gab sie schließlich zu. »Das war wirklich unvorsichtig von mir. Mein Vater hätte mich auch gerügt.«

»Und jetzt wollen drei Männer diese Tat rächen. Ich bete, dass sie nicht mit unserem Tempo mithalten können«, meinte Maitland. »Aber du bist jung. Du wirst es schon noch lernen,

Mädchen. Das war ein gutes Werk, das Tier zu retten. Es hatte ein besseres Ende genommen, als wenn du es ignoriert hättest.«

Eine Woche später beschloss der Trupp zum Gebiet der Ramsays zurückzukehren. Seit der Begegnung mit den Jägern hatten sie keine Hinweise mehr auf englische Aktivitäten entdecken können. Willum wusste nicht, was er von der ungewöhnlichen Stille auf dem Hauptweg südlich der Highlands halten sollte, doch er verzichtete darauf, einen Kommentar dazu abzugeben. Er überließ Maitland und Dyna die Entscheidung darüber, was sie als Nächstes tun wollten.

Willum dirigierte sein Pferd näher an Thea heran. Er konnte erkennen, dass sie noch immer wegen der Sache mit dem Rehkitz und seiner Mutter aufgewühlt war, obwohl es schon lange her war, dass sie darüber gesprochen hatten. Er fand sie unnatürlich still.

»Ist alles in Ordnung mit dir, Thea?«

Sie blickte zu ihm hinüber und schenkte ihm ein knappes Lächeln. »Mir geht es gut. Ich bin nur wütend auf mich selbst, weil ich mich so aufgeführt habe. Der Gedanke, dass der Pfeil dich hätte treffen können, war ein wahrer Schock. Ich hätte nicht so unbedacht sein dürfen. Ich weiß nicht, wie ich das erklären soll, aber manchmal werde ich von unbekannten Kräften getrieben. Ergeht dir das manchmal auch so?«

Um ehrlich zu sein, war er da nicht so ganz

sicher, aber er wollte ihr auf eine Weise antworten, die sie nicht noch mehr aufregte. »Ich denke, auf Patrouille zu sein, kann jeden zu einem seltsamen Verhalten treiben. Es ist schwer, andauernd auf der Hut zu sein. Nach allem, was ich von unseren vielen Cousins und Cousinen erfahren habe, kann man auf einer Patrouille viele Richtungen einschlagen.« Das war eine aufrichtige Aussage, und dies war sicherlich eine relativ ruhige Patrouille. Im Gegensatz zu den wenigen, die dieser vorausgegangen waren.

»Wie wahr. Auf keinen Fall möchte ich etwas Ähnliches wie das erleben, was Isla und Grif durchmachen mussten oder gar etwas Ähnliches wie das, was Ysenda und Lewis unter der Lawine begraben widerfahren ist.«

Sie richtete den Blick geradeaus, und er wünschte, sie würde sich ihm mir all ihren Gedanken anvertrauen. Sie schien von irgendetwas beunruhigt, doch er hatte nicht die geringste Ahnung, worum es sich dabei handeln könnte.

»Wenigstens haben wir die Mistkerle nicht mehr wiedergesehen, ganz gleich woher sie gekommen waren«, meinte er.

»Es waren Engländer. Dessen bin ich mir sicher. Ihr Akzent hat sie verraten.«

Willum lachte leise auf. »Und ihre armseligen Waffen. Der Pfeil hätte keinen Schaden anrichten können, wenn du eine Pferdelänge vor dem Narren gestanden hättest.«

Thea schnaubte, dann wirkte sie so verlegen,

wie er sie noch nie erlebt hatte. Ihre Reaktion entlockte ihm ein noch lauteres Lachen.

»Das habe ich gehört, Thea Douglas«, meinte Dyna, als sie ihren Kopf herumwirbelte, um sie anzulachen. »Ich konnte es bis hierher hören.«

»Nun, sie waren Engländer. Diese Schwerter waren kaum eine Bedrohung gegen Maitlands Waffe.«

»Ich stimme dieser Einschätzung zu. Warum sie so weit im Norden waren, weiß ich nicht. Aber es ist lange genug her, dass ich nicht glaube, dass sie uns folgen«, antwortete Dyna.

Ihr derzeitiger vierköpfiger Trupp zog in aller Ruhe weiter nach Norden, bis die Dämmerung nahte. Maitland wies auf eine Lichtung mit einer Höhle, in der sie die Nacht verbringen konnten und die Willum gut kannte. Als sie sich der Höhle näherten, hörten sie ein lautes Rascheln und Schnauben.

Maitland hob die Hand, und alle verstummten.

Er wies Dyna an, sich auf die andere Seite des Weges zu begeben, während Thea und Willum zurückbleiben und ihre Bögen vorbereiten sollten.

Das Rascheln kam aus dem Gebüsch vor ihnen und wurde immer lauter, bis ein Wildschwein auf den Weg stürzte und direkt auf ihre Pferde zusteuerte.

»Erschießt es!«, brüllte Maitland.

Willum reagierte sofort und lenkte sein Reittier auf das Wildschwein, während Dyna in die entgegengesetzte Richtung ritt.

»Thea, bleib zurück«, rief Maitland. »Da

kommen zwei andere von links.« Er deutete gerade auf sie, als die anderen Tiere aus den Bäumen auf Thea zustürzten. Maitland war ein Schwertkämpfer, kein Bogenschütze, also war er in dieser Situation keine große Hilfe.

Willums Pfeil traf das erste Tier in die Flanke, während Dynas Pfeil es auf der anderen Seite traf, sodass es zu Boden fiel und vor Schmerz aufquiekte. Das Geräusch ließ die beiden anderen Wildschweine in die entgegengesetzte Richtung schwenken, eines in Maitlands Richtung und das andere in Theas.

»Dyna, ziele auf das von Maitland. Ich nehme das andere«, rief Willum, aber Dyna hatte bereits gezielt und geschossen und traf das eine in sein Hinterteil. Ein Volltreffer, aber nicht genug, um es aufzuhalten. Es rannte wütend, quiekend und schnaubend davon. Thea erhob sich in den Steigbügeln, trieb ihr Pferd stetig an und schoss, wobei sie das Wildschwein schräg hinter seinem Vorderbein traf. Das Wildschwein keuchte, taumelte und kippte um, da seine Lunge offensichtlich durchbohrt worden war.

Willum hätte gerne Theas Geschick bestaunt, aber er konnte nicht und wandte sich stattdessen dem letzten Tier zu. Aber er sah schockiert zu, wie Thea auf das Wildschwein zuhielt und es mit einem Pfeil niederstreckte.

Die meisten Tiere brauchten zwei oder drei Pfeile, um sie zu erlegen. Nicht, wenn Thea Douglas die Jägerin war.

Er würde nie jemandem gegenüber zugeben, wie anziehend sie auf ihn wirkte. Wie sollte er jemandem erklären, dass er beim Anblick ihres vor Anstrengung keuchenden Körpers und des wilden Lächelns auf ihrem Gesicht eine der heftigsten Erektionen seit langem bekam?

In diesem Augenblick wurde Thea für ihn zu der exotischsten Schönheit, derer er je ansichtig geworden war.

Jetzt wusste er, was er wollte – Thea den Hof machen und sie heiraten.

Wenn er nur wüsste, wie er es anstellen sollte.

KAPITEL FÜNF

AN DIESEM ABEND speisten sie üppig, denn es gab jede Menge Wildschweinebraten, der Thea besser schmeckte als andere Fleischsorten. Das Wildbret stammte von so wunderschönen Tieren, dass sie nichts davon herunterbringen konnte, und sogar mit einem Kanincheneintopf hatte sie Schwierigkeiten, obwohl der Hunger sie sehr wohl zum Essen zwang, wenn sie auch nicht immer mit dem Angebot einverstanden war.

Wildschweine waren ihrer Ansicht nach nur zum Verspeisen geeignet. Der Trupp hatte sich um das Feuer herum zusammengesetzt und schlemmte, wobei insbesondere alle darüber begeistert waren, wie gut Thea gelernt hatte, sich auf einem Pferd auszubalancieren.

»Das hat Großvater mir beigebracht. Ich habe versucht, auf dem Sattel zu stehen, wie Tante Lily das gekonnt hatte, doch leider habe ich nicht das Gleichgewicht, mit dem sie gesegnet gewesen war. Sie ist sehr schlank, und das ist glaube ich von Vorteil für sie. Aber Großvater riet mir, dass ich versuchen sollte, meine Knie dergestalt an das Pferd zu legen, dass ich genug Höhe habe, um besser zielen zu können. Und mein liebes Pferd ist so zugänglich. Ich habe sie in Tante Lilys Sinne Blossom genannt, und sie ist meine Lieblingsstute, denn sie lässt sich wunderbar reiten.«

Maitland nickte zustimmend. »Onkel Quade war ein erstaunlicher Anblick auf seinem Pferd. Diese Geschichte habe ich schon oft gehört.«

»Welche davon?«, fragte Dyna. »Die Liebesgeschichte mit Tante Brenna?«

Maitland antwortete mit einem Nicken, denn er hatte den Mund voller Fleisch.

»Abgesehen von der Liebesgeschichte meiner Eltern ist die von Großmama und Großpapa meine Lieblingsgeschichte«, meinte Thea. »Ich weiß nicht, wie Großmutter nicht vor lauter Schreck gestorben ist, als sie so nah an der Klippe stand, über die sie fast gestürzt wäre.«

Willum griff die Geschichte mit einem Lächeln auf. »Und ich kann mir vorstellen, wie Onkel Quade und mein Großvater ihn anschrien. Ich kann Opa hören, als würde ich hinter ihm stehen.«

Dyna stieß einen sehnsüchtigen Seufzer aus. »Ich liebe die alten Geschichten der Geschwister. Es muss ein herrlicher Anblick gewesen sein, Quade und Logan als kleine Jungs umherflitzen zu sehen.«

Thea wurde sich des abwesenden Blicks auf Dynas Gesicht bewusst und blieb still, um sie nicht zu stören.

Dyna flüsterte: »Ich vermisse *Seanair* so sehr.«

Seanair war der gälische Begriff für Großvater. Im vergangenen Jahr war Alexander Grant gestorben, und sein Clan hatte sich sehr schwer damit getan, dies zu akzeptieren. Alle Bewohner der Highlands hatten ihn in guter Erinnerung.

»Wir alle vermissen Alex, aber er hat uns viele Geschichten hinterlassen, die wir weitererzählen können. Gern würde ich noch weiter plaudern, aber ich bin erschöpft.« Maitland warf die Knochen für die Tiere in den Wald. »Ich bin so weit, dass ich einschlafen könnte. Morgen treten wir dann den Heimweg an. Ich finde, wir sollten ein paar Tage früher aufbrechen, um die kalten Temperaturen auszunutzen und unseren Familien ein Wildschwein zu bringen. Sie werden es zu schätzen wissen. Es herrscht eine perfekte Temperatur, bei der das Fleisch nicht verdirbt.«

»Solange kein anderes Raubtier das Fleisch vorher riecht, ist alles in Ordnung«, sagte Dyna und stand auf. »Aber es sind noch genügend Knochen und Fleisch hier, um Aasfresser zu verwirren. Wir sollten bei Tagesanbruch aufbrechen.«

»Einverstanden«, meinte Maitland.

Dyna sah Thea und Willum an. »Maitland und ich reiten beide zu den Menzies. Thea, ich weiß, wohin du willst, aber was ist mit dir Willum? Wohin willst du? Werden deine Eltern noch bei den Ramsays sein?«

»Da bin ich mir nicht sicher. Ich werde Thea nach Hause begleiten und dann sehe ich ja, ob sie dort sind. Aber ihr braucht euch keine Sorgen um mich zu machen, denn ihr kennt mich ja.

Manchmal bin ich lieber wie Großvater und ziehe von einem Ort zum nächsten. Wenn meine Eltern nicht dort sind, werde ich zu unserem Häuschen reiten.«

Maitland wandte sich an Willum, ehe er sich erhob und sich streckte. »Ich plane, dass wir nur eine Woche ausruhen, ehe wir erneut nach Süden reiten. Ich erwarte einen Boten von König Robert, der in einigen Tagen eintreffen sollte. Dann werde ich Anweisungen für uns haben. Bestimmt freut es ihn zu hören, dass wir auf dieser kurzen Patrouille keine englischen Soldaten angetroffen haben. Diese englischen Räuber zählen nicht. Auch das ist eine gute Nachricht.«

Dyna nickte und warf ihren hellblonden Zopf mit einer harten Handbewegung über ihre Schulter. »Aye, sie sollten mit ihren Hintern südlich des Grenzlandes bleiben, wo sie hingehören. Räuber eingeschlossen.«

Der Trupp verließ die Lichtung und suchte die Höhle auf, nachdem sie die Pferde versorgt hatten. Dyna und Thea drangen in den hinteren Teil der Höhle vor, wo es ein wenig wärmer sein würde.

Willum trat ein und warf jedem von ihnen ein kleines Päckchen zu. »Das hätte ich fast vergessen, euch beiden zu geben. Ein Geschenk für euch von Mama.«

»Was ist es?«, fragte Thea und betrachtete das feine braune Fell auf der Außenseite des Päckchens.

»Mach es auf und schau nach«, forderte er sie auf, während er die Hände träge in die Hüften gestemmt hatte. »Ich glaube, es wird euch gefallen.«

Dyna nestelte an ihrem Päckchen herum. »Ist das eines dieser großen Stücke, die deine Mutter aus Hirschleder macht? Dieses hier ist so groß, dass sie Felle zusammengenäht hat. Sind sie nicht dazu gedacht, einen vor der Kälte zu schützen?«

Er nickte. »Und dem Regen. Es dringt kein Wasser durch, auch nicht aus dem feuchtesten Boden. Sie macht sie aus zwei Schichten und schiebt dabei noch irgendetwas dazwischen, obwohl ich nicht weiß, was genau das ist. Die Unterlage ist nicht dick genug, um euch zu polstern, aber sie werden euch trocken und warm halten, das verspreche ich.«

Thea schlug ihre Unterlage auseinander und breitete sie auf einem nahe gelegenen Felsen aus. »Ach du liebe Güte. Dafür hat Maggie ganz schön lange gebraucht, nicht wahr?« Sie fuhr mit der Hand über das weiche Fell und bewunderte die sorgfältig gearbeiteten Nähte zwischen den verschiedenen Fellen. »Einige meiner Felle sind von Kaninchen.«

»Ja, über den Winter stellte sie viele davon her. Ihre Arbeit hat ihr durch einige schwierige Zeiten geholfen, aber es ist eine Freude, eines dieser Stücke bei sich zu haben. Wenna hat mehrere.«

»Vielen Dank. Als Unterlage zwischen mir und dem kalten Stein der Höhle wird es mir sehr willkommen sein.«

»Süße Träume für euch beide«, meinte Willum.

Beim Einschlafen dachte Thea an türkisfarbene

Augen, während ihre Hände über das feine Fell ihres Geschenks strichen.

———∾∾∾———

In aller Frühe standen sie auf und versammelten sich um das Feuer, das Maitland angezündet hatte. Sie aßen rasch einen Haferfladen und nahmen sich Zeit für ihre persönlichen Bedürfnisse, bevor sie aufbrachen. Thea trat den Heimweg mit gemischten Gefühlen an. Sie wollte zu ihrer Familie zurück, doch andererseits wollte sie auch Willum besser kennenlernen. Es hatte sich als schwierig erwiesen, einige Zeit mit ihm allein zu verbringen, wenngleich sie die vielen Gespräche mit ihm genossen hatte.

»Was glaubst du, wie viele bei der nächsten Patrouille dabei sein werden?«, fragte Thea, während sie gleichzeitig ein Holzscheit näher an das Feuer schob und sich die Hände rieb.

Willum kam hinter einer Baumgruppe hervorgeschlendert und sah dabei so gut aus, als wäre er für den Hof des Königs vorbereitet. Wie kam es nur, dass Männer noch besser aussahen, wenn sie zerzaust und verschlafen waren? Sie war sich sicher, dass ihr eigenes Aussehen so früh am Morgen nicht einmal annäherungsweise so attraktiv wie Willums war.

»Hoffentlich werden Reyna und Wulf sich uns anschließen«, meinte Dyna, »aber wenn sie wirklich schwanger ist, werden die beiden wahrscheinlich davon absehen. Ysenda wird noch nicht so weit sein. Wahrscheinlich werden es dann Wenna und Tevis sein. Er hat versprochen, innerhalb einer Woche wieder zurück zu sein, also hoffe ich, dass er bereits bereit ist und wartet. Ich gehe hinter die Büsche. Lösche das Feuer bitte nicht, bevor ich mich nicht ein letztes Mal aufgewärmt habe, Maitland.«

»Ich schwöre, dass ich nur dich weiter unterhalte, Corbett.« Grinsend reichte er Thea ein Stück gebratenes Schweinefleisch und einen Apfel. Er setzte sich auf einen Felsen gegenüber von Thea und verspeiste sein eigenes Stück duftendes Fleisch.

»Glaubst du, Isla und Grif werden mit Tevis mitkommen?« Für die nächste Patrouille hoffte sie, es würde ein größerer Trupp zusammengestellt werden. Mit mehr Leuten in ihrem Trupp würde sie sich sicherer fühlen. Es stellte sich jedoch die Frage, ob es wirklich sicherer war. Bestimmt war es schwieriger, einen größeren Trupp im Verborgenen zu halten.

»Nein. Meiner Erwartung nach wird Grif bei der nächsten Patrouille dabei sein, doch Isla will scheinbar mit dem Winterwetter nicht das Geringste zu tun haben. Im Frühling wird sie liebend gern kämpfen, also wird sie irgendwann zurückkehren, aber jetzt noch nicht.«

»Und die anderen?«

Maitland zuckte mit den Schultern. »Freilich haben viele Hochzeiten und Verlobungen stattgefunden, was mich freut, zumal mir das Glück beschieden war, einer der Glückspilze zu sein. Ich gehe aber davon aus, dass sich unsere Zahl bis zum Sommer in Grenzen halten wird. Sobald die Sommerzeit angebrochen ist, erwarte ich

Ceit und Brin sowie Ysenda und Lewis zurück. Auch Steinn könnte mit Tevis zurückkehren. Reyna und Wulf werden möglicherweise ein Jahr lang ausfallen, wenn Reyna schwanger ist. Und ich hoffe, dass Gavin und Merewen Elisant mitbringen werden, da Ysenda ja nun nicht mehr da ist. Wir werden sehen.«

»Möchte Eli denn mitkommen?« Sie liebte ihre Cousine Eli. Die junge Frau war frech, witzig und klug und sie brachte stets gute Laune in jede Gruppe, zu der sie gerade gehörte.

»So ist es, aber Merewen war dagegen, dass beide Töchter zusammen in einem Trupp sind. Errol bleibt bei seinem Vater, also kommt er nicht mit. Da Ysenda nun nicht mehr patrouilliert, werden wir abwarten, ob Eli sich uns anschließt. Wir könnten sie gebrauchen. Ich habe sie zwar noch nicht schießen sehen, aber ...« Er zuckte mit den Schultern. »Jede einzelne von Tante Gwyneths Enkelinnen ist willkommen.«

»Und Cadyn?«

Maitland schnaubte. »Ich glaube nicht, dass wir Cadyn jemals wieder auf Patrouille sehen werden, es sei denn, sein Großvater patrouilliert. Ich war so froh, als er gekommen war und Tryana kennengelernt hat, doch die beiden sind bei sich zuhause sehr glücklich. Zudem sind sie ganz sicher, dass Tryana ebenfalls schwanger ist. Nach dem Heiraten kommen die Kinder.«

»Das gilt auch für dich.«

»Und ich kann euch gar nicht sagen, wie sehr mich das freut.«

»Wir freuen uns alle für dich, Maitland. Er

wird bestimmt ein strammer Bursche werden«, meinte sie. Maitland und Maeve waren vollkommen überzeugt davon, dass sie einen Jungen bekommen würden, dass alle anderen ihnen beipflichteten.

»Du wirst also auf Patrouille bleiben?«

Willum setzte sich hin, verspeiste einen Apfel und lauschte dem Gespräch.

»Ja, für den Moment«, antwortete Thea. »Ich weiß nicht, wie lange, aber im Moment würde ich gerne unterwegs sein.«

»Deinen Eltern ist es allerdings nicht so recht, dass du dich weit entfernst«, meinte er.

»Sie wollen mich in ihrer Nähe wissen, aber ich möchte fort, um meinen wahren Platz zu finden.«

Willum schmunzelte. »Und ich würde am liebsten immer wieder nach meinen Eltern sehen. Ich sorge mich um sie, so allein in den Wäldern. Du willst reisen, und ich will in der Nähe meines Zuhauses bleiben.«

»Und Thea mag Menschenansammlungen, während du vor ihnen lieber in Deckung gehst. Was würdest du mit deinem Leben anfangen wollen, Willum?«, fragte Maitland.

»Das Gleiche wie Papa, denke ich. Eine Frau finden, die man liebt, und Kinder bekommen. Ich möchte in der Wildnis leben, aber ich liebe es auch zu reisen. Ich bin mir nicht sicher, was ich am Ende tun werde. Man hat mich gefragt, ob ich Krieger werden will, aber ich weiß nicht, ob mir das gefällt. Vielleicht ein Spion für mein Land.«

»Und du, Thea?«

Sie zuckte mit den Schultern. »Ich weiß es nicht.«

»Eine Heilerin für Tiere wie deine Mutter? Das ist eine seltene Begabung.«

Wieder zuckte sie mit den Schultern.

»Eine Heilerin wie deine Großmutter?«

Ein weiteres Achselzucken. Noch immer fühlte sich nichts von beidem richtig an.

»Ich hoffe, für euch, dass ihr eure Antwort findet«, meinte Willum und warf die Wildschweinknochen über seine Schulter. »Wenn nicht auf dieser Patrouille, dann wenigstens, wenn der Bedarf an Patrouillen ein Ende hat.«

»Das stimmt, aber wird dies jemals ein Ende haben? Werden die Engländer jemals in ihr Land zurückkehren, damit wir unser Dasein in Ruhe genießen können?« Thea wünschte sich, sie könnte diesen Gedanken vom Gipfel eines Berges in die Welt hinausschreien.

»Nein«, rief Dyna von dort, wo sie ihr Pferd versorgte. »Sie gedenken, uns bis in alle Ewigkeit zu quälen, das schwöre ich.«

Thea dachte über diese Antwort nach, ohne ihr jedoch widersprechen zu können. Ihr Vater behauptete oft, die Männer würden den Kampf lieben und deshalb Fehden schüren. Er prophezeite, dass die Schotten bis in alle Ewigkeit mit den Engländern kämpfen würden. Ihr Konflikt würde nur vorübergehend einschlafen, was wegen einer dritten Partei passieren würde, welche die Engländer angreifen würden. Das könnten entweder die Waliser oder die Iren sein. Und selbst dann. Selbst der Krieg gegen die Franzosen schien den englischen König keineswegs von seinem Bestreben abgelenkt zu haben, sich die Schotten Untertan zu machen.

Dyna Grant achtete nicht groß auf ihre Umgebung, und Thea nahm eine Bewegung im Gebüsch nicht weit von ihr wahr. Thea stand auf und hätte beinahe geschrien, aber der harte Blick, den Dyna ihr zuwarf, hielt sie davon ab.

Dyna hatte ihn anscheinend doch schon gesehen. Die verschlagene Gestalt schlich sich von hinten an sie heran, ohne der Tatsache irgendwelche Bedeutung beizumessen, dass drei weitere Personen in der Nähe waren. Der Mann musste ein Riesenidiot sein.

Er sprang aus dem Gebüsch und mit einem breiten Grinsen im Gesicht versuchte er Dyna wegzuzerren. Als würden seine Worte sein Handeln rechtfertigten, murmelte er Dyna dabei zu: »Es ist viel schon zu lange her, dass ich ein munteres Frauchen hatte. Ich verspreche, nicht zu viel von deiner Zeit in Anspruch zu nehmen, Mädchen.«

Dyna schwang sich herum, und ihr Dolch durchbohrte sein Bein, worauf er ein Heulen ausstieß und seinen Griff lockerte. In dem Moment, als Dyna sich losreißen konnte, trat sie ihm in die Hoden und er fiel mit einer schmerzerfüllten Grimasse kopfüber nach vorn. Dyna stieß ihr Knie unter sein Kinn, und sein Kopf schnappte zurück.

Er landete hart auf dem Boden, wobei er sich

den Intimbereich und das Bein hielt und vor Schmerz laut stöhnte.

Maitlands Gesicht zeigte ein breites Grinsen, als er rief: »Brauchst du Hilfe, Dyna?«

»Ich habe alles unter Kontrolle, Menzie. Diese tumben Narren halten mich auf Trab.« Dyna ging zu ihrem Angreifer und riss ihm ihren Dolch aus dem Oberschenkel, den sie dann an der Tunika des Mannes abwischte. »Fass mich noch einmal an, du Bastard, und ich schneide dir deine Eier ab.«

Der Mann musste sich zwingen, sich auf die Beine zu rappeln, ehe er davontaumelte, wobei ihm die Angst ins Gesicht geschrieben stand.

Diese wenigen Augenblicke führten für Thea Douglas plötzlich zu einer Offenbarung und sie wusste, dass sie nie wieder dieselbe sein würde. Nun wusste sie, worin ihr neues Ziel für ihr Leben bestehen würde.

»Ich muss genau wie Dyna sein.«

Willum drehte seinen Kopf zu ihr. »Warum?«

Sie zuckte mit den Schultern. »Mein Vater sagt mir, dass ich ein Ziel brauche und einen Sinn im Leben. Immer wieder antworte ich ihm, dass ich keines hätte. Jetzt kenne ich es. Ich möchte so sein wie Dyna, und so fähig wie sie, jeden Angreifer allein abzuwehren. Ich will die Männer töten, die gute Tiere angreifen. Ich würde gerne Mädchen beschützen, die angegriffen werden. Ich will ihre Angreifer für ihre Übertretungen zur Rechenschaft ziehen, wie Dyna es getan hat. Dieser Mann wird sich für eine Weile an keinem Mädchen mehr vergreifen können.«

Willum zog die Augenbrauen hoch. »Du bist mit diesem Ziel gar nicht weit von dem entfernt, über das ich mich nicht groß auslassen wollte.«

»Was ist deines?«

»Ich will jedes Mädchen retten, das angegriffen wird.«

Sie nickte und dachte dann an seine Eltern. Seine Mutter, Maggie Ramsay, war eine der Adoptivtöchter von Gwyneth und Logan Ramsay, ihrer Tante und ihrem Onkel. Sie war adoptiert worden, als Gwyneth sie zur Strafe für das Fallenlassen eines Tellers an einen Baum vor einem feinen Haus angekettet gefunden hatte.

»Deine Mutter. Ich erinnere mich.«

»Aye. Die meisten wissen von der Sache mit dem Teller, aber nicht viele wissen, dass Randall Baines sie missbraucht hatte. Also kämpfe ich für Mädchen, die nicht für sich selbst kämpfen können. Du bist allerdings dazu imstande, Thea Douglas. Ich glaube nicht, dass ein einzelner Mann dich erfolgreich angreifen und überwältigen könnte. Was du mit dem Wildschwein gemacht hast, ist der Beweis dafür, dass du eine starke Bogenschützin bist und auch sehr gut mit dem Dolch umgehen kannst. Ein Mann würde seinen Angriff genauso bereuen, wie es Dynas Angreifer jetzt gerade tut.«

»Hoffentlich werde ich das nie beweisen müssen«, murmelte sie, als Dyna zu ihnen stieß.

»Steigt auf. Wir sollten weiterziehen, für den Fall, dass dieser Bastard noch Freunde hat.« Dyna spuckte über ihre Schulter, was nicht sehr damenhaft war, aber ein angemessener Abschied für diesen Mistkerl, der es gewagt hatte, sich an ihr zu vergreifen.

»Dyna«, fragte Maitland, nachdem er aufgestiegen war. »War der Narr Engländer oder Schotte? Könnte es einer der Männer gewesen sein, die wir vorhin auf ihrer Jagd auf das Reh gestört haben?«

»Er war Schotte. Wir brauchen nicht nach seinen Freunden suchen. Wir können weiterreiten, wie wir es geplant hatten.« Doch dann hielt sie inne, als ob ihr ein anderer Gedanke gekommen war. Sie wendete ihr Pferd und sah Maitland an. »Warum fragst du, Menzie? Mir gefällt die Richtung nicht, in die dieses Gespräch führt.«

Dyna besaß tatsächlich ein unheimliches Gespür für Dinge, die sich ereigneten, und das lange bevor andere etwas davon wussten. Das galt insbesondere für Thea, denn sie hatte keine Ahnung, worauf Dyna hinauswollte. Doch schon sehr bald wurde klar, wie genau Dynas kleine Vorahnungen waren.

»Weil ich gerade entdeckt habe, dass wir ein Problem haben. Ich weiß nicht, warum ich nicht früher nachgesehen habe«, meinte Maitland und betrachtete das verpackte Fleisch, das sie geschlachtet hatten. »Ein Teil des Wildschweinfleisches fehlt.«

Sie hatten das Wildschwein geschlachtet und die Kadaver in einiger Entfernung zurückgelassen, um die Tiere fernzuhalten. Maitland hatte das Fleisch sorgfältig in die Lederhüllen eingewickelt, die sie für den sicheren Transport von Fleisch verwendeten, in der Hoffnung, dass der Geruch keine anderen Tiere anlockte.

»Wie viel fehlt?«, fragte Dyna und stieg ab, um über seine Schulter auf das Paket zu schauen. »Ich hoffe, nicht viel. Wir brauchen das Fleisch.«

»Nein, aber es fehlt ein großer Brocken. Und es wurde nicht von einem Tier entwendet. Jemand hat die Schnüre gelöst und das Fleisch herausgenommen, ehe er sie dann wieder befestigt hat. Ich hätte es nicht bemerkt, wenn ich nicht auf den Packen gedrückt hätte.«

»Vielleicht hat der Schotte, der Dyna angreifen wollte, es genommen«, schlug Willum vor.

Maitland blickte über seine Schulter zurück und sah über den gesamten Lagerplatz. »Wahrscheinlich. Ich werde das einfach so hinnehmen und nicht danach suchen. Ich habe das Gefühl, dass wir uns jetzt auf den Weg machen müssen.«

»Da bin ich einer Meinung mit dir. Ich habe ein seltsames Gefühl in meinem Nacken«, meinte Dyna.

»Welcher Art?« fragte Thea, die wusste, dass Dyna über mächtige Seherfähigkeiten verfügte.

Sie flüsterte: »Von der englischen Art.«

»Ja, das denke ich auch«, stimmte Maitland zu. »Aber ich möchte sicher sein, dass wir keine Besucher zurück in das Gebiet der Menzies oder Ramsays führen. Wir werden einen weiten Weg nach Norden nehmen, da wir viel Zeit haben. Wenn wir niemanden sehen, können wir den

Menzies einen kurzen Besuch abstatten und dann zu den Ramsays weiterziehen und unsere Kräfte für eine größere Patrouille sammeln.«

»Du willst nur Maeve wiedersehen. Du kannst mich nicht täuschen.« Dyna klopfte ihm auf die Schulter und stieg wieder auf ihr Pferd.

Maitland grinste. »So ist es. Ich möchte meine Frau bei Laune halten. Und du kannst deinen Mann und deine Kinder besuchen, da er derzeit bei den Menzies ist. Willum und Thea, wollt ihr bei uns bleiben oder weiter zu den Ramsays reiten? Wie ihr wisst, ist es nicht mehr weit bis dahin.«

»Ich werde zu den Ramsays weiterreiten, wenn Willum einverstanden ist«, antwortete Thea. Sie wünschte sich so sehr, heimzukehren, um ihrem Vater und ihrer Mutter von ihrer Offenbarung zu berichten. Noch immer konnte sie die Aufregung in sich pochen spüren. Sie entschloss sich, keinen Gedanken mehr an den Fehler zu verschwenden, den sie früher auf ihrer Patrouille begangen hatte, was auch für die seltsamen Gefühle galt, die sich in ihr eingenistet hatten.

Willum lenkte sein Pferd neben Theas. »Ich begleite dich gerne, Thea. Ich muss herausfinden, wo sich meine Eltern aufhalten.«

»Danke, Willum. Ich habe meinen Eltern versprochen, alle zwei Wochen heimzukehren, also werden sie erfreut sein, mich schon früher zu sehen. Falls deine Eltern bereits weg sind, bist du bei den Ramsays immer willkommen. Vielleicht ist die Gruppe von Black Isle zurückgekehrt.

Ich habe Großmutter schon lange nicht mehr gesehen. Ich möchte mich gern mit eigenen Augen vergewissern, dass es ihr gut geht.«

»Tante Brenna wird ewig leben.«

Sie warf ihm einen strengen Blick zu. »Erlaube dir darüber keine Scherze. Ich werde zerstört sein, wenn sie dahinscheidet.«

»Das gilt für uns alle.«

Plötzlich spürte sie in ihrem Inneren das Aufflackern eines merkwürdigen Gefühls und dann hatte sie urplötzlich eine kurze Vision. Als wäre der Tod in der Nähe.

»Was ist?«, fragte Dyna. »Bist du wohlauf?»

»Mir geht es gut, ich hatte nur so ein sonderbares Gefühl.«

Dyna, die den Ruf einer Seherin innehatte, sah mit hochgezogener Augenbraue zu Thea. »Kannst du es beschreiben?«

Thea seufzte. »Ich will einfach nicht noch mehr Tote. Das hat mir das seltsame Gefühl gesagt. Die Zeit ist für jemanden anderen gekommen.« Sie erschauderte, was allerdings nicht an der Kälte lag.

»Hast du solche Vorahnungen häufig?»

»Nein, Dyna. Das überlasse ich dir. Ich will sie nicht.«

Dyna seufzte. »Leider liegt es nicht in deiner Macht, sie wegzuzaubern. Nimm sie einfach an und lerne daraus. Meine nächste Frage ist: Wer? Konntest du jemanden sehen?«

»Nein.« Das war eine Lüge.

Es hatte keinen Sinn, Dyna die Wahrheit zu sagen: Sie hatte einen Mann gesehen, und sie wusste beim besten Willen nicht, wer er war, aber eines wusste sie ganz sicher.

Er war ihr gefolgt.

KAPITEL SECHS

WILLUM BEGLEITETE THEA zu den Ramsays und atmete erleichtert auf, weil sie es ohne Zwischenfälle bis dahin geschafft hatten. Er war nur ungern allein unterwegs, und zwei waren nicht viel besser als einer, insbesondere nach den seltsamen Vorkommnissen bei der Höhle. Thea gegenüber würde er allerdings nie ein Wort darüber verlieren, wie sehr ihn der letzte Abschnitt ihrer Reise beunruhigt hatte. Nach all dem, was geschehen war, hatten Maitland und Dyna sie bis zur Grenze des Ramsay Gebiets begleitet, ehe sie zu ihrem Ziel zurückgeritten waren, was er zu schätzen wusste. Es war nur wenig geredet worden und die Mitglieder des Trupps hatten sich stattdessen auf die Beobachtung ihrer Umgebung konzentriert.

Noch immer wussten sie nicht, wer das Fleisch gestohlen hatte. Aber sie waren unbeschadet nach Hause gekommen. Er hoffte nur, von den seltsamen Vorkommnissen nicht noch seine Albträume wiederzuerwecken. Viele Jahre lang hatte er unter diesen Albträumen leiden müssen, nachdem er sich ein einziges Mal verirrt hatte.

Er liebte das Leben im Freien, aber er war nicht gern allein. Ein schlimmes Erlebnis in seiner Kindheit hatte sich unauslöschlich in seine Erinnerung gebrannt. Er hoffte, dass ihr Trupp auf ihrer nächsten Reise, die nach einer Woche Pause losgehen sollte, ein paar mehr Mitglieder haben würde. Am liebsten wäre ihm ein Trupp von mindestens zehn Personen, wenn er unterwegs war. Denn dann fühlte er sich sicherer.

»Das habe ich gehört, Willum.« Thea warf einen Blick über die Schulter zu ihm.

»Was? Ich habe doch gar nichts gesagt.« Verwirrt traute er sich nicht zu fragen, was genau in ihrem Kopf vorging. Er wollte Thea beeindrucken und sich keine Blöße geben, indem er Schwäche zeigte.

»Das musstest du nicht. Ich konnte deinen Seufzer der Erleichterung von hier aus hören. Du bist wohl nicht gern mit mir unterwegs?«

»Nein, das stimmt nicht.   Ich reise gern mit dir. Aber mir wäre es lieber, wenn einige Begleiter mehr mit uns reiten würden. Ich bin an Patrouillen gewöhnt, die eine größere Anzahl von Mitgliedern umfassen. Zudem ist es mir in meiner Vergangenheit einmal passiert, dass ich allein im Wald, und ich erinnere mich nicht gern daran.«

»Was ist geschehen?«

Darüber redete er nur äußerst ungern, doch er war neugierig auf Theas Ansichten über seine Erfahrung. »Ich war jung – ein kleiner Bursche.

Meine Familie war auf Reisen, und ich hatte mich verlaufen. Es gelang mir einfach nicht meine Eltern wiederzufinden, und wenn man mitten im Wald allein ist, kann das beängstigend sein.« Das war der bedeutende Teil seiner Erinnerung und es genügte im Moment, nur so viel zu erzählen. Den Rest versuchte er so gut als möglich zu unterdrücken, obwohl die Tentakel seiner bösen Erinnerung gelegentlich nach ihm griffen. »Dir macht es aber anscheinend gar nichts aus, allein im Wald zu sein, Thea?«

»Natürlich ist mir ein größerer Trupp lieber, wenn wir in einen Kampf verwickelt sind. Auf einer Patrouille allein zu sein jagt mir eine Heidenangst ein. Es macht mir aber gar nichts aus, in unserem Wald allein zu sein.«

»Dann bin ich der Sonderling«, gab Willum zu. »Mir sind Menschenmengen nicht willkommen, da ich ein Leben in der Wildnis geführt habe, aber andererseits bin ich auch nicht gern allein. Das sind beinahe gegensätzliche Einstellungen, aber für mich fühlen sie sich anders an.« Ihm war nicht ganz klar, wie er ihr erklären sollte, dass sein Verirren im Wald, ohne zu wissen in welche Richtung er gehen sollte, eine seiner schlimmsten Erfahrungen war. »Es hat mich wirklich zu Tode erschreckt, als Sechsjähriger allein im Wald verloren zu sein.« Seine Erinnerung daran schwächte umso mehr ab, je älter er wurde, doch noch immer überkam sie ihn und quälte ihn. Und immer wieder, wenn sie zum Vorschein kam, war er dann gezwungen, sie zu verdrängen.

»Oh, das glaube ich dir gern, Willum. Ich

muss auch noch dazu sagen, dass ich stets meine Hunde bei mir habe, wenn ich zu Hause allein in den Wald gehe. Ich bin also nie wirklich allein. Sollte es notwendig werden, würden sie mir Hilfe holen. Wie furchterregend das für dich gewesen sein muss.« Dann winkte sie ihrem Großonkel zu, der in schnellem Tempo auf sie zukam. »Onkel Logan!«, rief sie freudig.

Über die Rettung durch seinen Großvater erfreut, schob Willum die unbequemen Gedanken aus seinem Kopf und konzentrierte sich auf das schöne Hinterteil, das auf dem Pferd vor ihm hüpfte. Dann dachte er an die Erzählungen über seine Großmutter und wandte den Blick ab. Obwohl Thea kein direktes Enkelkind von Logan und Gwyneth war, so gaben die beiden doch sehr auf sie acht. Er hatte Geschichten darüber gehört, wie beschützend Logan sich bei Theas Mutter, Bethia, verhalten hatte. Er hatte Bethia vor einem schrecklichen Schicksal bewahrt, und Großmutter hatte den Missetäter mit einem Pfeil durch seine Hoden an einen Baum genagelt.

Diese Geschichte war schon sehr oft erzählt worden, und sie war ihm immer wie eine Warnung vorgekommen – kein Mann bedrohte eine Frau vom Ramsay Clan. In Theas Gegenwart musste er sich immer angemessen verhalten, um nicht aufgespießt zu werden.

»Thea, ist das Willum bei dir? Warum seid ihr zwei allein unterwegs? Ihr solltet weitere Wachen bei euch haben.« Der Blick des Mannes suchte die Umgebung nach anderen ab.

Sie parierte ihr Pferd, sobald ihr Großvater angehalten hatte. »Dyna und Maitland haben uns gerade verlassen. Sie haben bei den Menzies haltgemacht und nachdem sie dort eine Woche verbracht haben, wollen sie hierher zurückkehren und die nächste Patrouille zusammenstellen. Ich bin froh, dass ihr sicher zu Hause seid. Wer ist mit euch zurückgekehrt?«

»Tevis und Alaric. Isla und Grif sind noch nicht zurück. Es ist zu kalt für Isla.«

Willum war erfreut zu hören, dass mindestens drei weitere Leute teilnehmen würden, wenn Eli mitkam. »Das ist eine gute Ergänzung für unsere nächste Patrouille. Wir werden nicht nur zu viert sein. Es könnten mindestens sieben sein.«

»Aye, Eli wird ganz bestimmt dabei sein«, meinte Großvater. »Gavin hat Merewen überzeugt, dass sie kräftig genug ist, um ebenfalls dabei zu sein. Willum, deine Eltern sind aufgebrochen, aber Wenna ist noch da. Sie wird auch mitkommen. Damit wärt ihr dann acht.«

Großvater wendete sein Pferd, und das Trio machte sich auf den Weg zum Bergfried.

Willum lenkte sein Pferd neben Theas. »Jetzt werden wir wieder eine große Gruppe haben. Acht passen mir viel besser.«

»Ja. Das überrascht mich, aber es macht mich auch froh.«

»Freut euch nicht zu früh«, rief Großvater über die Schulter zurück. »Sie sind alle hier, weil es im Grenzland schon wieder Schwierigkeiten gibt und König Robert euch dort haben will.«

»Was für Schwierigkeiten sind das?«

»Das werdet ihr nicht wissen, bis ihr dort angekommen seid. Was immer die Engländer anzurichten imstande sind, werden sie anrichten. Wahrscheinlich nehmen sie Berwick oder Ayr ins Visier. Ihr solltet dieses Mal besser eine schwierige Patrouille erwarten«, brachte Großvater schnaubend hervor.

Willum ließ den Blick zu Thea schweifen, die eine Grimasse zog. Sicher konnte er sich denken, dass sie die gleichen Gedanken wie er hatte.

Was zum Teufel meinte Großvater mit einer schwierigen Patrouille?

***

»Papa! Ich weiß jetzt, was ich mit meinem Leben anfangen will.« Thea war so aufgeregt, dass sie endlich Klarheit in dieser Frage gefunden hatte, dass sie dies sofort ihrem Vater mitteilen musste.

Willum hatte sie bei ihrem Häuschen zurückgelassen und war zum Bergfried weitergeritten, um Wenna zu besuchen. Er hatte ihr gesagt, er würde wahrscheinlich nach seinen Eltern sehen, bevor er zurückkehrte, also winkte sie ihm zum Abschied und er ritt davon.

»Langsam, Tochter«, beruhigte ihr Vater sie und stieß einen Pfiff aus, um ihre Mutter zu ihnen zu rufen. »Warte, bis deine Mama kommt. Sicher würde sie das ebenfalls gern hören.« Sie umarmte ihren Vater innig. »Das war eine wunderbare Reise.«

»Hast du viele abgewehrt?« Er spähte über Theas Schulter, um sich zu vergewissern, ob ihre

Mutter herankam. Er war in seiner Werkstatt und damit beschäftigt, Kiefernbretter zu bearbeiten.

»Nein, nur einige wenige. Aber da waren Engländer, die auf unserem Land jagen wollten, und sie hatten ein Kitz gefangen. Das konnte ich nicht zulassen. Wir sind auch auf drei Wildschweine gestoßen, die allerdings nicht überlebt haben. Und später hat Dyna einen Schurken abgewehrt, der allerdings Schotte war, und es gewagt hatte, sie zu belästigen.« Grinsend befreite sie ihr Haar aus dem Zopf und schwang es wild. »Es ist gut, ein Weilchen zu Hause zu sein, Papa. Es war kalt da draußen, aber Willum hat mir eines der schönen Felle seiner Mutter zum Schlafen gegeben. So bleibt man wärmer und trockener.«

»Bethia! Komm heraus.« Ihr Vater erhob seine Stimme so laut, dass ihre Mutter sie hören musste. »Deine Tochter ist hier draußen bei mir.«

»Ich werde mich auf die Suche nach ihr machen, Papa«, erbot sie sich.

»Nein, das ist nicht nötig«, meinte er mit einem Nicken in Richtung des Häuschens.

Thea drehte den Kopf, um ihre Mutter auf sich zukommen zu sehen. Zuerst hatte sie ihre Mutter und dann Lorana im Haus begrüßt, die gerade vor ihrem Brei saß.

»Ich komme ja schon. Was ist los, Donnan?«

Der verwirrte Blick ihrer Mutter wanderte zu Thea, als ihr Vater auf sie zeigte. »Sie hat uns etwas zu sagen.«

»Wunderbar. Welche Neuigkeiten hast du

denn?« Ihre Mutter faltete die Hände vor dem Leib.

»Ich weiß jetzt, was ich mit meinem Leben anfangen möchte.«

»Darf ich raten?«

»Nur zu«, antwortete sie, »aber du wirst nicht richtig raten.« In Erwartung der Antwort ihrer Mutter neigte sie den Kopf zur Seite.

»Du willst Willum heiraten.«

Darauf riss Thea die Augen auf und es gelang ihr nicht, den Schock über diese Antwort zurückzuhalten, mit der sie beim besten Willen nicht gerechnet hatte. »Nein. Warum sagst du denn so etwas?«

Ihre Mutter zuckte mit den Schultern und blickte ihren Vater an, der seinen Mund mit der Hand bedeckte und ganz sicher ein Lächeln dahinter verbarg. »Ich weiß es nicht. Es kam mir gerade in den Sinn. Vielleicht willst du Heilerin werden?«

»Keine Heilerin.«

»Eine Tierheilerin, wie deine Mutter«, riet daraufhin ihr Vater und verschränkte die Arme vor dem Leib.

Sie schüttelte den Kopf.

Ihre Mutter riet weiter. »Du willst eine Schöpferin sein wie dein Vater. Dinge bauen, die das Leben der Menschen erleichtern. Eine wunderbare Wahl.«

»Nein. Tut mir leid, Papa.« Sie beugte sich vor und drückte ihn ein wenig.

»Dann habe ich nicht die geringste Ahnung«,

meinte ihre Mutter und warf kapitulierend die Hände in die Luft.

»Dyna. Ich möchte wie Dyna sein.«

Ihre Eltern sahen sich verwirrt an. »Was meinst du? Du willst Patrouillen anführen?«, fragte ihr Vater.

»Nein. Ein Räuber kam aus dem Wald und wollte sie wegzerren, aber sie hat ihn abgewehrt und ihn dann davonlaufen lassen. Ich möchte dasselbe tun. Ich will jeden Mann verfolgen, der Frauen angreift. Ihr wisst, wie oft das passiert, und das gefällt mir nicht. Ich möchte diesen Kerlen eine Lektion erteilen, so wie Dyna es getan hat.«

Beide Elternteile starrten sie an, und keiner der beiden sagte ein Wort.

»Was? Stimmt etwas nicht mit Dyna?«

»Nein«, antwortete ihre Mutter so schnell, dass sie erschrak. »Wir lieben Dyna, aber meines Glaubens ist es Dynas Lebensaufgabe, Schottland zu schützen und für ihre Familie zu sorgen. Sieh nur, wie sie sich um Onkel Alex gekümmert hat. Sie ist nur selten von seiner Seite gewichen.«

»Kann ich nicht die Person sein, die andere Frauen vor Angreifern schützt? Warum sollte ich das nicht tun?«

Ihre Mutter sah ihren Vater an. »Du bist an der Reihe. Ich muss zurück ins Haus. Ich koche gerade das Abendessen.« Sie küsste Thea auf die Wange. »Ich bin froh, dass du darüber nachdenkst. Du wirst erkennen, was dich glücklich macht.«

Dyna wusste nicht, wie sie darauf antworten sollte. Ihr ging es um mehr, als nur darum, glücklich zu sein. Wenn es nur das wäre, würde sie den ganzen Tag auf ihrem Pferd reiten, mit ihren Hunden spielen, Falknerei lernen oder Kaninchen züchten. Im Sommer, wenn es warm genug war, würde sie jeden Tag im See schwimmen gehen. Für sie ging es aber darum, anderen zu helfen. Das war es. »Aber ich möchte anderen helfen, Papa, und nicht nur spielen, um glücklich zu sein. Das tut Lorana, und wenn man erwachsen ist, muss man etwas für seinen Clan leisten. Etwas Sinnvolles tun. Wie zum Beispiel Waffen herstellen, Süßigkeiten zubereiten oder feine Stoffe weben. Sieh dir an, was du alles leistest, Papa.«

»Ich bin mit allem einverstanden, was du da sagst, aber...«

»Aber was? Warum kann ich nicht wie Dyna sein?« Es war Thea als solch eine einfache Lösung erschienen und sie konnte nicht begreifen, warum die anderen von ihrer Wahl gar nicht begeistert waren. Möglicherweise erschien es ihnen als zu riskant. Denn sie könnte angegriffen werden und vielleicht nicht die Kraft haben, die Männer abzuwehren.

»Hast du mit Dyna über diesen Einfall gesprochen? Hast du sie gefragt, wie häufig sie die Dinge tut, die sie diesem Mann angetan hat? Hast du sie gefragt, ob sie anderen Frauen hilft, die auf dem Gebiet der Grants wohnen?«

Damit ließ sich Thea auf einen nahegelegenen Felsen fallen. »Nein, das habe ich nicht getan, aber das kann ich auf unserer nächsten Patrouille tun. Du zauderst. Warum?«

»Ach, Mädchen, es scheint mir eine sehr edle

Sache, die du da verfolgst, aber die meisten Männer verletzen eine Frau, wenn sie mit ihr allein sind. Sie schlagen gerne dort, wo man die blauen Flecken nicht sieht, und sie verletzen sie auch am Kopf, damit die Beulen nicht sichtbar sind. Es könnte einigermaßen schwierig sein, einen Mann dabei auf frischer Tat zu ertappen. Mir gefällt allerdings deine Denkweise. Sprich auf deiner nächsten Reise mit Dyna. Sie wird dir guten Rat geben.«

So verdrossen, wie sie nun war, verspürte sie das Bedürfnis nach ihren Hunden. »Ich werde darüber nachdenken. Brauchst du meine Hilfe mit irgendwas, Papa?« Sie verehrte ihren Vater, sie arbeitete leidenschaftlich gern mit Holz.

»Nein, geh und ruhe dich aus. Besuche deine Cousinen. Wie ich höre, wollt ihr bald schon wieder aufbrechen, obwohl ich hoffe, dass dein Bruder vor deinem Aufbruch eintrifft. Es wäre gut, wenn ihr euch ein wenig sehen würdet.«

»Ich weiß. Ich vermisse Drystan furchtbar.«

»Das tun wir alle, aber das ist nicht der Grund, warum du deine Zeit mit ihm verbringen solltest. Du kennst den Grund.«

So war es, doch darüber mit ihrem Vater zu sprechen war sie nicht bereit. Lieber leugnete sie dies.

Mit finsterem Blick verabschiedete sie sich, ehe er genau das Thema ansprach, das sie vermeiden wollte.

KAPITEL SIEBEN

WENNA BEGRÜSSTE WILLUM mit einer schwesterlichen Umarmung, als er den Bergfried der Ramsays erreichte. Er nahm sich etwas zu essen und einen Becher Ale, eher er sich zu ihr an einen Tisch in der Halle setzte.

»Sind unsere Eltern noch hier?«, fragte er.

»Nein. Du hast sie verpasst. Gestern sind sie abgereist«, meinte Wenna. »Papa hat davon gesprochen, in ihr Haus zurückzukehren. Zu dieser Jahreszeit ist es für Ma einfach zu kalt.«

»Warum sind die beiden dann nicht hier geblieben?«, fragte Willum. Sie waren bei den Ramsays immer willkommen.

Großvater gesellte sich zu ihnen. »Deine Mutter weiß, dass dein Vater lieber unter den Sternen lebt, und das ist auch der einzige Grund, warum sie überhaupt in einer Höhle oder einer Hütte wohnen. Aber ihre Knochen werden älter und sie zieht den Komfort einer weichen, mit Heide gestopften Matratze vor. Dein Vater bevorzugt grünes Moos. Im Sommer ist sie zu Kompromissen bereit, aber nicht bei dieser Kälte. Sie wünscht es sich warm und behaglich. Aber

dein Vater war ruhelos. Der Kompromiss ist also
die Hütte, wie du weißt.«

»Papa hat schon mehr als zwei Wochen hier
ausgehalten«, meinte Wenna. » Du weißt ja, wie
er sein kann.«

»Er ist ständig hin und her gelaufen, nicht
wahr?«, fragte Willum.

Großvater schnaubte. »Bei unserer Rückkehr
hätte Will mich fast umarmt und dann rannte er
aus der Tür, sobald ich eintrat. Ich wusste, dass
die beiden innerhalb von zwei Tagen abreisen
würden. Obwohl ich allerdings vermute, dass
auch er in die Jahre kommt, und deshalb froh
sein wird, in die Hütte zu gehen. Meine alten
Knochen ziehen jedenfalls eine weiche Matratze
dem harten winterlichen Boden vor.«

Wenna zog eine Augenbraue in die Höhe. »Es
war weniger als zwei Tage – schon am nächsten Tag
waren sie zum Aufbruch bereit. Papa behauptete,
es sei ihm egal, wohin sie gingen, solange sie nur
gingen. Er versprach, dass sie in zwei Wochen
zurückkehren würden, in der Hoffnung, dich
bei einer Pause von der Patrouille zu erwischen,
aber wer weiß, wann sie wiederkommen werden.
Doch selbst wenn sie kommen, wird ihr Besuch
von kurzer Dauer sein. Unser Vater hat nicht die
Absicht, lange hier zu bleiben.« Willum war die
Bedeutung dessen bekannt. Seine Eltern waren
sich uneins darüber, wo sie leben sollten. Er
kannte ihre ersten Stationen, an denen sie sich
in der Regel nach dem Verlassen des Gebiets
der Ramsays aufhielten, also würde er sein
Glück dort zuerst versuchen. Er musste seinem

Großvater beipflichten, dass sie wahrscheinlich zu ihrer Hütte aufgebrochen waren, und dorthin würde er sich also zuerst begeben. Wenn er sie nicht innerhalb von zwei Tagen gefunden hätte, bedeutete das, dass sie nicht gefunden werden wollten.

Willum hatte seine Mahlzeit beendet und stand auf. Es war noch hell genug, um sich noch heute auf den Weg zu machen.

»Ich werde rechtzeitig zur nächsten Patrouille zurück sein. Ich möchte kurz nach unseren Eltern sehen, um mich zu vergewissern, dass es Mama gut geht.«

Bei der nächsten Patrouille hoffte er, sich Thea ein wenig mehr annähern zu können. Ein besserer Grund, diesmal mit auf Patrouille zu gehen, kam ihm nicht Sinn, aber vorher musste er sich vergewissern, dass seine Eltern wohlauf waren. Er hatte sich um die Gesundheit seiner Mutter gesorgt, seit sie vor einigen Jahren fünfzig Winter alt geworden war. Die beiden waren in die Jahre gekommen.

Er hoffte nur, er würde sie finden können. Falls er es nicht schaffte, konnte Blue normalerweise die Falken seines Vaters ausfindig machen. Wie aufs Stichwort kreiste Blue über seinem Kopf, während er sein Pferd auf den Weg lenkte. Wenige Augenblicke später tauchte der Wanderfalke in den Wald ein und kam mit etwas im Schnabel wieder hoch. Der Vogel war schneller als alle anderen, die er je beim Jagen erlebt hatte.

Willum verließ seine Marschroute in der Nähe des Häuschens, in dem die Douglas Familie

wohnte. Er hatte versprochen, Thea Bescheid
zu sagen, falls er sich auf den Weg zu seinen
Eltern machen sollte. Er wünschte, er hätte
einen besseren Grund, um anzuhalten und sie zu
besuchen, aber er war gezwungen, seine Reise
fortzusetzen.

Thea war draußen und schulte ihre Hunde. Er
hielt weit genug entfernt an, um die Hunde nicht
zu sehr abzulenken, aber nah genug, damit sie ihn
hören konnte.

»Ich werde meine Eltern besuchen und in zwei
Tagen zurückkehren. Ich muss mich beeilen,
denn ich weiß nicht genau, wohin meine Eltern
gegangen sind. Wenna meinte, sie hätten sich sehr
vage über ihre Reise geäußert. Ich freue mich
darauf, mit dir bei unserer nächsten Patrouille
zusammen zu sein.«

»Viel Glück und kehre schnell zurück!« Sie
warf ihm einen Kuss zu, was ihn überraschte.

Zudem gefiel es ihm auch.

Dieser Kuss bescherte ihm die Motivation,
seine Reise zu beschleunigen, obwohl es nur ein
Luftkuss gewesen war.

Es dämmerte schon fast, als er seine Eltern in
ihrer Hütte antraf. Er hatte für die Reise ein
ruhiges Tempo angeschlagen, um es zu genießen
Blue am klaren Himmel zu beobachten.
Mehrere Falken kreisten über ihm, was ihm die
notwendigen Anhaltspunkte lieferte, dass seine
Eltern genau dort waren, wo er sie erwartet hatte.

»Willum?«, rief sein Vater, als er seine
Annäherung bemerkte. »Was führt dich hierher?«

»Ich wollte sehen, wie es euch geht, Papa. Ich habe mich um euch beide gesorgt.«

»Uns geht es gut. Du musst aufhören, dich immer wieder an diesen einen schlechten Tag zu erinnern. Wir werden dich nicht noch einmal verloren gehen lassen.«

Ihn verloren gehen lassen? Das war seiner Annahme nach, eine gute Art die Sache zu betrachten.

»Habt ihr etwas Fleisch übrig? Ich habe seit dem Morgen nichts mehr gegessen.« Er stieg ab und holte seine Satteltaschen herunter.

»Wir haben etwas geräuchertes Schweinefleisch, das Logan uns mitgeschickt hat. Es ist reichlich davon da. Komm herein und wärm dich auf. Deine Mutter wird sich freuen, dich zu sehen.« Sein Vater holte einen Eimer Hafer für sein Pferd.

»Ich würde mich euch gerne anschließen, nachdem ich mein Pferd versorgt habe. Wir haben auf unserer Reise drei Wildschweine erlegt. Eines haben wir gegessen und den Rest zu den Menzies geschickt.« Den Rest der Geschichte, dass jemand eine der Fleischplatten gestohlen hatte, ließ Willum weg. Er versorgte sein Pferd und rieb es dann noch einmal schnell ab, ehe er dann den Eimer Hafer zusammen mit frischem Wasser aus der Regentonne in seine Reichweite stellte. Dann ging er zu seinen Eltern an die Feuerstelle in der Hütte. »Ich grüße dich, Mama. Freut dich der Anblick des blauen Himmels nicht? Das Wetter wird immer besser. Ich freue mich auf den Frühling.«

»Ich auch«, murmelte seine Mutter, die unter
der Decke am Feuer kauerte. Er wusste genau,
was sie meinte. Sie wünschte sich, dort zu sein,
wo es warm war.

»Es wird bald warm werden, Maggie«, meinte
sein Vater und beugte sich zu ihr hinunter,
um sie auf die Wange zu küssen. »Wir werden
einen Ausflug zu den Camerons unternehmen
und ihnen einen kurzen Besuch abstatten. Wir
haben Sorcha versprochen, dass wir nach Ceit
und Brin sehen werden. Und sie erlauben uns,
in Aedans Hütte zu schlafen, in der sich das Dach
wegschieben lässt, damit ich das Gefühl habe,
draußen zu sein.«

»Gut. Das freut mich«, sagte Willum. Es schien,
als hätte sein Vater einen noch stärkeren Hang
zur Natur als er selbst.

»Warum bist du uns gefolgt? Bitte sag mir nicht,
dass es immer noch wegen der alten schlechten
Erfahrung ist.« Sein Vater warf ihm wieder diesen
seltsamen Blick zu. Den, den er so verabscheute.

»Papa, kann ich nicht einmal kurz nach euch
sehen? Du weißt doch, dass ich auch gerne unter
den Sternen schlafe.« Warum befragte ihn sein
Vater immer, wenn er nach ihnen sah?

»Uns geht es gut, mein Sohn. Du brauchst nicht
nach deiner Mutter zu sehen. Ich kümmere mich
gut um sie.« Er reichte Willum eine Schüssel mit
einem gekochten Stück Schweinefleisch, das er
gerade über dem Feuer erwärmt hatte.

Manchmal hatte Willum das Gefühl, als wollten
sie ihn nicht in ihrer Nähe haben. Die meisten
Eltern wollten nie, dass ihre Kinder von zu Hause

auszogen oder fortgingen. Seine Eltern waren froh, als er gegangen war.

Bei Wenna verhielten sie sich nie so.

Sein Vater setzte sich neben ihn, tätschelte sein Knie und senkte seine Stimme. »Es ist nur ein einziges Mal passiert. Du musst aufhören, dich darüber aufzuregen. Es war nur ein kleiner Zwischenfall in deinem Leben, der sich vor fast drei Jahrzehnten ereignet hat. Seitdem hast du so viele andere wichtige Ereignisse erlebt, dass ich nicht begreife, warum dir das so in Erinnerung geblieben ist.«

»Vielleicht liegt es daran, dass du mich immer wieder daran erinnerst, Papa? Warum musst du es erwähnen?« Er dachte oft daran, aber die ständige Erwähnung des Vorfalls durch seinen Vater war kein bisschen hilfreich.

Sein Vater zuckte mit den Schultern, und seine Verlegenheit stand ihm ins Gesicht geschrieben. »Ich denke, es sind Schuldgefühle. Ich kann immer noch nicht glauben, dass wir dich verloren haben. Das werde ich nie vergessen, Willum.«

»Will, lass es sein«, meinte seine Mutter. »Ich bin froh, dich zu sehen, Willum. Ich hatte gehofft, dass du vor unserem Aufbruch von den Ramsays zurückgekehrt wärst.«

Willum hatte seine Gedanken so lange für sich behalten, dass es wahrscheinlich an der Zeit war, seinem Unmut Luft zu machen. Wenn sie sich wirklich die Zeit nähmen, über das Geschehene zu sprechen, würde es sie beide vielleicht nicht mehr so sehr belasten. Er wollte seine Gedanken mitteilen. Nur dieses eine Mal. »Papa, das war kein kleiner Vorfall. Nicht für einen Jungen von nur sechs Wintern.«

»Aber wir haben dich gefunden.«

»Drei Tage später! Das war für mich eine sehr lange Zeit.«

»Es tut uns so leid, Willum«, brachte seine Mutter hervor. »Ich weiß immer noch nicht, wie das passiert ist.«

Darauf wusste auch Willum keine Antwort. Er erinnerte sich noch, wie er losgezogen war, um sich um seine persönlichen Bedürfnisse zu kümmern und dabei war ein Schmetterling vorbeigeflogen. Natürlich war er ihm nachgejagt, aber offenbar über eine viel längere Strecke, als er gedacht hatte. Als er das Tier schließlich aus den Augen verloren hatte, wollte er zu seiner Familie zurück und musste feststellen, dass er seine Umgebung nicht wiedererkannte.

Sein Vater war fort und auch seine Mutter. Nach einem Blick in den Himmel hatte er feststellen müssen, dass die Dämmerung bereits eingesetzt hatte und es fast unmöglich war, einen Vogel am Himmel zu erkennen, geschweige denn einen Falken. Sein Magen hatte sich so sehr zusammengeballt, dass er um ein Haar alles, was er gegessen hatte, wieder erbrochen hätte, doch er bewahrte die Kontrolle und blieb, wo er war. Dann rief er nach seinen Eltern.

Zwei weitere Tage und Nächte vergingen, in denen er um Hilfe rief, nach Nahrung suchte und in den Himmel starrte, in der Hoffnung, die Vögel seines Vaters zu entdecken. Er hatte keine Ahnung, wohin sie verschwunden waren.

Albträume von Räubern, die ihn wegstahlen, Wildschweinen, die ihn angriffen, oder vom Hungertod suchten ihn heim. Er besaß einen Bogen und war geschickt genug damit, aber mehr als Beeren fand er nicht zu essen.

Er schrie, bis seine Kehle rau war. Er schluchzte, bis er keine Tränen mehr hatte. Diese drei Tage hatten sich für ihn wie drei Jahre angefühlt. Endlich hatte er begriffen, dass er losgehen musste. Er hatte eine ungefähre Ahnung, woher seine Familie an jenem Tag gekommen war, an dem er sich verirrt hatte, und er wusste, wie er der Sonne und dem Moosbewuchs an den Bäumen folgen konnte, um zu erkennen, welche Richtung die richtige war. Also machte er sich auf den Weg, und sein Herz klopfte wie wild, weil er befürchtete, seinen Vater zu verfehlen oder sich zu verlaufen.

Als er schließlich den Rückweg zur Höhle gefunden hatte, war seine Mutter dort gewesen, während sein Vater noch auf der Suche nach ihm war.

»Mama!« Er rannte zu ihr und warf sich in ihre warmen Arme, denn er zitterte von der Kälte des Herbstwetters und wollte sie eine Ewigkeit nicht loslassen.

Schließlich stieß sie ihn zurück und hielt ihn auf Armeslänge von sich ab. »Was ist passiert, Willum? Wie konntest du dich nur verirren? Ich fürchtete schon, wir würden dich bis zum Frühling nicht mehr finden. Du darfst dich nie wieder so weit von uns entfernen.«

Er hatte schwer geschluckt und sich alle Mühe

gegeben, seine Tränen zurückzuhalten. »Ein Schmetterling. Ich bin einem Schmetterling nachgelaufen.«

Als sein Vater bei Einbruch der Dunkelheit zurückkehrte, war sein Pferd schweißnass, und Will ließ den Kopf vor Müdigkeit hängen.

»Papa!« hatte Willum aus der Höhle gerufen, und sein Vater richtete sich auf.

»Er ist zurück? Bist du wohlauf, Willum?«

»Ja, Papa. Ich habe einen Schmetterling gejagt.«

Für ihn war dieses Ereignis kein kleiner Vorfall gewesen. Tatsächlich hatte er in manchen Nächten noch denselben Albtraum, in dem er allein mitten im Wald erwachte, und auf der Suche nach seinem Falken, seinen Eltern, seiner Schwester, nach allem, was ihm vertraut war, im Kreis lief, ohne etwas zu finden.

Das hatte ihn so geprägt, dass er sich schwor, nie wieder allein zu sein. Tatsächlich war das einer der Gründe, warum er seinen eigenen Falken ausgebildet hatte. Blue war mehr als nur ein Haustier, er war sein Freund.

Ein intensives Gefühl der Erschöpfung überkam ihn. »Macht es euch etwas aus, wenn ich ein oder zwei Nächte bei euch bleibe? Ich werde in weniger als einer Woche zu den Ramsays zurückkehren. Ich muss mich auf unsere nächste Patrouille vorbereiten.«

»Willum?«

»Aye, Dad?«

»Du musst eine Frau finden. Ich hoffe, du findest eine. Du wirst ein guter Vater sein. Ich gehe ein wenig spazieren.« Sein Vater klopfte ihm auf die Schulter und schritt dann zur Tür hinaus in den Wald.

Willum suchte sein altes Bett auf, das in einer separaten Kammer stand und mit warmen Plaids und den Fellen seiner Mutter bedeckt war. Sogar abseits des Herdes war ihm hier immer warm gewesen. »Wir sehen uns morgen wieder, Mama«, rief er ihr zu.

Seine Mutter schob den Kopf zur Tür herein. »Ich wünsche dir schöne Träume, mein Sohn. Und es tut mir so leid, dass du vor so vielen Jahren so etwas Schreckliches erlebt hast. Ich wünschte, ich könnte es aus deiner Erinnerung tilgen.«

»Es geht mir gut, Mama. Sorge dich nicht, aber ich nun bin ich müde. Ich werde ein paar Tage hierbleiben.«

Seine Mutter nickte und kehrte in den Hauptraum der Hütte zurück, wo sie wahrscheinlich die Nähe des Kamins suchte, wenn er raten sollte.

Sein Vater wusste vielleicht nichts davon, doch Willums Hauptziel im Leben bestand darin, eine Partnerin zu finden. Eine Frau, die ihn vermissen würde, wenn er fort wäre. Jemand, der sich unverzüglich nach ihm auf die Suche machen würde. Mehr als alles andere wünschte er sich, zu heiraten.

Zudem glaubte er, endlich die Frau gefunden zu haben, die er sich an seiner Seite wünschte.

KAPITEL ACHT

DREI TAGE NACH ihrer Rückkehr von der Patrouille kam Theas geliebter Bruder Drystan nach Hause. Er stürmte durch die Tür und riss sie dabei fast aus den Angeln.

»Seid alle gegrüßt! Und wie geht es meiner lieben Schwester?«

Sie sprang von ihrem Stuhl auf, um ihn zu begrüßen. »Drystan! Wie geht es dir? Ich freue mich so, dich wiederzusehen, auch wenn es nur für kurze Zeit sein wird. Ich gehe in ein paar Tagen wieder auf Patrouille.«

Er drückte sie fest an sich und fragte: »Patrouille? *Meine* Schwester? Macht es dir Spaß, mit den anderen loszuziehen und die Engländer auszukundschaften?« Nach der Umarmung trat er zurück und betrachtete seine Schwester, wobei er ihre Schultern weiterhin umklammert hielt. »Du siehst hübsch aus wie immer, Thea, also muss es dir Freude machen. Wo seid ihr hin geritten?«

Sie erstattete ihm von den letzten Patrouillen Bericht und erklärte ihm all die neuen Verbindungen ihrer Cousinen. »Aber was ist mit dir, Drystan? Wie geht es dir? Hast du eine

Frau kennengelernt? Bestimmt gibt es ein Grant
Mädchen, auf das du ein Auge geworfen hast.«

»Es gibt einige, aber ich habe mich noch nicht
auf eine festgelegt. Connor hält mich ganz schön
auf Trab.«

Eine Stimme rief ihnen beiden von draußen
zu. »Höre ich da die Stimme meines Sohnes?
Wenn ja, dann musst du nach draußen kommen
und dir ansehen, was ich baue.«

»Ach, Papa ruft. Wo ist Mama?«, fragte Drystan.

»Sie ist draußen bei Papa. Geh zu ihnen. Ich
koche den Eintopf für heute Abend. Keine
Sorge, wir haben genug.«

»Mehr als das für mich!«, rief er, als er zur Tür
hinausging.

Sie schmunzelte über ihren Bruder. Er hatte
einen der größten Appetite überhaupt.

Der Tag verging wie im Fluge und am nächsten
Morgen forderte Thea Drystan zu ihrem üblichen
Wettrennen auf der Wiese heraus, das sie oft
veranstaltet hatten, als sie jünger waren. Einmal
hatten sie sogar einen Parcours mit Sprüngen,
Stangen, die man umrunden musste, und Ästen,
unter denen man sich ducken musste, aufgebaut.
Ihre Stute beherrschte den Hindernisparcours
viel besser als Drystans Pferd, das bei jedem
Hindernis, das sein Missfallen erregte, vorzog, zu
schnauben oder zu bocken.

Jetzt waren die Tiere froh, dass sie einfach frei
laufen konnten. Der Boden war schnee- und
eisfrei, also verlegten sie ihr Rennen auf den
frühen Morgen, falls sich das Wetter im Laufe des
Tages verschlechtern sollte. Es war ein so schöner

Tag, dass sie Bo und Gerland mitgenommen hatte. Ihre wild wedelnden Ruten konnten als Hinweis darauf gewertet werden, dass sie das Rennen mehr genossen als Theas Pferd.

Thea trieb Blossom an und kicherte, als ihre liebenswerte Stute die Herausforderung annahm und an ihrem Bruder vorbeisprintete, während die beiden Hirschhunde neben ihnen her sausten.

»Komm schon, Drystan! Du solltest mithalten können.«

Ihr Bruder war ihr neben Lorana einer der liebsten Menschen. Sie liebte ihre Geschwister und vermisste ihn mehr als erwartet, nachdem er zu seiner Ausbildung mit Connor gegangen war. Sie liebte es, ihren Bruder zum Rennen zu reizen.

»Reite schneller! Du kannst mir nicht erzählen, dass all die Grants es nicht geschafft haben, deinen Wettkampfgeist zu wecken. Das kann gar nicht sein.« Ganz im Gegensatz zu fast allen anderen Männern, die sie kannte, hatte Drystan nie Spaß an Wettkämpfen gehabt.

Tante Gwyneth und Onkel Logan drängten alle jungen Leute dazu, sich mit anderen zu messen, aber Drystan konnte mit diesem Gedanken einfach nicht warm werden. Er antwortete immer auf die gleiche Weise. »Ihr wisst, dass ich lieber im Hintergrund bleibe und euch beim Rennen zusehe.«

Aber als seine Schwester konnte sie nicht anders, als ihn zu sticheln. Sie hatte tief in ihrem Inneren genügend Wettbewerbsdenken für sie beide, insbesondere dann, wenn es um ein Wettrennen über die Wiese ging.

Sie verlangsamte ihre Stute und beugte sich zu ihrem Bruder hinüber, als er sie einholte. »Du weißt, ich kann nicht anders. Lass uns noch einmal über die Wiese stürmen.«

Blossom spürte ihre subtile Aufforderung und raste davon, wie ein Reh, das von Jägern verfolgt wird.

»Sei vorsichtig, Thea! Du bist an der Grenze vom Ramsay Gebiet, und die örtliche Patrouille ist gerade auf dem Rückweg zum Bergfried.«

Die Ramsay Wachen, die auf Patrouille gewesen waren, hatten ihren Weg direkt an der Wiese vorbei genommen und dabei hatten sie geschwatzt und Thea herausgefordert, als sie ihren Weg kreuzten, während sie Drystan ausgelacht hatten, weil er hinter ihr lag. Immer war er ganz hinten.

Sie lachte, als sie Blossom ein weiteres Mal antrieb, und genoss die Erinnerungen an ihre vergangenen Rennen und den Spaß, den sie immer gehabt hatten.

Dieser Tag war jedoch anders. Etwas stieß sie an ihre Schulter, und sie zuckte zusammen, weil sie erwartete, einen Ast aus ihrem Umhang ragen zu sehen, aber da war nichts. Was zum Teufel war gerade passiert?

»Thea! Angriff! Fliehe!«, rief Drystan verzweifelt.

Instinktiv wirbelte sie herum, anstatt wegzulaufen, und ritt auf ihn zu, um ihm zu helfen, wo sie nur konnte. Drystan wurde von zwei Pferden flankiert, die Reiter schienen keine Schotten, sondern Engländer zu sein. Sie trugen schmutzige Kleidung, keine Plaids oder irgendetwas anderes, das einen Hinweis auf ihren Clan gegeben hätte.

»Drystan, ich komme«, rief sie, griff nach ihrem Bogen und spannte einen Pfeil so schnell ein, dass sie nicht einmal darüber nachdachte, was Drystan ihr zugerufen hatte, bis er sie wieder anschrie.

»Fliehe! Hol Hilfe.«

Sie konnte ihren Bruder nicht allein lassen. Und plötzlich herrschte so viel Chaos, dass sie nicht wusste, was sie zuerst tun sollte.

Bo und Gerland gingen zum Angriff über, so wie es ihnen von Torrian beigebracht worden war. Sie schoss ihren Pfeil und traf einen der Angreifer an der Schulter. Er brüllte auf und drehte sich zu ihr um.

Der Mistkerl kam ihr bekannt vor. Könnte es derselbe Mann sein? Derselbe, der versucht hatte, das Rehkitz zu töten?

»Verschwinde von hier, Thea. Reite zum Bergfried und hole Hilfe!« Drystans Schwert traf den anderen Mann am Bein, aber ihr Bruder machte den Fehler, sie anzuschauen.

Das gab dem Angreifer die Gelegenheit, Drystan zu treffen, indem er ihn mit der flachen Seite seines Schwertes auf die Rippen schlug. Ihr Bruder flog vom Pferd und sein Pferd stürzte neben ihm.

»Drystan!«

Sie spannte einen weiteren Pfeil und schoss, aber

diesmal traf sie ihr Ziel nicht. In ihrer panischen Angst konnte sie sich nicht konzentrieren oder beruhigen, um genau zu zielen. Sie wusste, dass es zu wichtig war, aber ihre Panik stand ihr im Wege.

Er war ihr Bruder. Sie durfte ihren Bruder nicht verlieren.

Tränen trübten ihre Sicht und die Wut schoss durch ihre Adern. Sie stieß ein lautes Knurren gegen die Angreifer aus.

Drystan gelang es, sich wieder auf sein Pferd zu schwingen, und ging erneut auf den Marodeur los. Das Klirren der Schwerter hallte durch die Luft. Drystan traf seinen Angreifer in den Bauch und brachte ihn aus dem Gleichgewicht, woraufhin der Mann stürzte und sein Pferd mit sich zu Boden riss.

Unglücklicherweise trat dieses Pferd aus und brachte auch Drystans Pferd aus dem Gleichgewicht. Das arme Tier schleuderte Drystan durch die Luft, bevor es in den Wald flüchtete und nun war ihr Bruder ohne Pferd.

»Reite zum Bergfried, Thea!« Er ging auf den am Boden liegenden Mann zu, aber Thea konnte nicht länger zusehen.

Der Mann, den sie verletzt hatte, saß immer noch auf seinem Pferd und kam direkt auf sie zu, wobei er brüllte. »Ich bringe dich um, du Luder!«

Diese Stimme und diesen Akzent hatte sie schon einmal gehört. Es war, als würde sie dasselbe Scharmützel noch einmal erleben, das sie während der Patrouille gehabt hatten.

Beim ersten Mal waren es drei Männer gewesen,

doch jetzt zählte sie nur noch zwei. Aber ein Mann war derselbe, und er war Engländer. Sie hätte schwören können, dass es derselbe Mann war, der das Rehkitz hatte holen wollen und den verirrten Pfeil über ihrem Kopf abgeschossen hatte. Thea zwang sich, so weit wieder zur Ruhe zu kommen, dass sie einen weiteren Pfeil abschießen konnte, aber ihre Hände zitterten, und auch diesmal ging ihr Schuss daneben.

Bo und Gerland wandten sich von Drystan ab und verfolgten ihren Angreifer, einer auf jeder Seite, wobei ihr tiefes Bellen das Pferd des Mannes verunsicherte.

Die Angst durchströmte sie, und schließlich tat sie das, was sie von Anfang an hätte tun sollen. Sie lenkte ihr Pferd direkt zum Bergfried der Ramsays. Es war ein weiter Weg, aber hoffentlich hatte jemand etwas mitbekommen oder vermutet, dass es ein Problem gab, und würde in diese Richtung kommen.

Es bestand die Möglichkeit, dass die Patrouille etwas gehört hatte und umkehrte. Sie könnte die Männer zu Drystan schicken, damit sie ihm zu Hilfe kämen.

Der Mann holte sie schneller ein, als sie erwartet hatte und er schrie immer noch. »Du dummes Luder. Nun wirst du dafür bezahlen, dass du mich verletzt hast.« In seiner Stimme lag ein Ton, der sie mit Nervosität erfüllte, denn es war ein unerbittlicher, drohender Ton, der ihr sagte, dass sie es bitter bereuen würde, sollte er sie jemals erwischen.

Es wollte ihr nicht gelingen, weiteren Abstand

zwischen sich und ihn zu bringen, sondern sie konnte ihn immer näher kommen hören, bis er schließlich von seinem Pferd auf sie zusprang und mit ihr zusammenstieß, wobei sie beide durch die Luft flogen. Sie landete mit einem dumpfen Aufprall, der ihr die Luft aus den Lungen presste, während er sie festhielt.

Er war auf ihr gelandet, aber sobald sie wieder zu Atem kam, schrie sie auf. Einen Moment später stürzten sich Bo und Gerland auf den Kerl. Der eine biss ihn in seinen Arm, der andere in sein Bein und die Hunde zerrten ihn von ihr weg. Sie griff nach dem Dolch in ihrem Stiefel, doch dann erstarrte sie.

Der Mann stach auf Bo ein, und beim Aufschrei ihres Hundes zersprang ihr Herz.

Erst Drystan und jetzt ihr geliebtes Tier.

»Du hast meinen Hund verletzt.« Sie griff nach Bo, der aber von ihr wegkroch und dabei vor Schmerz heulte. Gerland schien noch aufgebrachter als sie selbst. »Lauf, Gerland. Finde Torrian.« Gerland rannte bellend in Richtung des Bergfrieds los.

Die Faust, die sie im Gesicht traf, erzwang nun ihre Aufmerksamkeit. »Ich werde dich foltern, du Luder. Du kannst mir auch einen blasen. Dann werde ich dein Leben ganz langsam auslöschen.«

Mit der letzten Bemerkung wurde sie wieder an ihre eigene gefährliche Situation erinnert. Sie trat dem Mann zwischen die Beine, und sein Heulen gab ihr einen Moment Zeit, sich wegzudrücken, doch dann bekam er ihren Zopf zu fassen und riss sie nach hinten.

Er brachte sein Gesicht ganz nahe an ihres, und es war nahe genug, dass sie die gezackten Wundränder eines Hundebisses neben seinen Augen erkennen konnte. Das Blut lief seitlich an seinem Gesicht herunter. »Erst bringe ich deinen Hund um, und dann kümmere ich mich um dich. Diesmal kommst du nicht davon.«

Er zerrte sie hinter sich her, als er auf Bo zuging, aber sie schwang ihre Fäuste und erwischte ihn seitlich am Kopf. Durch die Wucht des Schlages taumelte er zurück und dann schlug er sie erneut.

Ein Knurren ertönte hinter ihr.

KAPITEL NEUN

WILLUM SCHOSS VON seiner gemütlichen Ruhestätte in der Schlafkammer hoch, ohne sich allerdings den Grund dafür erklären zu können. Er blieb in der Dunkelheit der Nacht liegen und hielt den Atem an, was ihm die Zeit verschaffte, die er brauchte, um sich ein Bild über die Lage zu machen.

Irgendetwas stimmte nicht, ohne dass er sagen könnte, was es war. Er nahm sein Schwert und hielt es mit einer Hand, während er sich mit der anderen den Schweiß aus dem Gesicht wischte.

Es war mitten im Winter und er schwitzte. Das musste eine Bedeutung haben.

Das gleichmäßige Atmen seiner Mutter verriet ihm, dass ihr nichts fehlte.

Das Flüstern seines Vaters, das aus der anderen Schlafkammer zu hören war, durchbrach die Nacht. »Was stimmt nicht?«

»Das weiß ich nicht. Aber es ist irgendetwas. Ich werde hinausgehen und nachsehen«, antwortete er flüsternd. Schnell zog er seine Stiefel an und trat in die kühle Luft hinaus, um nach den Anzeichen eines Angriffs Ausschau zu halten. Handelte es sich bei dem Störenfried um ein Wildschwein oder einen Räuber?

Er schlenderte umher, ohne eine bestimmte Richtung einzuschlagen, und dabei bewegte er sich so leise wie möglich, als er die Umgebung inspizierte. Was hatte ihn nur veranlasst, mitten in der Nacht aus dem Tiefschlaf zu erwachen? Es lag nicht viel Schnee, und es war nur noch ein Rest in schattigen Bereichen zu finden. Es herrschte kein Sturm oder ein anderes Wetterereignis, das ihn geweckt hatte.

Was um alles in der Welt war es dann?

Er kümmerte sich um seine persönlichen Bedürfnisse und suchte dann die Gegend sorgfältig nach Ungewöhnlichem ab. Doch seine Erkundung ergab nichts.

Sein Vater folgte ihm aus der Hütte. »Hast du etwas entdeckt?«

»Nein. Rein gar nichts.« Noch einmal ließ er seinen Blick über die Gegend schweifen, um nach etwas Ungewöhnlichem Ausschau zu halten. Er pfiff nach seinem Falken, und Blue erschien in kürzester Zeit über ihm. Der Vogel zeigte keine Anzeichen einer Beunruhigung in der weiteren Umgebung, also zuckte Willum mit den Schultern.

Dann kam ihm die Erkenntnis. Ein Gefühl, das er in den Tiefen seines Bauches spürte, drückte ihn derart, dass er es nicht ignorieren konnte. »Thea ist in Schwierigkeiten.«

»Es ist mitten in der Nacht.«

»Ich verspüre nur den plötzlichen Drang, nachzusehen, ob es ihr gut geht. Ich wollte ohnehin im Morgengrauen aufbrechen. Blue wird mich leiten. Ich werde mich jetzt verabschieden, Papa. Sag Mama bitte Auf Wiedersehen von mir und entschuldige dich für meinen abrupten Aufbruch.«

»Das werde ich.« Ein wenig überrascht fing sein Vater seinen Blick auf. »Du hast starke Gefühle für Thea.«

Für einen Moment dachte er über diese Feststellung nach und beschloss dann, dass es vielleicht an der Zeit war, offen und ehrlich zu sein. »So ist es, aber ich weiß nicht, ob sich daraus etwas entwickelt. All das ist zu neu. Wie auch immer, habe ich das Bedürfnis, zu ihr zu gelangen.«

Sein Vater klopfte ihm auf die Schulter. »Viel Glück. Wir werden bei den Camerons haltmachen. Wenn du mit uns in Kontakt treten willst, kann ich dir sagen, dass wir mindestens eine Woche dort sein werden.«

Willum brach unverzüglich zu seinem Ritt auf. Er bestieg sein Pferd und schlug den Weg zum Gebiet der Ramsays ein. Blue flog über ihm. Er fühlte sich nicht in der Verfassung, über sein Bedürfnis nachzudenken, Thea zu helfen, also versuchte er dem Anlass auf den Grund zu gehen, der seine heftige Reaktion ausgelöst haben könnte.

Es war höchst unwahrscheinlich, dass sie in diesem Moment in Schwierigkeiten steckte, denn die Dämmerung war noch nicht einmal hereingebrochen. Thea sollte derzeit eigentlich fest schlafen. Dyna sagte oft, dass sie

Schwierigkeiten zeitgleich mit dem Ereignis spürte und somit ergab dies keinen Sinn.

Natürlich hatte seine Tante Molly oft von ihrer Fähigkeit berichtet, eine Vorahnung von Dingen zu haben, die sich in der Zukunft ereignen würden. Könnte dies hier der Fall sein? Würde Thea in den nächsten Stunden Schlimmes zustoßen?

Das konnte er nicht wissen, doch der Weg dorthin schien kein Ende nehmen zu wollen. Je näher er dem Gebiet der Ramsays kam, umso feuchter wurden seine Handflächen. Dann waren mit einem Mal auch sein Rücken, sein Nacken und seine Stirn schweißnass. Inzwischen war die Nacht jedoch dem Tag gewichen, sodass er endlich sehen konnte, wohin er ritt und wer außerdem noch in der Nähe war.

Je näher er kam, desto stärker wurde das Kribbeln, das er auf seiner Haut fühlte. Irgendetwas stimmte bei den Ramsays nicht, und er konnte nur beten, dass Thea nicht davon betroffen war.

Gerade hatte er die Grenze zum Gebiet der Ramsays überschritten, die durch zwei Bäume auf beiden Seiten des Weges markiert war, als er einen Schrei und einen vor Schmerz jaulenden Hund hörte.

Er trieb sein Pferd in den Galopp und ließ sich vom Klang des Schreis in die richtige Richtung leiten. Er bemerkte einige Pferde, die den Weg von der Burg hinunterrasten, und noch in einiger Entfernung waren, aber sie hielten auf die Ursache des Schreis zu. Er vermutete, dass es

Torrian, Kyle, Gavin und eine ganze Meute von Wolfshunden waren.

Gerland rannte vorweg. Das verhieß nichts Gutes.

Wo war Bo und – noch dringender – wo war Thea?

»Thea?«, rief er verzweifelt, doch er konnte nichts sehen. Der Weg, dem er folgte, führte mitten durch den Wald, sodass ihm die freie Sicht verwehrt war. Er raste an einer Lichtung vorbei und bog gerade noch rechtzeitig um eine Kurve, um zu sehen, wie ein Mann Thea mit der Faust ins Gesicht schlug, während er sie über den Boden schleifte.

Es war derselbe Mann, mit dem sie auf der Patrouille schon zusammengestoßen waren.

Willums Wut wallte so schnell in ihm auf, dass er sich zwingen musste, die Fassung zu bewahren, um das Richtige zu tun, wie sein Vater es ihn gelehrt hatte. Er rang diese Wut und auch seine Angst nieder, während er von seinem Pferd sprang und sich auf den Schurken stürzte, der Thea in seiner Gewalt hielt.

Er hatte keine Ahnung, wer sein Angreifer war, aber er musste kein kompletter Narr sein, denn sobald er Willum und die Pferde entdeckte, die sich über die Wiese vom Bergfried her näherten, ließ er von Thea ab und ergriff die Flucht. Mit einem Satz war er auf sein Pferd gesprungen und galoppierte in die entgegengesetzte Richtung davon.

Thea stürmte hinter ihm her, aber Willum fing

sie ab, indem er einen Arm um ihre Taille legte. Er sprach so leise zu ihr, wie er konnte.

»Nein, du wirst ihn zu Fuß nicht erwischen. Torrian ist auf dem Weg hierher, und er wird ihn kriegen. Du musst behandelt werden.«

»Nein, Bo!« Sie brach in Schluchzen aus, als sie sich von ihm löste und zu dem verletzten Hund eilte, der hechelnd am Boden lag. Im nächsten Moment war Gerland bei ihnen angekommen und der Rest der Meute war direkt hinter ihm. Ihr Hund drückte ihr kurz die Nase ins Gesicht, dann stellte er sich neben Bo. Er war Theas Wächter, wenn Willum raten sollte.

»Bo, nein ...« Sie streckte die Hand nach ihrem Tier aus, als Torrian gerade von seinem Pferd sprang.

»Vorsichtig, Thea. Wenn er verletzt ist, könnte er beißen. Ich werde mich um ihn kümmern.« Sein Blick erfasste Theas mitgenommenes Äußeres. »Wer hat das getan?«

Thea fiel schluchzend und zitternd gegen Willum zurück und sah sich um wie ein in die Enge getriebenes Tier. »Wo ist Drystan?«

»Wir haben Drystan gefunden. Er ist wohlauf. Wer hat das getan?«, fragte Torrian erneut.

Willum hatte den Schurken gesehen und glaubte, ihn wiederzuerkennen. »Ich glaube, es war derselbe Mann, dem wir auf der Patrouille begegnet sind, aber er ist in Richtung Hauptweg unterwegs, um von eurem Gebiet fortzukommen. Dunkelhaarig, blutbesudelt, und er reitet ein grauscheckiges Pferd.«

»Er ist ein elender Engländer«, schimpfte Thea.

»Er hat meinen Hund verletzt. Torrian, wird er überleben?«

»Es scheint eine oberflächliche Wunde zu sein, Thea, aber ich mache mir mehr Sorgen um dich.« Torrian sah Willum an. »Bring sie zu Brenna. Ich bringe Bo zu Bethia.«

»Nein, ich möchte ihn begleiten. Ich gehe mit dir. Bitte, Torrian.« Ihre Tränen zerrissen Willum innerlich ebenso wie der Anblick ihres Körpers. Theas Ängste drangen direkt in sein Herz. Er musste etwas für sie tun. Und er würde alles für sie tun.

Aber Torrian duldete keinen Widerspruch. »Auf keinen Fall, Thea. Deine Anwesenheit in deinem jetzigen Zustand würde die Hunde nur beunruhigen. Ich werde Bo zu deiner Mutter bringen, und sie wird sich um seine Wunden kümmern. Wenn du dort bist, werden sich beide Hunde auf dich konzentrieren. Das wird ihre Heilung und auch die deine verzögern.« Er gab Willum ein Zeichen, dass sie beide sich in Marsch setzen sollten, während er sich um die Hunde kümmerte. »Ich werde dein Pferd finden, Thea. Und Drystans auch. Du lässt dich zu Brenna bringen. Du blutest und deine Schwellungen werden schlimmer, während du sprichst.«

Willum setzte sie im Seitensitz vorn auf sein Pferd und stieg dann hinter ihr auf, so dass er seine Arme zu beiden Seiten von ihr hatte und sie sicher halten konnte. Sie lehnte sich an ihn und schluchzte so sehr, dass sie kein Wort hervorbringen konnte.

Sobald er dabei war, sein Pferd zu wenden,

richtete Torrian eine letzte Bitte an ihn. »Finde heraus, was du kannst. Merke dir alles, was ihr auf dem Weg seht. Gavin wird mit euch gehen. Kyle wird bei mir bleiben.«

Als sie eine kurze Strecke entfernt waren, meinte Thea: »Dreh um. Vergiss, was Torrian gesagt hat. Willum, wir gehen hinter diesem verdammten Bastard her.«

Schon wieder hatte er sich geirrt, denn er würde nicht alles für sie tun. Auch wenn er sich in sie verliebte, würde sie ihn nach seinen nächsten Worten sicher hassen.

KAPITEL ZEHN

»NEIN, THEA. DU wirst zuerst eine Heilerin aufsuchen.«

Es kam nicht oft vor, dass Thea diesen strengen Ton von Willum hörte. »Mach kehrt. Er entkommt.« Sie musste einfach dafür sorgen, dass dieser Bastard dafür bezahlte, was er ihrem Hund angetan hatte. Allerdings war sie es auch nicht gewohnt, sich so schwach zu fühlen, und sie sackte an Willums feste Brust. Plötzlich fühlte sie sich von Erschöpfung übermannt und sie musste sich an seinem Unterarm festhalten, um nicht vom Pferd zu stürzen.

Eine weitere Gruppe berittener Wachen schoss an ihnen vorbei, und Gavin übernahm es, ihnen die richtige Richtung zu weisen.

Kaum waren sie vorbei, ritt Gavin neben sie. »Du reitest nirgendwo hin, Thea Douglas, und das weißt du genau. Ich weiß, du liebst deinen Hund, aber wenn du dein Gesicht jetzt sehen könntest, würdet du uns wahrscheinlich zustimmen. Du wirst zuerst deine Großmutter aufsuchen.«

»Ist noch jemand außer Großmutter zurückgekommen?«, fragte Willum.

»Aye, alle sind zurückgekehrt«, antwortete Gavin. »Dad fängt schon an, auf und ab zu schreiten. Die Geschichten über die Engländer in Berwick Castle verbreiten sich schnell. Die Patrouille wird bald wieder losreiten und du musst bereit sein, Thea. Du und die anderen werden von König Robert gebraucht.«

Thea schluckte und tat ihr Bestes, um ihr Herz zu beruhigen, das nach allem, was geschehen war, wie rasend schlug. Mehr und mehr Ramsay Wachen ritten an ihnen vorbei, allerdings in die entgegengesetzte Richtung. Einer der Reiter hielt an und die Stimme ihres Großonkels rief ihr zu. »Halt an, MacLerie. Ich muss ihr Fragen stellen.«

»Nein, wir müssen weiterreiten. Sie braucht Tante Brenna.«

»Hast du mich gerade abgewiesen, MacLerie? Halte ihn auf, Gavin«, rief Onkel Logan hinter ihnen her.

»Papa«, brüllte Gavin, »sie ist verletzt! Finde Drystan für deine Antworten oder folge den Wachen, die hinter dem Bastard her sind. Willum hat die richtige Entscheidung getroffen. Wenn du ihr Fragen stellen willst, musst du warten, bis Tante Brenna es dir erlaubt.«

»Das wird so schnell nicht passieren«, erklärte Onkel Logan murrend. Diese Frau ist eine sture Tyrannin. Ich werde neben euch her reiten.«

Willum hielt nicht an, sondern zügelte sein Pferd zu einem leichten Trab. Er hielt Thea fest im Griff, wofür sie dankbar war. Dieser Mann war so unerschütterlich wie kein anderer. Ihre Mutter und ihr Vater würden in Entsetzen ausbrechen, aber es ging ihr recht gut.

Das dachte sie zumindest.

Onkel Logan ritt neben ihnen her. »Engländer oder Schotte?«

Ihr Blick fand ihren Onkel und konzentrierte sich auf sein Gesicht. So harsch seine Stimme auch klingen mochte, wusste sie genau, wie sehr er sie liebte, und er würde diesen Schurken so schnell wie nichts zur Strecke bringen. Sie bemühte sich gar nicht erst, den Kopf zu heben, den sie an Willums Schulter gebettet hatte. Rasch verließen sie ihre Kräfte, also schlang sie beide Arme um Willums Taille, um nicht zu stürzen.

»Er war Engländer«, antwortete Willum für sie. »Ich habe ihn gesehen. Ich glaube, es war derselbe Mann, dem wir auf der Patrouille begegnet sind, als er mit seinen Kumpanen Fallen für Rehe aufgestellt hatte. Als wir vorbeikamen und ein Rehkitz freiließen, schoss er auf uns, weil er über unsere Einmischung in Harnisch geraten war.«

»Einer von Edwards Männern?«

»Nein. Es waren nur zwei Angreifer und sie trugen keine Uniform.« Willum hatte den anderen Angreifer nicht sehen können, aber er hatte während des Ritts durch Gavin von Drystans Angreifer gehört.

»Hat der Bastard dich angefasst, Thea?«, fragte Onkel Logan und in seiner Stimme klang eine kaum kontrollierte Wut mit, die sie nicht oft bei ihm gehört hatte.

Wieder antwortete Willum für sie. »Er hat sie geschlagen. Ihr Gesicht ist geschwollen.« Er zog seinen Arm so weit zurück, dass ihr Onkel den Schaden betrachten konnte, den ihr Gesicht genommen hatte.

Endlich fand sie ihre Stimme wieder. »Er hat mich geschlagen und gedroht, dass er mich foltern würde, weil ich bezahlen müsste.«

»Für was bezahlen?«, fragte Onkel Logan.

»Für den Pfeil, den ich ihm in die Schulter geschossen habe, und das Kitz, das ich freigelassen habe«, antwortete sie, und ihr Atem ging wieder stoßweise. »Aber nachdem ich seine Schulter getroffen hatte und sah, wie Drystan mit dem anderen Mann kämpfte, konnte ich nicht mehr zielen. Er sah mir auch nach demselben Mann aus. Ich war so aufgeregt, dass meine Hände zitterten. Bei den folgenden Schüssen habe ich dann danebengetroffen.« Die Tränen kehrten zurück, als sie daran dachte, wie sie ihren Bruder im Stich gelassen hatte.

»Es war gute Arbeit, einen von den Männern zu treffen, Mädchen«, lobte Willum.

»Wir werden den Kerl zur Strecke bringen. Hab keine Angst.« Ihr Großonkel stieß jedes Wort wie ein Bellen hervor und sein Zorn war deutlich zu vernehmen.

Onkel Logan ritt davon und Gavin übernahm die Führung.

Willum küsste sie auf die Stirn. Daraufhin kuschelte sie sich enger an ihn.

***

Verdammt sollte er sein, aber Thea setzte alle erdenklichen Emotionen in ihm frei. Es gefiel ihm, sie so nah bei sich zu haben, aber er belastete ihn sehr, dass sie verletzt worden war.

Ein starkes Bedürfnis nach Rache hatte ihn ergriffen, die er an dem Mann verüben wollte, der es gewagt hatte, sie zu verletzen – und gar, sie zu berühren. Würde sein Vater jetzt vor ihm stehen, dann bekäme er zu hören, dass er seine Bestimmung jetzt kennen würde. Es war eine dreifache Bestimmung.

Liebe Thea.

Beschütze Thea.

Töte den Bastard, der ihr das angetan hat.

Die Tore von Ramsay Castle wurden schnell für die kleine Gruppe geöffnet, und Gavin gab Willum ein Zeichen, sein Pferd direkt zu den Stufen des Bergfrieds zu lenken. Überall schien Chaos zu herrschen, was er allerdings unbeachtet ließ. Thea hatte die Augen geschlossen, also reichte er sie Gavin und nahm sie dann wieder in seine Arme, als jemand nach Gavin rief.

Einen Moment lang machte er sich Sorgen, wie er die Tür öffnen sollte, doch das war nicht nötig. Eine kleine Gruppe, die aus den Bewohnern des Castles bestand, folgte ihm sichtlich besorgt, und jemand vom Gesinde machte ihm den Weg zu Brennas Heilkammer frei.

Er legte sie vorsichtig auf das von seiner Großtante, Brenna Ramsay, Theas Großmutter, angegebene Bett.

»Hat sie mit dir gesprochen, Willum?«

»Ja, Tante Brenna. Sie war völlig klar, machte sich Sorgen um ihren Hund und weinte heftig. Kurz vor unserer Ankunft schlief sie ein. Sie wird

wieder gesund werden, glaubst du nicht auch?«
Er fasste nach Theas Hand und rieb die seine
über ihre kalte Haut. Ihre Haut wirkte aschfahl
und ihre langen dunklen Wimpern bildeten
einen starken Kontrast.

»Thea«, Tante Brenna klopfte ihr leicht an
die Wange. »Na los. Du musst für mich wach
werden. Ich möchte dir einige Fragen stellen.
Wache ein paar Augenblicke auf.«

Die Tür sprang auf und Theas Vater stürmte
herein. »Wo ist sie? Ist sie wohlauf?«

Er warf einen Blick auf seine Tochter und ließ
sich auf einen Stuhl in der Nähe sinken. »Was
ist passiert? Ich weiß nicht, was vorgefallen ist,
aber ich bin krank vor Sorge. Drystan wurde
angegriffen, Bo wurde niedergestochen, und
mein kleines Mädchen sieht aus, als hätte ihr
jemand eine Faust ins Gesicht geschlagen.« Er
blickte zu Willum. »Weißt du, was passiert ist?«

Thea schlug ihre Augen flatternd auf, worauf
Tante Brenna sich neben sie auf das Bett setzte
und ihre Hände nahm. »Wach auf, Mädchen. Ich
muss wissen, was passiert ist. Dein Gesicht hat das
Schlimmste abbekommen, glaube ich, aber das
muss ich von dir selbst hören.«

»Warum antwortet sie nicht?«, fragte Donnan.

»Manchmal sind die Ereignisse eines Angriffs
so schockierend für eine Person, dass sie sich
nach innen wendet, um nicht außer Kontrolle
zu geraten. So lautet die medizinische Erklärung
zwar nicht, aber so habe ich es in all den Jahren
immer wieder erlebt. Sie sind von den Ereignissen
wie betäubt und schlafen ein wenig, um sich von

innen heraus zu heilen. Ich kann keine große Menge an Blut als Beweis für eine ernsthaftere Wunde erkennen.«

Thea öffnete nun die Augen, und ihr Blick verweilte erst auf Willums Augen, dann auf denen ihres Vaters. »Drystan. Papa, wo ist Drystan?«

»Es geht ihm gut, Thea«, antwortete ihr Vater. »Eine kleine Stichwunde. Und deine Mama näht Bo zu. Sie sagt, die Wunde ist nur oberflächlich und kein Grund zur Sorge. Ich möchte wissen, wer euch das angetan hat. Hast du die Männer gekannt?«

Sie nickte, und Tante Brenna nahm Donnans Hand. »Donnan, warum redest du nicht draußen mit Willum, während ich mich um Thea kümmere?«

Donnan sah zu ihm auf, um sich dann vorzubeugen und Thea einen Kuss auf die Stirn zu drücken. Er machte Willum ein Zeichen, mit ihm in die Halle zu gehen. Als sie hinaustraten, kam von draußen gerade eine Gruppe herein. Torrian ging voran, und seine Tunika war von dem verletzten Hund blutbesudelt. Ihm folgten Kyle, Großvater und Onkel Gavin. Der Laird winkte die Gruppe zu einem nahegelegenen Tisch, und sie ließen sich dort nieder, worauf Donnan und Willum sich ihnen anschlossen.

Willum bewunderte Torrian für die Arbeit, die er als Laird leistete. Stets bewahrte der Mann die Ruhe und war imstande, Entscheidungen schneller zu treffen, als ein Kaninchen auf der Flucht laufen konnte.

»Wir konnten den Mann nicht stellen, der

Thea angegriffen hat«, meinte Torrian, der dabei eine bedauernde Grimasse zog. »Wir haben den Mann ins Verhör genommen, mit dem Drystan gekämpft hat, und konnten ihm einige Antworten entlocken, ehe er seinen letzten Atemzug tat. Keiner von Drystans Schlägen war tödlich; ich glaube, das Pferd des Mannes war auf ihn gestürzt und hat sein Becken zertrümmert. Zunächst wollte er nichts sagen, doch dann konnte ich ihn überzeugen.«

Willum konnte sich denken, auf welche Weise der Mann zu seinen Antworten gekommen war, aber er wollte nicht fragen.

»Die beiden gehören zu einer Gruppe von Männern, die angeheuert wurden, um in den Lowlands für König Edward zu kämpfen. Sie waren aus England gekommen und haben im Grenzland erfahren, dass die Schotten leicht zu bestehlen sind. Da die Hungersnot ihnen schwer zu schaffen macht, waren die Männer auf der Suche nach allem, was sie stehlen oder essen konnten. Sie hatten gehofft, Pferde zu erbeuten und waren auf die Patrouille hoch zu Ross aufmerksam geworden, also folgten sie ihnen hierher. Willum, du hast sie schon einmal gesehen, nicht wahr?«

»Ja. Sie hatten Fallen für Rehe aufgestellt und ein Kitz gefangen. Thea hat es befreit, aber das hat die Männer natürlich verärgert und sie haben uns angegriffen. Sie waren zu dritt, und mir war es gelungen, einen mit meinem Pfeil ins Bein zu treffen. Er sagte, sie hätten für das, was Thea getan hat, Rache nehmen wollen.«

Es waren schmierige Bastarde, die sich an einer Frau vergriffen, wie sie es getan hatten. Das schürte sein eigenes Bedürfnis nach Rache für die Verletzungen, die Thea erlitten hatte.

»Er sagte auch, sie hätten noch nie eine Frau mit einem Bogen gesehen. Thea hat sie überrumpelt«, fügte Torrian noch hinzu.

»Hast du einen Namen?«, fragte Willum. Er betete, dass es ihm irgendwie gelingen könnte, den Mann zu finden, der Thea verletzt hatte.

»Den habe ich. Fulke Slater nannte er ihn. Er stammt aus York. Er sagte auch, sie seien von hier aus nach Berwick Castle unterwegs. Sie erwarten König Edwards Ankunft dort innerhalb eines Mondes.«

Willum neigte den Kopf zur Seite und speicherte den Namen in seinem Gedächtnis.

Fulke Slater.

Nun würde er einen Mann namens Fulke jagen.

KAPITEL ELF

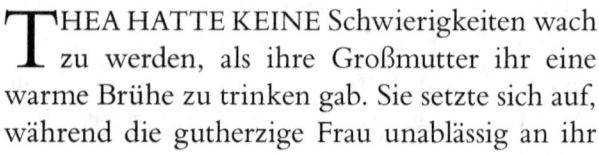

THEA HATTE KEINE Schwierigkeiten wach zu werden, als ihre Großmutter ihr eine warme Brühe zu trinken gab. Sie setzte sich auf, während die gutherzige Frau unablässig an ihr herumhantierte.

»Ich bin wohlauf, Großmutter.« Sie trank noch einen großen Schluck von der Brühe und ließ das warme Getränk eine Weile in ihrem Mund verweilen, bevor sie es herunterschluckte.

»Das mag vielleicht deine Ansicht sein, aber du musst innerlich zur Ruhe finden. Du bist aufgebracht, weil dein Hund verletzt ist und du Drystan im Kampf gesehen hast. Er ist äußerst fähig und wurde von einem der Besten im ganzen Land ausgebildet, also musst du deine Sorgen um ihn verdrängen. Wenn du dich nicht aufregst, wirst du schneller wieder gesund werden. Erzähl mir von Bo«, forderte Großmutter sie auf und tüftelte an Theas Gesicht herum. Thea zuckte ein paar Mal zusammen, als bestimmte Stellen gedrückt wurden.

»Au«, murmelte sie, ein bisschen verlegen, aber sie konnte ihre Beschwerde nicht zurückhalten.

»Tut es weh? Wie schlimm?«

»Nur ein bisschen. Es ist die Stelle dicht an meinem Wangenknochen, die am meisten schmerzt.« »Bo?«, fragte ihre Großmutter und stand von ihrem Stuhl auf, um einen Trank für sie zu bereiten.

»Der Schurke hat auf ihn eingestochen, aber Torrian glaubt, dass es nur eine oberflächliche Wunde ist.«

Ihre Großmutter wandte sich ihr mit einem breiten Lächeln zu. »Du weißt ja, dass du die Beste im ganzen Land hast, die sich um ihn kümmert. Erlernst du das Handwerk von deiner Mutter, damit du ihr zur Hand gehen kannst, wenn sie älter wird?«

Sie tat es nicht so sehr, wie sie es sollte, doch die Frage ihrer Großmutter stimmte sie nachdenklich. Was würden sie alle tun, wenn ihrer Mutter etwas zustieße, das sie daran hinderte, all die Tiere gesund zu pflegen?

»Ich vertraue darauf, dass deine Mutter Bo wieder hinbekommt. Und Gerland geht es gut?«

»Aye.«

»Hier, trink das. Das wird dir den Schmerz nehmen.«

»Ich möchte nicht schlafen.«

»Du hast mein Wort, dass ich gerade genug hineingetan habe, um den Schmerz ein wenig zu betäuben. Solltest du in den nächsten Tagen etwas brauchen, das dir beim Schlafen hilft, kannst du zu mir kommen und ich gebe dir einen stärkeren Trank. Nun muss ich dich fragen. Wurdest du an einer Stelle verletzt, die ich nicht sehen kann?

Hat er versucht, dich zu belästigen?« Großmutter setzte sich auf den Schemel und schaute Thea dabei direkt in die Augen.

Sie schüttelte den Kopf. »Das war seine Absicht, aber er bekam keine Gelegenheit mehr dazu.« Ihre Großmutter war der gutherzigste Mensch der Welt, dachte sie, obwohl ihre Mutter beinahe ebenso liebenswert war. Wie sie die beiden anbetete. Als sie ihrer Großmutter jetzt so nahe war, wurde ihr bewusst, wie sehr die beiden sich ähnelten. Ihre Augen waren von dem gleichen Braunton und so voller Mitgefühl und Weisheit, dass sie sich wünschte, auch nur ein kleines bisschen dessen zu haben, was diese beiden besaßen.

Allerdings war dem nicht so. Drystan und Lorana waren eher wie ihre Mutter. Thea kam eher nach ihrem Vater. »Darf ich gehen? Ich würde gerne sehen, wie es Bo geht.«

»Aye.« Ihre Großmutter beugte sich zu ihr hinunter und drückte ihr einen Kuss auf den Scheitel. »Du kannst gehen, solange jemanden bei dir ist. Dein Vater oder Willum sollen dich begleiten. Ich glaube nicht, dass du bleibende Male von den Verletzungen davontragen wirst, aber dein Gesicht wird für einige Tage lang wund sein. Außerdem wirst du in so vielen Farben des Regenbogens schillern, dass du noch glauben wirst, nie wieder dieselbe zu sein wie zuvor.« Sie tätschelte Theas Hand und ging dann zum mittleren Tisch hinüber. »Wann soll die Patrouille aufbrechen?«

»Entweder morgen oder übermorgen.« Sie stieg aus dem Bett und zog ihre Kleidung zurecht.

»Ich hoffe, nicht vor übermorgen.«

»Ich muss gehen, Großmama.«

Sie drehte sich zu Thea um und stemmte die Hände in die Hüften. »Du wirst nicht nach dem Bastard suchen. Das macht es nicht besser für dich. Du wirst patrouillieren, wie Maitland und Dyna es anordnen. Versprich mir, dass du nichts auf eigene Faust unternimmst, Mädchen.«

Thea verdrehte die Augen.

»Verdreh nicht die Augen, wie Isla es tut. Ich hasse das.«

»Tut mir leid, Großmama.« Sie stieß einen tiefen Seufzer aus. »Ich bin dankbar, dass du mir erlaubst, auf Patrouille zu gehen, und ich werde mich genau an die Anweisungen unserer Anführer richten. Ich werde ihren Befehlen nicht zuwiderhandeln.«

»Und denk nicht daran, sie davon zu überzeugen, dass ihr diesen Mann verfolgen müsst. Hat er sich irgendwelche Verletzungen zugezogen?«

»Aye, ich habe ihm einen Pfeil in die Schulter geschossen.«

»Dann wisse, dass er in ein paar Tagen tot sein könnte. Er wird den Pfeil herausreißen, und die Wunde wir sich sicher mit dem grünen Gift füllen und ihn töten, weil er deshalb keinen Heiler aufsuchen wird. Vergiss diesen Mann. Rache wird dir nicht guttun. Ich habe gesehen, wie sie einige zerstört hat.«

»Ich verspreche, den Anweisungen Folge zu leisten.« Sie stand auf und ging auf die Tür zu.

»Gut. Bitte komm zu mir, bevor die Patrouille aufbricht, damit ich weiß, dass alles so heilt, wie es sein sollte.« Ihre Großmutter beugte sich über ihre Gläser mit Umschlägen und Salben und strich sich wie so oft die grauen Haare aus dem Gesicht. Ihre Schultern fingen allmählich an, sich ein wenig zu runden, was ein Zeichen ihres fortschreitenden Alters war. Thea wollte nicht ohne die geliebte Großmutter leben, und sie weigerte sich, diesen Gedanken weiterzuspinnen.

Die Tür öffnete sich und Dyna trat ein. »Du bist wohlauf?« Thea nickte, und Dyna erhob ihre Stimme, damit ihre Großmutter ihre Frage hören konnte. »Kann sie mit uns auf Patrouille gehen, Tante Brenna?«

»Sie darf gehen, aber nur, wenn sie davon absieht, den Kerl aufzuspüren, der sie geschlagen hat. Wann wollt ihr aufbrechen?«

»In einem Tag. Unser Plan sieht eine längere Abwesenheit vor, und es wird dieses Mal fast einen Mond dauern. König Edward ist auf dem Weg zur Berwick Castle, und König Robert möchte es zurückerobern. Wir werden zwischen Berwick und Edinburgh unterwegs sein, um unser Volk zu schützen. Wir werden keine Zeit haben, einen abtrünnigen Engländer zu jagen.«

»Gut«, sagte ihre Großmutter. »Ein Schurke, der vielleicht irgendwo darniederliegt und gegen das Fieber kämpft. Er wird den Kampf wahrscheinlich verlieren, also kein Grund, nach ihm zu suchen.«

Dyna sah Thea an, wobei sie die Hände in die Hüften gestemmt hatte. »Gegen diese Argumentation ist nichts einzuwenden. Wir reiten direkt nach Süden. Keine Ablenkungen, Thea. Und wir haben einen vollzähligen Trupp. Wir sind zu acht.«

»Wer?«, fragte Großmama. »Außer Maitland, Willum und euch beiden? Das sind vier. Alaric ist hier und ich habe gehört, dass Eli geht. Wen habe ich vergessen?«

»Tevis und Wenna.«

»Ein guter Trupp. Thea muss mich noch einmal aufsuchen, bevor sie mit euch reitet, Dyna. Ich möchte, dass sie sich gut erholt. Wir sehen uns morgen Abend, Mädchen.«

»Ich verspreche es, Großmama.« Sie küsste ihre Großmutter auf die Wange und ging mit Dyna hinaus.

Dyna flüsterte: »Mach dir keine Sorgen, wir werden ihn finden.«

»Aber ich habe versprochen, es nicht zu tun«, erklärte Thea.

Dyna grinste. »Das habe ich aber nicht getan.«

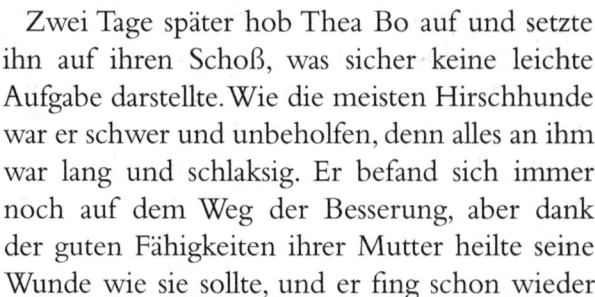

Zwei Tage später hob Thea Bo auf und setzte ihn auf ihren Schoß, was sicher keine leichte Aufgabe darstellte. Wie die meisten Hirschhunde war er schwer und unbeholfen, denn alles an ihm war lang und schlaksig. Er befand sich immer noch auf dem Weg der Besserung, aber dank der guten Fähigkeiten ihrer Mutter heilte seine Wunde wie sie sollte, und er fing schon wieder an, mit dem Schwanz zu wedeln. Noch mehr freute es sie allerdings, dass er in der Lage war, sich lange genug auf den Beinen zu halten, um sein Geschäft zu verrichten.

Gerland kam zu ihr vor und leckte ihr die Wange, während sie sich an Bo schmiegte und ihn hinter dem Ohr kraulte, wie er so gern mochte.

»Macht euch keine Sorgen, ihr beiden. Ich werde zurückkehren. Wir haben etwas zu erledigen.«

Ihre Eltern kamen aus der Hütte. Lorana blieb drinnen. Es war immer schwer für ihre Schwester, sie gehen zu sehen. Am Tag zuvor war Drystan zu den Grants aufgebrochen, um zu seinem Drill zurückzukehren. Das bedeutete, dass Lorana mit ihren Eltern allein wäre und mit Sicherheit verwöhnt werden würde.

»Thea, würdest du die Vergeltung bitte den anderen überlassen?«, meinte ihr Vater, als er bei ihr angekommen war. »Ich will mir nicht allzu viele Sorgen um dich machen müssen.« Er legte einen Arm um die Schultern ihrer Mutter.

»Thea, bitte versprich uns das.« Ihre Mutter schmiegte ihren Kopf in die Armbeuge ihres Mannes.

»Mama, du weißt, dass ich mich zu beherrschen weiß. Wir sind zu acht, und wir müssen arbeiten. Mir wird ohnehin keine Zeit zur Verfügung stehen, diesem Phantom nachzujagen. Ich möchte diesen Kerl nie wiedersehen.« Sie küsste Bo auf den Kopf und sein Schwanz klopfte gegen ihr Bein.

Sie setzte das Tier ab und ging hinüber, um ihre Eltern zu umarmen. »Macht euch keine Sorgen um mich. Mir wird es gut gehen. Wir sind eine große Gruppe, und wir beschützen uns alle gegenseitig. Ich habe Großmama gestern Abend besucht, und sie sagte, meine Wunden würden gut heilen. Sie hat mir vorsorglich einen besonderen Trank mit auf den Weg gegeben. Kümmert euch um Bo und Gerland, und ich werde in etwa zwei Wochen zurück sein, wie ihr es euch gewünscht habt, aber wenn etwas passiert, nicht länger als einen Mond.«

Ihr Vater küsste sie auf die Stirn. »Du siehst jetzt noch schlimmer aus als vorher, violette und blaue Schattierungen vermischt mit Gelb. Du musst sehr wund sein, Mädchen.«

»Es geht mir gut, Papa.« Solange sie ihr Gesicht nicht berührte, tat es nicht weh. Ihre gelegentlichen Kopfschmerzen konnte sie mit dem besonderen Trank ihrer Großmutter in Schach halten. Kopfschmerzen in den Wäldern auf Patrouille konnten sich als brutal erweisen.

Ihre Mutter reichte ihr einen Sack mit Nahrungsmitteln, die sie mitnehmen sollte, und sie griff nach ihrer Tasche mit zusätzlicher Kleidung und anderen kleinen Gegenständen, um dann beides an ihrem Sattel zu befestigen. Ihr Vater gab ihr einen Schubs auf ihr Pferd, als die anderen sich näherten.

Dyna winkte ihren Eltern zu. »Wir werden uns gut um sie kümmern, Bethia. Das verspreche ich. Und wir werden Verstärkung holen, falls das erforderlich wird. Wir hoffen, dass wir Berwick

Castle zurückerobern können. Das erhofft König Robert sich seit langem. Wenn wir erfolgreich sind, kommen wir dann zurück, um zu feiern.«

Ihre Mutter wischte sich eine Träne weg, und Thea sagte:»Papa, du musst Gerland zurückhalten. Du weißt, dass er versuchen wird, mir zu folgen, aber das darf er nicht.«

»Wir werden die beiden Hunde hierbehalten. Mach dir keine Sorgen.«

»Wir reiten zuerst nach Edinburgh«, sagte Maitland. »Wir hoffen, dort König Robert zu treffen, da die Engländer immer noch Berwick Castle halten.«

»Viel Glück!«, riefen ihre Eltern unisono.

Der Trupp schlug den Weg zur Hauptstraße in Richtung Süden ein, wobei sie zu zweit ritten. Thea ritt neben Eli. »Bist du aufgeregt, weil du zum ersten Mal auf Patrouille bist?«

»Zur Hölle nochmal, aber sicher bin ich das!«, schrie sie fast.

Alaric, der vor ihnen ritt, drehte sich um. »Was bist du?«

»Ich bin froh, auf Patrouille zu sein«, antwortete sie.

»Du hast geflucht, weil du auf Patrouille bist?«

»Hast du ein Problem damit, wenn ein Mädchen flucht, Grant?« Elis sah Alaric scharf an.

Wenn Thea raten sollte, hoffte die junge Frau auf einen Streit. Eli liebte verbale Auseinandersetzungen ebenso sehr wie körperliche. Ihr kastanienbraunes Haar fiel ihr bis zur Taille und war streng geflochten. Thea hielt sie für eine der Hübschesten im Clan, aber sie machte keine Anstalten, die Männer auf sich aufmerksam zu machen.

Alaric warf Eli einen strengen Blick zu und entgegnete: »Nein. Ich bin nur neugierig. Fluche so viel wie du willst, Mädchen.« Er wandte seinen Blick wieder nach vorne und begann ein Gespräch mit Willum.

»Er glaubt wohl, dass alle ihn mögen, nur weil er gut aussieht. Vielleicht ist dem aber gar nicht so.«

Thea lachte. »Er könnte dich hören.«

Willum ritt nicht direkt vor ihr her, so dass sie sein Gesicht erkennen konnte, also bemerkte sie sein Grinsen und wie er Thea einen Seitenblick zuwarf. Er hatte Elis Worte gehört, also hatte Alaric sie sicher auch verstanden.

Thea konnte Elis Beurteilung im Hinblick auf das Aussehens des Mannes nicht widersprechen. Alaric hatte das blonde Haar und die durchdringenden blauen Augen seiner Mutter, Gracie. Er trug sein Haar lang, sodass es ihm bis zum Nacken fiel. Sein ebenfalls langer, akkurat gestutzter Bart war eine Stufe dunkler als sein Haar.

Alaric sah sehr gut aus, doch sie zog Willums dunkles Aussehen vor. Gerade jetzt konnte sie sehen, wie Willums Bart zu wachsen anfing. Er kürzte ihn etwa alle zwei Wochen, so dass er immer einen dunklen Bartschatten im Gesicht trug.

So gefiel er ihr. Sie fragte sich, ob sein Haar auf der Brust dunkel war oder ob er zu den Männern gehörte, die keinen Haarwuchs dort aufwiesen. Sie war nicht sicher, was ihr lieber wäre. Sie fand es seltsam, dass sie sich überhaupt darüber Gedanken machte, welche Farbe und Beschaffenheit das Brusthaar eines Mannes haben könnte. Das war ihr noch nie passiert.

Sie kamen auf eine Wiese, und sobald sich das Feld öffnete, ließ Eli ihr Pferd mit einem Pfiff in vollem Galopp in die Ferne stürmen.

Maitland ritt hinter ihr her und holte sie in kurzer Zeit ein, und Elis Pferd wurde langsamer. Thea konnte nicht sagen, ob Eli angehalten hatte, weil sie ihn näher kommen sah, oder ob Maitland die Zügel ihres Pferdes gepackt hatte.

Auf jeden Fall hinderte er Eli am Weiterreiten und die beiden warteten, bis die anderen nachkamen. »Ich weiß, dass du zum ersten Mal mit uns unterwegs bist, Eli, aber du wirst nicht noch einmal auf diese Weise auf uns aufmerksam machen. Wir müssen schnell und leise vorankommen, damit wir eine Lage erkennen können, bevor wir erkannt werden. Wir wurden auf unserem Gebiet von englischen Soldaten angegriffen, also müssen wir auf der Hut sein und uns auf weitere Übergriffe gefasst machen, denn der eine Plünderer hat Rache an uns geschworen. Die Hungersnot hat viele hungrig gemacht, und diese Männer sind zu allem bereit, wenn der Hunger sie packt.«

Eli wurde aufgrund der angemessenen Zurechtweisung rot und wartete, bis der Rest der Gruppe zu ihnen aufgeschlossen hatte. Maitland wartete, bis alle versammelt waren, und blieb dabei in der Mitte stehen, während die anderen einen Halbkreis um ihn bildeten.

»Ihr werdet alle gut zuhören. Eigentlich hätte ich euch das schon früher sagen sollen, aber ich wollte aus dem Gebiet der Ramsays hinaus sein. König Robert hat von einem der Aufseher aus dem Marschland Bericht erhalten, dass die Engländer in Berwick Castle hungern, und ihr alle habt von der Geschichte der beiden englischen Bastarde gehört, die deswegen in das Gebiet der Ramsays eingedrungen sind. Edwards Männer hungern und sie sind auf der Suche nach Vieh und Pferden. Wir werden kein Aufsehen erregen, und niemand - ich wiederhole, niemand – wird allein losziehen. Wenn ihr euch um eure privaten Bedürfnisse kümmern müsst, bleibt zusammen, Mädchen. Aber denkt dran, dass hungernde Männer zu dummen Angriffen neigen. Ihr dürft kein Risiko eingehen. Diese Patrouille wird völlig anders verlaufen. Seid jederzeit auf der Hut.«

Thea warf einen Blick auf die anderen ihres Trupps. Fühlten sie sich ebenso überrascht wie sie selbst?

In jüngeren Jahren hätte diese Warnung sie wahrscheinlich eingeschüchtert, aber nicht an diesem Tag. Heute genoss sie den Gedanken, auf hungernde Engländer zu treffen.

Insbesondere auf einen, der eine Wunde an der rechten Schulter hatte.

KAPITEL ZWÖLF

WILLUMS MUTMASSUNG NACH würde sich diese Patrouille in mehr als nur den Punkten von den anderen unterscheiden, die Maitland gerade aufgelistet hatte. Wie er wusste, hatte es mehr als ein Mitglied dieser Patrouille auf das Blut eines englischen Bastards abgesehen. Ihm war die Geschichte von der ersten Patrouille in Carlisle zu Ohren gekommen, als Isla und Grif zusammen in den Kerker geworfen worden waren. Wenna und er waren damals allerdings nicht hier gewesen. Vielleicht würden die nächsten Neuankömmlinge bei den Ramsays Geschichten über diese Patrouille zu hören bekommen.

Der Trupp ritt ohne Zwischenfälle in Richtung Süden, bis sie sich Edinburgh näherten, wo sich ihnen einige Mitglieder des Grant Clans näherten.

Willum erkannte Loki zuerst, der an der Spitze der kleinen Gruppe ritt. »Maitland, ich grüße dich und deine Patrouille. Habt ihr Lust, ein feines Mahl mit uns zu verspeisen? Dobbin sagte mir, dass wir wahrscheinlich mit euch zusammentreffen würden und wir könnten ein wenig plaudern. Nicht weit von hier gibt es eine schöne Lichtung. Wir werden von niemandem gestört werden.«

Dyna blickte zu Maitland und zog mitleidheischend eine Augenbraue hoch. »Wenn du erlaubst? Ich bin am Verhungern.«

Maitland nickte zustimmend. »Ich bin hungrig und hätte gern etwas anderes als einen Haferfladen. Und es wäre gut zu hören, was du uns über die Situation hier zu berichten hast, Loki.«

Loki schmunzelte. »Du bist immer hungrig, Dyna. Wir haben genug. Ich habe dafür gesorgt, dass wir mehr eingekauft haben. Es ist Markttag, aber wie ihr wisst, gibt es kaum frische Lebensmittel. Trockenfleisch und Brot haben wir reichlich. Es ist uns gelungen, jemanden zu finden, der noch Bohnen feilgeboten hat, wenn der Preis auch sehr hoch war.«

»Wunderbar«, meinte Maitland.

Loki war mit seinem Sohn Lucas und seinem Enkel Dobbin unterwegs. Sie hatten auch drei Wachen bei sich. Die beiden Gruppen mischten sich und unterhielten sich, während Loki den Weg zu dem Ort anführte, den sie ausgekundschaftet hatten.

Sie erreichten die Lichtung, und Dyna stieg als Erste von ihrem Pferd. »Möchte noch jemand mit mir gehen, Myladys? Ich muss loslaufen!«

Thea lachte und rief: »Ich komme mit.«

Wenna folgte den beiden ins Gebüsch und rief ihnen hinterher: »Komm mit uns, Eli. Du kannst hier draußen nicht allein gehen.«

Eli folgte, und die vier Mädchen verschwanden im Wald.

Die Männer banden die Pferde an, lösten die Sattelgurte und sorgten dafür, dass die Tiere genug Spielraum zum Grasen hatten.

»Was habt ihr über die Engländer in Berwick Castle gehört?« fragte Maitland. »Anscheinend hat Edward keine Lebensmittel geschickt, und die Wachen sind jetzt auf der Jagd nach Tieren, um die Männer dort zu ernähren.«

Loki machte sich an den Paketen zu schaffen, die er an seinen Sattel gebunden hatte. »Das ist wahr. Sir James Douglas patrouilliert weiterhin in der Nähe von Berwick, da er als Aufseher in dieser Gegend eingesetzt ist. Wir sind ihm zufällig begegnet, bevor wir in Edinburgh ankamen. Ein Paar der Engländer, die das Castle bewachen, schleichen sich gelegentlich hinaus, um nach Nahrung zu suchen, doch bislang hat er noch niemanden zurückkehren sehen. Er vermutet, dass sie verhungern oder am Fieber sterben oder auf frischer Tat ertappt werden. Das Zusammentreffen mit Douglas war ein Segen auf unserer Reise – denn jetzt sind wir noch wachsamer, was Neuigkeiten anbelangt, die wir mit zum Grant Castle nehmen können. Unser einziges Bestreben war eigentlich ein Einkauf für meine Tochter gewesen. Ami wollte neuen Stoff für ihre Kleidung, und deshalb sind wir hier.«

»Ami bekommt immer, was sie will. Auch neue Stiefel«, brummte Dobbin.

»Was trägst du an deinen Füßen, Dobbin?«, fragte Loki.

»Aber ich brauchte sie wirklich. Sie hat zwei Paar.«

Loki winkte beim Einwand seines Enkels ab und setzte sich auf einen Baumstamm auf der Lichtung. Vor sich hatte er einen Sack voller Pakete, die mit Schnüren umwickelt waren.

»Habt ihr genug zum Teilen? Wir sind acht Leute, Loki. Aber mein Bauch fühlt sich an, als würde die Nahrung für zwei Männer darin Platz haben«, meinte Maitland mit einem leisen Lachen.

»Ist das etwa eine Sympathiebekundung für den wachsenden Bauch deiner Frau?«

»Ja, so ist es wohl. Ich gebe zu, dass ich bei der Aussicht auf unseren strammen Burschen ganz aufgeregt bin.«

»Und du bist sicher, dass es ein Junge sein wird?«

»Ja, das spüren wir beide.«

»Hier ist unser größter Laib Brot. Teilt ihn unter euch auf, und ich werde den Sack mit den Äpfeln herumreichen. Sie sind nicht mehr die frischesten, aber ich war überrascht, welche zu finden. Jemand hatte sie seit dem Herbst im Kühlhaus gelagert. Dann habe ich noch ein paar Hühnerschenkel, die vor kurzem geräuchert worden sind.«

Willum setzte sich neben Maitland, Alaric neben ihn. »Hähnchenschenkel. Lecker. Alles außer Kaninchen stimmt mich froh.«

Während sie das Essen verteilten, kehrten die jungen Frauen zurück und Dobbin fachte ein Feuer an, um das sie sich alle versammelten.

Maitland warf den abgegessenen Knochen seines Hühnerschenkels ins Feuer. »König Robert möchte, dass wir die Engländer im Grenzland und in Berwick festsetzen, bis er das Castle zurückerobern wird. Wo werden wir am meisten gebraucht? Ist euch schon etwas zu Ohren gekommen?«

»Eine Gruppe verkleideter Soldaten ist in Edinburgh aufgetaucht und hat dort um Nahrung gebettelt, wie ich hörte. Douglas bat uns, sie zu suchen und dingfest zu machen. Wir konnten sie nicht ausfindig machen. Vielleicht könnt ihr es versuchen. Es heißt, sie hätten sich in zwei Fünfergruppen aufgeteilt. Sie stehlen alles, was ihnen in die Hände fällt: Nahrung, Geld, Vieh. Sie nehmen einfach alles, was sie verkaufen oder verspeisen können. Und ich habe gehört, sie sollen abgemagert sein. Sie sind hungrig und verzweifelt. Ich wünsche Euch Glück. Mein Vorschlag ist, dass ihr euch die Außenbezirke der Stadt vornehmt und nachts in den Tavernen nach ihnen Ausschau haltet. Vielleicht gelingt es euch, sie zu erwischen. Bringt sie zu Douglas, wenn ihr sie findet. Er wird sich um sie kümmern.«

Willum musste zugeben, dass die alleinige Vorstellung dieser Taktik ihm eine Gänsehaut bereitete. Er wollte keinen Fuß in eine Taverne setzen, da sie oft mit ungewaschenen Männern vollgestopft waren. Dies spiegelte genau die Art von Situation wider, in der er den Kopf verlieren konnte.

Menschenmengen auf engstem Raum.

Oder allein in den Wäldern zu sein.

Darin bestanden seine beiden größten Ängste. Sie waren zu acht und somit musste er sich um das Alleinsein keine Sorgen machen, zumal Maitlands Regeln besagten, dass sie immer mindestens zu zweit blieben.

Allerdings gefiel ihm der Gedanke an Edinburgh nicht. Jede Stadt ließ ihn vor Abscheu innerlich zurückschrecken.

Nach dem Mahl verabschiedeten sich Loki und seine Gruppe, denn sie wollten in die Highlands zurückreiten.

»Dyna, wir sollten keine Zeit verschwenden«, meinte Maitland. »Wenn wir in Edinburgh nach englischen Dieben forschen wollen, dann sollten wir uns heute Abend einen Platz zum Schlafen suchen. Wir werden uns aufteilen. Wähle deine Leute und dann machen wir uns auf den Weg.«

»Ich werde Thea, Alaric und Willum mitnehmen. Ist dir das recht?«

»Aye, auf nach Edinburgh. Ich kenne dort zwei Gasthäuser, in denen zwielichtige Gestalten häufig unterkommen. Ich werde mir die schlimmere dieser unseligen Stätten vornehmen. Ihr nehmt die andere.«

Willum holte tief Luft. Er war mehr als froh, Thea bei sich zu haben.

Vielleicht ergäbe sich die Gelegenheit für einen Kuss. Einen echten.

Inzwischen hatten sie drei Tage in Edinburgh verbracht, ohne irgendwo auf einen Engländer gestoßen zu sein. Am folgenden Tag sollte der Trupp wieder zusammentreffen, um zu entscheiden, ob sie weiter hierbleiben oder zu einem anderen Ort weiterziehen würden.

Thea ritt neben Willum, als sie sich auf den Weg zum Abendessen in dem Gasthaus machten, in dem sie wohnten. Je näher sie kamen, desto ungewöhnlicher und seltsamer verhielt sich Willum.

»Willum, ist alles in Ordnung?«

Er schüttelte den Kopf und nickte gleich darauf, was ein Widerspruch in sich war, der ihr verriet, dass er im Augenblick nicht der ausgeglichene Mensch war, der er sonst zu sein pflegte.

»Was bedrückt dich?« Er vertraute ihr wahrscheinlich noch nicht so weit, um ihr die Wahrheit zu sagen, doch sie konnte nicht anders, als ihn zu fragen. Irgendetwas beeinträchtigte sein sonst so ausgeglichenes Wesen.

»Nichts. Es geht mir gut«, antwortete er, wobei er sie ansah und sich am Kopf kratzte. Dann rieb er sich den Bart, fuhr sich mit der Hand über den Nacken und kratzte sich am Arm.

Sie ahnte, was mit ihm los war, doch sie wusste beim besten Willen nicht, wie sie ihm helfen könnte. »Das Gasthaus. Es bedrückt dich. Du musst unter freiem Himmel sein. Du hast drei Nächte unter einem Dach geschlafen und die vierte steht dir heute Abend bevor.«

Sein Blick hätte ihr um ein Haar die Tränen in die Augen getrieben. Sie hatte den Nagel auf den Kopf getroffen, wenn sie raten sollte, denn er wirkte mit einem Mal höchst erfreut, und das nur weil sie ihn verstanden hatte.

»Das ist in Ordnung, Willum. Ich wüsste nicht, warum du und Alaric nicht unter den Sternen schlafen könntet.«

»Das ist richtig und ich lobe dich dafür. Genauso fühle ich mich. Aber ich schlafe nicht draußen, wenn ihr jungen Frauen drinnen seid.«

»Wir können auf uns selbst aufpassen. Wir schlafen in derselben Kammer.« Sie hatten das Glück gehabt, die größte Kammer des Gasthauses zu bekommen. Es war sogar mit einem Tisch und vier Stühlen ausgestattet, und damit geräumig genug, um bei Bedarf eine Besprechung mit allen Mitgliedern der Patrouille abzuhalten.

»Nein, ich könnte kein Auge zu tun, wenn ich weiß, dass ihr da drin seid und ich so weit weg von euch. Ich habe aber gelernt, mich mit meiner Kammer im Gasthaus abzufinden. Sobald ich eingeschlafen bin, stellt das überhaupt kein Problem mehr dar.« Er kratzte sich wieder am Kopf. Irgendetwas beunruhigte ihn also doch noch.

»Was beunruhigt dich dann?«

»Es ist der Speisesaal. Ich glaube, morgen ist Markttag, der noch mehr Leute nach Edinburgh und damit auch mehr Kundschaft in die Gasthäuser bringt.«

»Ach, du hast recht. Morgen ist Markttag, und das Gasthaus wird zu Bersten voll sein.« In den letzten beiden Nächten war es im Gasthaus beim Nachtmahl ruhig zugegangen, aber sie war sich sicher, dass es in dieser und in der nächsten Nacht laut und voll werden würde.

»Ich wünschte, wir könnten uns schon auf den

Weg machen, aber das geht nicht, denn wenn die Engländer zurückkommen, dann geschieht das höchstwahrscheinlich am Markttag.«

»Das stimmt. Mehr Menschen, mehr Nahrung, mehr Geld. Bei größeren Menschenmassen haben sie mehr Gelegenheiten zum Stehlen.« Sie wollte ihm nichts davon sagen, wie sie Maitland und Dyna belauscht hatte, als die beiden die Tatsache diskutierten, dass James Douglas glaubte, die Engländer in Berwick Castle seien so hungrig, dass sie am Markttag in diese Richtung ziehen würden. Willum war klug genug, um selbst zu dieser Schlussfolgerung zu kommen. Was er bereits getan hatte.

»Mehr Möglichkeiten zum Stehlen und Verstecken. Wenn die Bande gefunden werden soll, dann ist morgen der wahrscheinlichste Tag dafür.«

Thea dachte über seine Argumentation nach und ihr fiel außer einer Sache nicht viel ein, was die Wahrheit, die sie beide aufgedeckt hatten, in Frage stellte. »Warum hier und nicht in Carlisle oder einer kleineren Stadt im Grenzland?«

»Weil die Hungersnot des letzten Sommers vor allem die Grenzlande betroffen hat. Man sagt, dass die Engländer in Berwick Castle ihre Pferde schlachten, um zu überleben. In den Highlands hat sich der unaufhörliche Regen nicht auf unserem Land gesammelt. Wir haben einen natürlichen Abfluss für die schweren Regenfälle, so dass wir um unsere Ernten zwar zu kämpfen hatten und einiges fortgeschwemmt wurde, aber zumindest ist die Ernte nicht auf den

Feldern verfault. Wie du aber weißt, war es für alle schwierig. Die Köchin der Ramsays flucht ständig.«

»Die Gabe der Grants hat uns geholfen. Sie hatten einen großen Vorrat an Saatgut, das sie gut versteckt hatten. Weißt du, dass mein Vater anfing, Kisten zu bauen, um oberhalb des Bodens zu pflanzen, als die Regenfälle anhielten? Er hatte seinen eigenen kleinen Garten hinter unserem Haus. Sonst hätten wir überhaupt keine Ernte gehabt.«

»Dein Vater ist ein kluger Mann.«

»Sie kommen also, um Nahrungsmittel zu stehlen, aber wird der Markt überhaupt viel zu verkaufen haben?«

»Nein, du wirst nicht viel anderes als Fleisch zu sehen bekommen, und sogar die Kühe sind kleiner. Die Wildschweine, die wir auf unserer letzten Patrouille erlegt haben, waren nur halb so groß wie die aus dem Jahr davor. Tante Brenna hat sie gepökelt und das war ein Segen.«

Bei ihrer Ankunft am Gasthaus, hielt Thea inne und ließ den Blick die Gasse auf und ab schweifen. Sie war mit Gästen, Bauern und Verkäufern auf dem Weg zum Markt angefüllt. »Die Leute bereiten sich scheinbar schon auf den morgigen Tag vor.«

»Vermutlich werden einige ihre Waren schon heute Abend feilbieten. Sie verkaufen das Wenige, das sie haben, damit sie an den Ständen kaufen können, bevor die Ware ausverkauft ist. Das wird sehr schwierig sein.«

Thea bemerkte, wie ihm der Schweiß auf der

Stirn ausbrach, was ihr verriet, wie prekär diese Situation für ihn war. Sie musste eine Möglichkeit finden, um ihm durch diesen Abend zu helfen, der für ihn eine Tortur sein musste.

»Willum, ich kann nach drinnen gehen und Dyna Bescheid geben, dass wir hier draußen essen wollen.«

»Nein, wir müssen die Leute im Schankraum im Auge behalten, und ich fürchte, wenn wir draußen sind, wird uns das Essen aus den Händen gerissen. Zumindest können wir die Menge drinnen und draußen beobachten und dann unser Essen nach oben mitnehmen.«

Er nahm die Zügel ihres Pferdes und führte die Tiere zum Stall hinter dem Gasthaus. Sie hatten genug Geld bezahlt, um die Pferde im Gasthaus zu füttern und unterzubringen. Es war eine exorbitante Ausgabe, aber eine notwendige. Er musste sich fragen, ob die Pferde Hafer, Heu oder nur Küchenabfälle bekamen. Das spielte allerdings keine große Rolle. Hoffentlich wären sie morgen woanders untergebracht.

Er fasste Thea um die Taille, als Dyna und Alaric hinter ihnen auftauchten.

»Zur Hölle nochmal, aber heute Abend ist auf den Straßen einfach zuviel los. Warum?«, fragte Dyna.

»Wir haben angenommen, dass es am Markttag liegt«, antwortete Thea.

»Normalerweise ist nicht so viel los, aber vielleicht habt ihr recht.«

Alaric stellte sein Pferd neben Willums. »Es geht auf das Ende des Winters zu, und von der letztjährigen Ernte ist nur noch wenig Nahrung übrig. Die Vorräte werden immer knapper, selbst auf dem Gebiet der Grants. Die Bauern haben wenig oder gar nichts mehr zu essen. Morgen wird auf dem Markt viel gebettelt und gestohlen werden.«

Die Gruppe bewegte sich durch die Menge, und Willum nahm Theas Hand.

»Ich kann auf mich selbst aufpassen, Willum. Du brauchst mich nicht festhalten.«

»Mir gefällt diese Menge nicht.« Sein Blick verengte sich, als er die immer größer werdende Menge von Bauern und Händlern musterte.

Dynas Gesichtsausdruck wurde immer besorgter, als sie sich ihren Weg durch den Mob bahnten. »Mir gefällt sie auch nicht. Irgendetwas stimmt nicht.« Sie reckte den Kopf, doch sie war nicht groß genug, um wirklich etwas erkennen zu können. »Ich wünschte, ich wäre so groß wie mein Vater.«

Alaric drehte sich um und bot ihr seinen Rücken. »Komm, ich hebe dich hoch.«

Dyna sprang auf Alarics Rücken, und er hob sie mit Leichtigkeit hoch. Nun ragte ihr Kopf weit über die anderen hinweg. Sie sah sich in der Umgebung um, die jetzt voller Fremder war. »Ach, das gefällt mir gar nicht.«

»Was ist los?«, fragte Alaric.

Dann weiteten sich ihre Augen. »Sie sind hier. Ich wusste es.«

»Wer?«, fragte Willum.

Sie zeigte die Gasse entlang. »Die Engländer. Ich konnte sie riechen, ich schwöre es, aber das wahre Zeichen sind ihre erbärmlichen Waffen. Haben sie keinen Stolz auf die Kunst ihrer Waffenschmiede? Ich glaube, ich kann eine Gruppe nicht weit die Gasse runter ausmachen. Wir müssen hin.«

Dyna ließ sich von Alarics Rücken rutschen und stürmte vor ihm her. Dabei stieß und schubste sie Leute aus dem Weg, während die übrige Gruppe ihr folgte. Ein Mann wirbelte herum, um sie zu schlagen, doch sie versetzte ihm einen Tritt in die Leistengegend, und er ließ von ihr ab, um dann heulend in der Menge zu verschwinden.

Niemand interessierte sich für ihn.

Ehe Thea sich versah, wurde sie von der Bewegung der Menge mitgerissen, die sie drängelte und schubste und in die falsche Richtung stieß.

»Geht mir aus dem Weg!«, rief sie, aber niemand hörte ihr zu. Es waren doppelt so viele Männer wie Frauen auf der Straße, und über deren Köpfe konnte sie nicht hinwegschauen.

Plötzlich hatte sie das Bedürfnis, Willums Hand wieder zu halten, und sie sah sich suchend nach ihm um.

Doch er war nicht in ihrer Nähe.

»Dyna! Willum! Wo seid ihr nur? Wo seid ihr hin?« Sie suchte die Menge in alle Richtungen ab, ohne jedoch jemanden zu entdecken, den sie erkannte. Unangenehmer Körpergeruch stieg ihr in die Nase, grinsende Männer grabschten mit ihren Händen, die dort landeten, wo sie nicht hingehörten. Sie schubste und stieß, doch all ihre Bemühungen blieben erfolglos.

Sie wurde von irgendetwas am Hinterkopf getroffen und schrie auf.

»Thea!«, hörte sie Willums Stimme, ohne jedoch imstande zu sein, ihm zu antworten. Ihre Knie wurden immer schwächer.

Sie kämpfte dagegen an, aber innerhalb weniger Augenblicke war der Schmerz in ihrem Kopf derart heftig geworden, dass sie fürchtete, das Bewusstsein zu verlieren. Sie kratzte an jedem Vorüberkommenden und versuchte, sich von der Hand loszumachen, die sie in die entgegengesetzte Richtung zerrte. Doch gegen den starken Zug an ihrem Arm war sie machtlos. Ehe sie ein weiteres Mal rufen konnte, wurde sie auf den Rücken eines Pferdes gewuchtet. Ihr wurden die Hände gefesselt und jemand stopfte ihr einen schmutzigen Lappen in den Mund. Sie versuchte, sich zur Wehr zu setzen, indem sie um sich trat, wofür sie allerdings nur einen weiteren Schlag gegen den Kopf erhielt. Der Schmerz machte sie ganz schlaff, während das Pferd sich in Bewegung setzte und die Gasse entlanglief.

Es entfernte sich vom Gasthaus.

KAPITEL DREIZEHN

WILLUMS BAUCH WAR in Aufruhr. Er hatte Thea aus den Augen verloren. Sie war mitten in die Gasse gerissen worden und in dem Meer von Leibern konnte er sie nicht mehr entdecken.

»Thea!« Er rief nach ihr, ohne jedoch eine Antwort zu erhalten.

»Wo ist sie verdammt nochmal hin?« Alaric stand nicht weit von ihm entfernt und sah sich suchend in der Menge um.

»Ich weiß es nicht.« Er schubste ein paar widerwärtige Gesellen, damit sie ihm aus dem Weg gingen, aber er konnte Theas dunkelbraunes Haar nirgends entdecken.

Dann hörte er ihren gedämpften Schrei.

Aus einer Entfernung, die zu groß war, um etwas zu unternehmen, entdeckte er Thea, die bäuchlings auf einem Pferd lag und ein fremder Mann saß hinter ihr, und hielt ihren Rücken mit festem Griff. Er lenkte das Pferd von der Menge weg, wobei er ein schnelles Tempo anschlug und sich nicht darum kümmerte, wen sein Pferd zertrampelte.

Der Mann war nicht Fulke Slater. Dessen war er sich sicher. »Dyna!« Er zeigte in Richtung des Pferdes, in der Hoffnung, dass Dyna den Mann erkannte, der Thea entführte. Er vermutete aber, dass Dyna zu klein war, um etwas zu sehen. Allerdings bemerkte er, dass Alaric sein Bestes tat, um dem Pferd mit seinem Blick zu folgen. »Kannst du sehen, wer es ist? Siehst du ihn?«

»Ich sehe seinen Hinterkopf, aber nichts an ihm kommt mir bekannt vor. Wir müssen ein Pferd besorgen und ihm folgen.« Alaric lief zum Stall zurück.

Dyna, die ohne Sattel ritt, schoss hinter dem Gasthaus hervor und raste in die gleiche Richtung wie der Entführer, aber sie kam zu spät. Der andere Reiter hatte bereits eine Stelle erreicht, an der sich die Menge zerstreut hatte, und ließ sein Pferd angaloppieren. Dynas Pferd wurde von der Menge aufgehalten und war nun von protestierenden Männern umgeben. Dyna war weniger bereit, unschuldige Unbeteiligte zu verletzen, indem sie einfach über sie hinwegritt.

Willum folgte Alaric in den Stall, aber durch den Tumult um Dyna wurden sie zurückgehalten. Ein paar der Männer wollten jetzt nach ihr greifen.

Alaric schnaubte. »Diesen Fehler werden sie alle bereuen.«

»Bleib hier und behalte Dyna im Auge, falls sie Hilfe braucht. Ich werde unsere Pferde holen.« Willum lief hinter das Gasthaus, denn er wusste, dass er sich beeilen musste, wenn sie eine Chance haben wollten, Thea einzuholen. Fluchend schob er die Leute aus dem Weg, aber er schaffte es bis nach hinten und freute sich, dass sein Pferd gefüttert und getränkt worden war.

Mit dem Hereinbrechen der Nacht lichtete sich die Menge allmählich, was ihm die Möglichkeit gab, auf die Gasse zurückzukehren, ohne jemanden im Wege zu haben. In seiner Eile folgte er Dynas Beispiel und sattelte ihre Pferde nicht vollständig auf. Sie waren alle mit dem Reiten ohne Sattel aufgewachsen, und ihnen lief die Zeit davon.

Alaric stieg auf, und sie ritten zu Dyna, die schimpfend die Augen verdrehte: »Verfluchte Blödmänner.«

Willum zählte fünf Männer, denen Blut aus unterschiedlichen Wunden tropfte, aber sie waren klug genug, den Rückzug anzutreten und hielten sich nun außer Reichweite.

Verzweifelt fragte Willum Dyna: »Wo hat er sie hingebracht?«

»In Richtung des Castles. Was ich am meisten befürchtet habe. Ich dachte, er könnte Fulke sein, aber er trägt ein ausgeblichenes braunes Plaid. Es ist keines, das ich kenne und er ist eindeutig kein Engländer.«

Die drei schlugen den Weg zum Castle ein und hielten an der Mauer an, die die Stadt umgab.

Willum fragte: »Glaubt ihr, sie sind hier entlanggekommen?«

»Ich denke schon«, meinte Dyna. »Er nahm den Weg direkt zum Tor. Aber ich konnte nicht hinter die Mauer schauen, um zu erkennen, wohin er sie brachte. Lasst uns einen stillen Ort zum Planen finden.« Sie wies auf eine Stelle am Ende des Weges, wo sie sich ungestört unterhalten konnten, ohne dass andere von der Stadt sie überhören konnten.

Als sie sich zusammengefunden hatten, erklärte Dyna: »Auch innerhalb der Stadt findet ein Markt statt und somit sollten wir hineingehen können. Aber ich bräuchte auch Maitlands Hilfe. Alaric, willst du Maitland und die anderen in deren Gasthaus aufsuchen und uns gleich nach Einbruch der Dunkelheit in der Nähe des Castles treffen?«

»Wo genau werden wir uns treffen?«, fragte Alaric. »Ich war noch nie innerhalb der Stadtmauern.«

»Es gibt ein kleines Gasthaus, in dem mein Vater gut bekannt ist, und wahrscheinlich auch Maitland. Maitland wird den Ort kennen. Willum und ich werden versuchen, ob wir Thea finden können, während du die anderen holst. Wir treffen uns bei Einbruch der Nacht.«

»Einverstanden. Ich reite jetzt los«, sagte Alaric. »Ich hoffe, die Menge hat sich gelichtet und Eli und Wenna sind wohlauf.«

Willum sorgte sich einen Moment lang um seine Schwester, doch dann dachte er an Maitland und Tevis, die bei ihr waren. Die Männer würden sie beschützen, also zwang er sich, seine Gedanken zurückzudrängen. Augenblicklich gab es wichtigere Dinge, die seine Aufmerksamkeit verlangten.

Thea.

Sobald Alaric unterwegs war, legte Dyna die Hände wie einen Kokon über ihren Kopf. Sie beugte sich in der Taille vor, die Hände immer noch in der gleichen Position, als müsste sie ihren Kopf schützen. Litt sie unter starken Kopfschmerzen?

»Dyna, was stimmt nicht? Du siehst aus, als hättest du Schmerzen. Sag mir, wie ich dir helfen kann.« Das Wort verzweifelt reichte nicht annähernd zur Beschreibung ihres Gesichtsausdrucks aus, und es grenzte an eine Tortur, sie zu beobachten.

Ihre Atemzüge waren kurz und klangen keuchend, und ihre Hände waren auf ihre Knie gestützt, während sie sich vorbeugte und die Kontrolle über das zu gewinnen versuchte, was sie so übermannt hatte.

»Dyna?«

So schnell, wie sie sich gebückt hatte, richtete sie sich wieder auf und stieß ihn dabei beinahe um. »Ich weiß, wo Thea ist. Sie ist außerhalb der Stadtmauern.«

»Befindet sie sich noch in der Nähe von Edinburgh?«

»Ja. Sie ist im Keller eines verfallenen Castles am Rande der Stadt.«

Ein Hoffnungsschimmer keimte in Willum auf. »Vielleicht kommt sie ja von alleine wieder raus.«

»Nein. Sie ist gefesselt und sie wird von mindestens zwei Hunden bewacht. Wir müssen schnell handeln.«

Das brauchte Dyna ihm nicht zweimal zu sagen.

Thea kam mit hämmernde Kopfschmerzen zu sich, aber ihr Blick auf ihre unmittelbare Umgebung verriet ihr zwei Dinge: Es war bereits Nacht und sie hatte nicht die geringste Ahnung, wo sie sich befand. Als sie ihre Beine bewegte, musste sie feststellen, dass sie gefesselt waren. Das erinnerte sie an den Ritt auf dem Rücken eines Pferdes, zu dem sie gezwungen worden war – das Rütteln, das Hüpfen, der pochende Schmerz.

Über den Schurken, der sie entführt hatte, wusste sie nur, dass er Schotte war. Zuerst hatte sie sich fast gewünscht, ihr Entführer würde sich als Fulke entpuppen, Doch in dem Moment, in dem sie seinen schottischen Akzent hörte, wusste sie dass das nicht der Fall war. Es war schwierig für sie gewesen, ihren Weg zu verfolgen, und herauszufinden wohin sie gebracht wurde, da sie wie ein Sack über den Sattel gelegt worden war, aber sie erinnerte sich, dass sie durch einen Hintereingang eines alten Herrenhauses gestolpert war, bevor sie gezwungen wurde, einen Trank zu schlucken, der sie schläfrig machte.

Das Letzte, woran sie sich erinnerte, war, dass sie den Mann ansah und sagte: »Das wirst du noch bereuen. Ich bin eine Ramsay und meine Großmutter ist Gwyneth Ramsay.«

Er lachte ihr ins Gesicht. »Sie ist jetzt eine alte Ziege. Ich schere mich weder um sie noch um einen anderen Ramsay, denn ich werde dich nicht lange haben. Du bist eine beträchtliche Geldsumme wert, und bis morgen werde ich einen Käufer für dich gefunden haben.« Er hatte einen

Helfer, der ihre Hände und Füße zusammenband, während das schreckliche Gebräu seine Wirkung entfaltete.

Die Pritsche, auf der sie jetzt lag, war klein, aber wenigstens lag sie nicht auf dem harten Steinboden. Steinböden wiesen normalerweise auf eine Art Castle hin, also waren sie vielleicht aus dem Herrenhaus, in dem sie zuvor gewesen waren, ausgezogen. Die Glut im Kamin war nicht weit entfernt, und sie dachte, sie sei allein, doch dann sträubten sich die Haare in ihrem Nacken. Sie hielt den Atem an, und das Geräusch von einem atmenden Wesen drang an ihr Ohr.

Ein Junge saß auf einem Stuhl neben der Tür.

»Du bist wach. Bitte schrei nicht.« Zu beiden Seiten hatte er je einen Hirschhund. Der eine war grau, der andere grau-schwarz. Beide bewegten sich nicht, ihre Blicke waren auf sie gerichtet. Der eine saß, der andere lag, verletzt, wenn sie raten sollte.

»Wer bist du?«, fragte sie und beschloss, dass es das Beste war, zu erfahren, was sie konnte, bevor sie schrie. Was auch immer sie erwartet hatte, sie hatte nicht damit gerechnet, von einem Jungen gefangen gehalten zu werden, der nicht älter als zwölf Winter war. Die Tiere waren wunderschöne Geschöpfe, die ihren Herrn offensichtlich anbeteten. »Sind das deine Hunde?«

»Mein Name ist Eliot, und das sind Thor und Freya. Wenn Ihr versucht, mich zu verletzen, werden sie angreifen, also versucht es besser nicht.«

Die Lektionen ihrer Mutter kamen ihr wieder in den Sinn, und sie musste sich erkundigen. »Was ist los mit dem Hund, der da liegt?« Der Hund hatte Schmerzen, seine Augen huschten durch die Kammer, als ob er jeden Moment einen Angriff erwartete.

»Freya?« Er beugte sich vor, um den Kopf des Hundes zu streicheln. »Sie hat sich die Pfote verletzt.«

»Warum bist du hier?«

Der Junge hatte sie sicherlich nicht hierhergebracht, was waren also seine genauen Umstände? War er auch ein Gefangener? Wenn der Junge ihr vertraute, würde er vielleicht ihre Beine und Arme losbinden und ihr einen Hinweis auf ihre Situation geben. Er war sehr dünn, hatte langes Haar, das aussah, als wäre es seit einem Mond oder länger nicht mehr gewaschen worden, und seine Kleidung war verschlissen. Loki würde ihn sofort mit nach Hause nehmen, ein weiteres der Waisen und Findelkinder, die ihren Weg in den Ramsay- und Grant-Clan fanden.

Die Stimme des Jungen klang unsicher, fast entschuldigend. »Er sagte, wenn ich auf Euch aufpasse, würde er mich und die Hunde füttern. Bitte seid mir nicht böse. Wir sind sehr hungrig. Freya ist die beste Jägerin, aber sie kann wegen ihrer Pfote nicht jagen.«

»Wo sind deine Eltern, Eliot?«

»Ich habe keine. Ich habe in einem Waisenhaus gelebt, doch sie waren so abscheulich dort, dass ich davongelaufen bin. Sie haben uns geschlagen, und da riskierte ich lieber den Hungertod.« Der Junge rieb sich die Unterseite seines Arms. War es eine Stelle, an der er verletzt worden war?

»Wie lange ist es her, dass du fortgelaufen bist?« Eine Vision von Loki Grant, Kenzie, Nari, Thorn und so vielen anderen nahm in ihrem Kopf Gestalt an. Die Ramsays hatten auch viele Waisenkinder adoptiert. Tante Maggie, Tante Molly, Simone, Beatris. Die Liste der Waisenkinder, die sie kannte, war lang.

»Fünf oder sechs Monde, glaube ich.«

Der Junge sah aus, als würde er nur noch Haut auf den Knochen haben. Kein Wunder, dass er den Befehl des Schurken Folge leistete, der sie entführt hatte. Dieser arme Junge war zu allem bereit, um sich etwas zu essen zu verschaffen.

Und um seine Hunde zu füttern.

Ihr Herz schmolz dahin. »Wo hast du die Hunde gefunden?«

»Im Wald. Letzten Herbst schlief ich eine Nacht im Wald, und als ich aufwachte, lagen sie neben mir. Ich hatte ein Stück Brot und Käse und teilte es mit ihnen. Jetzt folgen sie mir überall hin.«

»Und wie lange sollst du mich bewachen?«

»Bis der Mann am nächsten Tag kommt. Der Mann, der Euch gebracht hat, sagte, ich müsse bis dahin bei Euch bleiben. Er hat gesagt, dass er die Tür von außen verriegeln würde, damit Ihr nicht rauskommt, und wenn der Mann die Tür aufschließt, können wir gehen. Er wird mich zur Köchin schicken und sie wird mir zu essen geben.«

»Habe ich noch ein bisschen Zeit zum Schlafen?«

»Aye. Das haben wir. Ich würde gern näher am Feuer schlafen, wenn Ihr versprecht, mich nicht anzugreifen.« Er richtete den Blick zur Decke und wartete ihre Antwort ab, während er mit den Händen an seiner durchgewetzten Tunika herumnestelte.

Bei der Frage des Jungen kamen ihr fast die Tränen. »Du hast mein Wort, dass ich dich nicht angreifen werde.«

Er rückte näher an die Feuerstelle heran, so dass er etwas von der Wärme der Glut zu spüren bekam, aber weit genug entfernt, damit sie ihn nicht erreichen konnte.

»Junge, ich habe ein Angebot für dich.«

»Was denn?«

Jetzt, da er näherkam, konnte sie den Kummer in seinen Augen sehen, die blasse Haut und die dunklen Ringe unter seinen Augen. Er war so dünn, dass ihm die Tunika fast von den Schultern rutschte. »Wenn du mich losbindest, verspreche ich, dich nicht anzufassen, aber ich werde deinem Hund helfen. Weißt du, meine Mutter hilft verletzten Tieren aller Art, und sie hat mir beigebracht, wie man ihre Verletzungen versorgt. Ich denke, ich kann die Pfote deines Hundes untersuchen und herausfinden, was los ist. Und ich verspreche dir auch dies. Wenn ich es schaffe, zu entkommen und zu meinem Clan zu gelangen, kannst du mit mir kommen und unserem Clan beitreten. Du wirst nie wieder hungern müssen.«

Seine Augen leuchteten kurz auf, doch dann

wurde er wieder nachdenklich und starrte in die Feuerstelle. »Was ist mit Thor und Freya? Könnten sie auch mitkommen?« Seine kleine Hand griff nach unten, um Freyas Nacken zu streicheln.

Sie freute sich, dass er klug genug war, ihr Angebot in Erwägung zu ziehen, und richtete sich auf. »Deine Tiere sind bei uns auch willkommen. Ich bin vom Ramsay Clan, und unser Laird hat viele Hirschhunde. Er bildet sie aus.«

»Wirklich?« Er lenkte seine Hand zu Thor, der sich die Ohren kraulen ließ und dabei die Zunge herausstreckte.

»Ja, wir würden uns freuen, wenn du unserem Clan beitreten würdest. Du könntest in den Ställen bei den Hunden und Pferden helfen, und dort auch schlafen und in der großen Halle essen.«

»Ihr habt trotz der Hungersnot zu essen?«

»Das haben wir. Es gibt viel Fleisch. Nicht so viel Brot wie sonst, aber unser Koch weiß, wie man einen guten Eintopf macht.«

Eliot senkte den Kopf und dachte über ihren Vorschlag nach, dann griff er in seine Tunika, zog einen kleinen Dolch heraus und beugte sich vor, um ihre Fesseln zu zerschneiden. Seine Hände zitterten, was ein weiterer Beweis dafür war, wie hungrig er sein musste.

Thea bedankte sich bei ihm, nachdem er sie von ihren Fesseln befreit hatte, und rieb sich die Handgelenke, wo das Seil ihre Haut wund gescheuert hatte. Sie hielt dem Rüden zuerst die Hand hin. »Ich grüße dich, Thor. Ich verspreche, dir nicht wehzutun.«

Er schnupperte an ihrer Hand, dann an ihren Füßen, bevor er nähertrat. »Ich wünschte, ich hätte etwas zu essen für euch, aber das habe ich nicht. Aber ich verspreche euch, etwas zu finden.« Sie erhob sich von der Pritsche, streckte sich und begutachtete ihre eigenen Verletzungen – nur schmerzende Muskeln und eine Ansammlung blauer Flecken –, bevor sie zu der verletzten Freya hinüberging.

»Ich grüße dich, Freya.«

Der Hund knurrte ein wenig, ebenso wie Thor, aber sie griff nach Thor und streichelte seinen Hals, um ihn zu beruhigen. »Ich werde ihr nicht wehtun. Ich werde helfen, wenn ich kann.«

Thea ließ sich neben der verletzten Hündin nieder, und flüsterte ihr freundliche Worte zu und sie streichelte Thor, während sie nach Freya griff und ihre Hand ausstreckte, damit der Hund ihren Geruch aufnehmen konnte, wobei sie ihre Finger in der Faust behielt, für den Fall, dass sie zubiss. Verletzte Tiere waren immer unzuverlässig. Selbst die freundlichsten konnten aus Angst oder Schmerz beißen.

Aber sie konnte es nicht ertragen, das Tier leiden zu sehen. Eliot kam herüber und streichelte Freya, um ihr die Sicherheit zu geben, die sie brauchte, wenn Fremde sie berührten. Thea ließ sich Zeit, bewegte sich langsam zu der verletzten Vorderpfote und überlegte, wie sie den Hund dazu bringen konnte, die Pfote für sie zu heben.

»Wird sie dich beißen, wenn du ihre Pfote berührst, Eliot?«

»Nein, sie wird mich gewähren lassen. Ich habe

sie mir angesehen, aber ich weiß nicht, warum sie wehtut.«

Thea sah sich in der Kammer um und freute sich, auf einer Truhe in der Nähe ein paar Kerzen zu sehen. »Ich werde die Talgkerzen herüberbringen, damit ich sie mir genauer ansehen kann, wenn du die Pfote für mich halten kannst. Vielleicht kann ich sie heilen.«

»Glaubt Ihr, das ginge?«

Die Hoffnung in seinem Blick weckte ihr Mitgefühl. Sie musste diesem Jungen helfen, wenn sie aus ihrer misslichen Lage entkam. »Ich werde mein Bestes tun, aber du musst ihr vielleicht die Schnauze zuhalten, damit sie mich nicht beißt. Ich schaue zuerst nach und sage dir dann, ob du sie festhalten musst.«

Thea zündete eine der Kerzen in der Glut an, bevor sie zu dem Hund hinüberging und sie in der Nähe abstellte.

»Soll ich jetzt ihre Pfote halten?«

»Ja, behutsam. Pass auf, dass du Freya nicht zu viel Schmerz zufügst.«

»Das werde ich.«

Eliot tat, worum sie gebeten hatte, und sie ließ Freya an ihr schnuppern, bevor sie sich näher an das Tier heranwagte. Und tatsächlich, tief in der Mitte ihrer Pfote saß ein großer Holzsplitter, den sie sich irgendwo in die Pfote getreten hatte. Er war zwischen ihren Ballen gut versteckt. Der eingedrungene Splitter war groß genug, dass sie ihn gut erkennen konnte, und sie war sich ziemlich sicher, dass er sich herausziehen ließ. Aber sie musste vorsichtig sein.

Die Splitter taten beim Herausziehen genauso weh wie beim Eindringen, und Eliot war nicht stark genug, um den Hund zu halten, falls dieser sich wehrte.

Thea erinnerte sich an etwas, das sie bei ihrer Mutter oft gesehen hatte, wenn sie ein Tier mit einer kleinen Wunde wie dieser behandelte. Sie berührte den Hund an anderen Stellen in der Nähe des Splitters, an Stellen, von denen sie wusste, dass sie sie nicht schmerzen würden, und erlaubte dem Hund, etwas Vertrauen zu fassen, indem sie mit beruhigenden Worten zu ihm sprach.

»Eliot, wenn ich es sage, möchte ich, dass du ihren Kiefer einen Moment lang geschlossen hältst, während ich den Splitter herausziehe. Es wird ihr einen Moment lang wehtun, aber dann wird sie sich viel besser fühlen.«

Sie hoffte nur, dass sie den Splitter vollständig herausziehen konnte. Manchmal blieben Stücke zurück, die tiefer lagen und herausgeschnitten werden mussten. Sie betete, dass dies nicht der Fall sein würde.

Thea bewegte ihre Hand erneut an vier verschiedenen Stellen über den Körper des Tieres, dann tat sie dasselbe mit ihrer anderen Hand, in der Hoffnung, den Hirschhund zu verwirren und abzulenken.

»Jetzt.«

Eliot schlang seine Hand um ihre Schnauze und hielt sie fest. Thea hielt die Pfote fest und zog an dem Splitter, so dass der Hund winselte. »Halte sie fest, Eliot.«

Und das tat er.

Sie griff das scharfe Holzstück am Ansatz und zog es heraus, wobei sie über seine Länge überrascht war. Sie hielt ihn für Eliot hoch.

»Sieh nur, wie groß er war.«

»Oje!« Eliot nahm ihr den Splitter aus der Hand, und Freya leckte sich kurz die Pfote, dann wagte sie es, aufzustehen. »Seht nur, sie läuft. Ihr habt sie geheilt. Wie heißt Ihr?«

»Thea.«

»Ihr habt sie geheilt, Thea.« Eliot beugte sich vor und umarmte seine Freya, dann ließ er sie los, weil der Hund aufgestanden war.

Freya kam direkt zu Thea und leckte ihr die Hand. »Du bist herzlich willkommen, meine Süße. Wir müssen dich in guter Form halten, damit du deinen Besitzer weiterhin beschützen kannst.« Dann ging Freya zu Thor hinüber, als ob sie auch ihm etwas sagen wollte.

Eliot schenkte ihr ein breites Lächeln und sagte: »Wir werden mit Euch gehen. Aber ...«

»Gut. Ich erwarte, bald gerettet zu werden.«

»Wahrhaftig? Aber was ist mit dem anderen Mann, der Euch abholen wird? Kennt Ihr ihn? Wie wollt ihr entkommen?«

»Ich habe Freunde, die mich holen werden. Sie werden einen Weg hinein finden.« Dessen war sie sich sicher. Sie betete nur, dass sie vor Sonnenaufgang hier sein würden. »Du hast vorhin etwas gemurmelt, Eliot. Was war es?«

Eliot starrte einen Moment lang auf den Boden, dann hob er den Kopf. »Wäre in eurem Clan Platz für noch jemanden?»

»Ja. Wer möchte noch mitkommen?«

Er streichelte seinen pelzigen Freund einen Moment lang, bevor er sie wieder ansah und mit den Händen an seiner Tunika herumnestelte. »Es ist ein Mädchen. Sie ist nach mir aus dem Waisenhaus weggelaufen. Aber ich habe ihr geholfen, sich zu verstecken, und ich habe ihr Essen gebracht. Darf sie mitkommen?«

Thea brach fast das Herz. »Wie alt ist sie und wie heißt sie?«

»Sie heißt Lorna und ist sieben Sommer alt. Sie versteckt sich in der Kapelle unten an der Straße.«

Thea schnappte nach Luft. Die Ähnlichkeiten mit ihrer eigenen Schwester waren zu groß für sie – sogar ihr Name war fast derselbe. Sie musste dieses Mädchen retten. Egal, was noch passieren würde, sie schwor sich, sie zu holen und sie zu den Ramsays zu bringen.

»Sobald meine Retter eintreffen, werden wir deine Freundin suchen. In welche Richtung?«

»Sie ist in der Kapelle südlich von hier. Ich dachte, ich könnte ihr etwas Käse oder Brot bringen, wenn ich hier etwas zu essen bekomme.«

»Denk nicht mehr daran. Ich werde dafür sorgen, dass sie gerettet wird. Aber ich habe noch eine Frage zu dem Mann, der morgen kommt.«

»Ich weiß nicht viel über ihn, Mylady.«

Sie beobachtete ihn aufmerksam und hoffte, dass er zumindest das wusste. »Haben sie dir seinen Namen gesagt, Eliot?«

»Wessen?«, fragte er und streichelte seine zufriedene Hündin.

»Der Mann, der am Morgen kommen wird.«

»Och, aye. Das haben sie«, sagte er und hielt einen Moment inne, um nachzudenken. »Ich erinnere mich, weil er so klingt, als wäre er gemein. Er war schon einmal hier, und ich habe gehört, wie sie über Euch gesprochen haben. Ich stand hinter ihm und sah, dass seine Schulter blutete.«

Sie erstarrte und sah den Mann im Wald vor sich, wie er auf sein Pferd sprang und sie verfluchte. »Seine rechte Schulter?«

»Aye. Er wird Euch mitnehmen und dann an jemanden verkaufen. Aber ich kann nicht zulassen, dass er das dem Menschen antut, der Freya geheilt hat. Ihr seid wirklich sehr nett. Ich hoffe, Ihr werdet gerettet.«

Sie trat zwei Schritte näher an Eliot heran und flüsterte: »Denk nach, Eliot. Das ist wichtig. Wie ist sein Name? Der Mann mit der verletzten Schulter.«

Er machte ein finsteres Gesicht, doch dann hellte sich sein Gesicht auf. »Fulke. Sein Name ist Fulke.«

KAPITEL VIERZEHN

WILLUM GING AM Fuße des Hügels hinter dem verfallenen Herrenhaus außerhalb Edinburghs umher, während Dyna und Maitland ihren Plan besprachen. Nachdem sie sich mit Maitlands Gruppe zusammengeschlossen hatten, war es nicht schwer gewesen, das Herrenhaus zu finden, das Dyna in ihrem Traum erschienen war. Dyna hatte sie durch die gewundenen Straßen des äußeren Dorfes bis an den Rand der Ausläufer der Stadt geführt. Doch nun, wo ihm die Worte wieder einfielen, mit denen Dynas Theas Aufenthaltsort beschrieben hatte – ein Kellergewölbe – rebellierte sein Magen.

Er spürte, wie sich sein Inneres zusammenschnürte, als er sich vorstellte, diese marode steinerne Ruine eines Gebäudes zu betreten.

Dieses altbekannte untrügliche Gefühl sagte ihm, er solle schleunigst davonlaufen. Oder sich weigern. Der Bau war zu klein. Zu gefährlich. Was, wenn sie wirklich im Keller gefangen gehalten wurde, dem Ort, den er mehr als alle anderen fürchtete? Es war ihm schon öfter passiert, dass er in Kellern die Besinnung verloren hatte. Dieses überwältigende Gefühl, nicht richtig Luft holen zu können, überschattete sein rationales Denkvermögen.

Doch er musste für diese junge Frau stark sein, an das er sein Herz verlor, denn er konnte den Gedanken nicht ertragen, dass er sie nicht in seinem Leben hätte.

Es war sein Glück, dass Dyna und Maitland so in die Besprechung ihres Plans vertieft waren, dass sie nicht auf ihn achteten. Sie schienen nicht einmal zu bemerken, dass er ruhelos auf und ab ging, und fürchtete, er könnte in den Wald flüchten ohne je wieder zurückkehren zu wollen. Er selbst konnte dies jedoch nicht einfach achtlos beiseiteschieben. Er konnte sich des Gefühls nicht erwehren, dass etwas auf ihn zukam, was in ihm das Bild einer eisernen Fessel heraufbeschwor, die sich um seine Kehle legte und ihm die Luft abschnürte. Er musste sich zwingen, seinen Fokus auf das zu konzentrieren, was am wichtigsten war.

Thea musste gerettet werden. Sie war die Frau, die sein Herz fester in ihrem Griff hielt, als jede Angst das je könnte. Er hatte sich in sie verliebt, und zwar bis über beide Ohren. Seine Mutter würde wahrscheinlich sagen, dass er sich über beide Ohren verliebt hätte, ohne eine Ahnung zu haben, was genau das bedeutete oder wie es sich dies anfühlte.

Er war von dem unglaublichen Bedürfnis besessen, Thea zu finden und den Schurken zu erwürgen, der es gewagt hatte, sich an ihr zu vergreifen. Was genau das bedeutete, wusste er nicht. War das Liebe? Ohne eine rechte Ahnung zu haben, wusste er nur, dass er so etwas noch nie gefühlt hatte.

»Bist du sicher, dass du dich an diese Struktur deutlich erinnern kannst?«, fragte Maitland an Dyna gewandt.

»In meiner Vision habe ich das ganze Gebäude gesehen. Ich stand davor und spähte dann durch eines der Fenster. Es ist das Richtige, das versichere ich dir. Thea ist irgendwo hier drinnen, und meines Glaubens ist sie im Keller. Es war dunkel dort und roch modrig, aber ich sage dir, sie ist in diesem Herrenhaus. Hier werden wir sie finden.«

»Und hast du dieses Bild noch immer vor Augen?«

»Ja. Ich habe sie in einer kleinen Kammer mit einem Kamin und zwei Hirschhunden gesehen.«

Willum erinnerte sich an ihre Worte, als sie die Vision erlebte. Noch nie zuvor war er Zeuge gewesen, wenn jemand solche Visionen erlebte. Als er mitten in der Nacht in seiner Hütte gespürt hatte, dass Thea in Gefahr war, hatte er das eher als eine Ahnung empfunden. Es war keine wirkliche Vision gewesen, die er von ihr gehabt hatte, sondern nur das zwingende Bedürfnis, zu ihr zu gelangen. Und er hatte Recht behalten, aber jetzt wusste er nicht mehr weiter.

Er war sich nicht sicher, ob dies überhaupt etwas zu bedeuten hatte, aber da Dyna den Ruf einer Seherin hatte, wurden ihre Visionen selten in Frage gestellt.

Maitland kratzte sich am Kopf. »Ich weiß,

dass du das gesagt hast, aber hast du außer den
Hunden niemanden bei ihr gesehen?«

»Wahrscheinlich ist ein Junge bei ihr.«

Maitland zog eine Augenbraue in die Höhe
und schüttelte den Kopf. »Das ergibt überhaupt
keinen Sinn, Dyna. Warum sollte denn ein Junge
bei ihr sein? Sie würde ihn im Handumdrehen
überwältigen.«

»Nicht, wenn sie gefesselt ist.« Dyna verlor die
Geduld, denn ihr nächstes Wort wurde fast zu
einem Brüllen. »Maitland!«, fuhr sie ihn an und
packte seinen Arm mit einem Ruck. Das hatte
die gleiche Wirkung wie eine Ohrfeige. »Der
Junge ist unwichtig. Wir müssen ins Haus.«

Mit einem tiefen Seufzer zog Maitland seinen
Arm zurück. »Ich vertraue auf deine Vision. Das
Herrenhaus scheint im Moment verlassen zu
sein. Ich werde unten auf dem Weg auf euch
warten und Ausschau halten, ob jemand kommt.
Willum geht mit dir hinein, um Thea zu suchen.
Alaric, Eli und die anderen bleiben vor dem
Herrenhaus und werden Alarm schlagen, falls sie
irgendwelche Aktivitäten beobachten. Wenn ihr
uns vorne nicht seht, werden wir am Weg entlang
patrouillieren.«

»Aye. Ich habe ihnen aufgetragen, dir Bescheid
zu geben, wenn sie Wachen in der Nähe sehen.
Das Herrenhaus sieht verlassen aus, aber das weiß
man erst, wenn man es betreten hat. Wenn wir
um Hilfe schreiend herausgelaufen kommen, gilt
das als sicheres Zeichen dafür, dass wir uns geirrt
haben.«

Maitland lachte kurz grimmig auf. »Das ist ein

guter Plan. Ich vertraue darauf, dass Willum und du Thea findet.« Dann drehte er sich zu Willum um und sah ihn an »Was ist los?«

»Nichts«, antwortete Willum und wischte sich den Schweiß von der Stirn. »Ich komme schon zurecht. Es liegt mir allerdings nicht, herumzustehen und einen Plan auszuhecken. Ich handele lieber.«

»Dann legen wir los«, meinte Dyna. »Das Eingangstor hängt nicht mehr in den Angeln der Schutzmauer. So können wir hineingelangen und dann in das eigentliche Herrenhaus eindringen. Dort werden wir dann mit der Suche beginnen.«

Willum nickte und zog an seinem zu eng gewordenen Kragen seiner Tunika.

»Willum, du dringst in den Keller vor, und ich suche im ersten Stock. Im Parterre wird sie nicht sein, denn es wäre zu einfach, vom Erdgeschoss aus zu entkommen. Und wenn du sie findest, musst du dir um den Jungen keine Sorgen machen. Die beiden haben schon Freundschaft geschlossen.«

Was für ein Schlamassel. Dyna hatte ihm die Kellerräume zugeteilt. Das würde bedeuten, dass er aus seinem tiefsten Inneren Mut schöpfen und all das Gebrabbel in seinem Kopf ignorieren musste, dort eingeschlossen zu werden.

Um Theas willen würde er dies auf sich nehmen.

Sie gingen den Hügel hinauf. Mehr als die halbe Nacht war bereits vergangen, so dass er hoffte, sie könnten ins Haus gelangen, ohne jemanden in der Umgebung zu wecken.

Dyna und er gaben sich die größte Mühe, sich ganz leise zu bewegen. Je näher sie dem Herrenhaus kamen, umso verlassener erschien es ihnen. Aus dem Inneren des Hauses waren keine Geräusche zu hören, es drang kein Licht durch die Fenster, und es lag kein Geruch von Rauch aus der Küche in der Luft. An der Tür angekommen, streckte er die Hand danach aus, öffnete sie langsam, während Dyna ins Innere spähte.

Sie wurden von absoluter Stille und tiefer Dunkelheit empfangen. Dyna trat ein und machte ihm ein Zeichen, ihr zu folgen. Dann standen sie auf einem Treppenflur. Die Kellertreppe lag ein paar Stufen vor ihnen, und die Treppe nach oben verlief linkerhand. Mit einem Handzeichen bedeutete Dyna ihm, nach unten zu gehen, und gab ihm dann zu verstehen, dass sie nach oben gehen würde. Es würde an Unhöflichkeit grenzen, sie zu bitten, die Kellerräume zu nehmen, die auch ohne seine Klaustrophobie größere Gefahren bei der Durchsuchung bargen. Also nickte er zustimmend.

»Wir treffen uns hier, sobald du deine Suche beendet hast«, flüsterte sie.

Nachdem er ihr mit einem Nicken geantwortet hatte, wartete er, bis sie oben auf der Treppe angekommen war, ehe er nach unten ging. Er schluckte dreimal, denn die Angst vor dem Keller suchte sich jetzt ihren Weg durch seinen ganzen Körper, aber er musste vorangehen.

Dann besann er sich darauf, einen Schritt

nach dem anderen zu machen. Das konnte er
sich gerade noch so vornehmen. Diese Technik
hatte ihm sein Vater einmal beigebracht, als er in
einem kleinen Herrenhaus eingeschlossen war.
Der Stein und die Kälte des Bodens hatten etwas
an sich, was diese Art von Behausungen, für ihn
so anders machte. In einer Hütte war man nicht
so von Mauern eingeschlossen. Wenn er wollte,
konnte er aus jedem Fenster einer Hütte oder
eines Hauses klettern, oder sogar aus einem
Herrenhaus, nahm er an.

Hier nicht. In einem Keller gab es keine Fenster.
Einfach. Nur. Mauern.

Er erreichte die unterste Stufe und war
überrascht, dass keine Tür zwischen der Treppe
und dem Durchgang war. An manchen Orten
gab es Durchgänge, an anderen nicht. Stattdessen
öffnete sich ein breiter Kellerraum, in dem
Gegenstände wahllos abgestellt worden waren.

Das war anders. Der Gang war der schmalste,
den er je gesehen hatte. Er glaubte, beide Seiten
mit seinen Schultern streifen zu können.

Er trat in den Gang, doch dann wich er sofort
wieder zurück. Es brannten keine Fackeln hier,
und es gab auch keine andere Lichtquelle, die
ihm bei seiner Suche eine Hilfe sein könnte.
Das ließ ihn an den Lieblingsspruch seines Vaters
denken – dunkler als das Innere einer gebärenden
Stute. Dieser Ausdruck war für ihn in seiner Lage
absolut zutreffend. Wie sollte er denn erkennen
können, wo Thea sich befand?

Als er den Gang entlangschaute, zählte er vier
Türen, und je länger er hinsah, umso überzeugter

war er, dass aus dem Spalt unter der hintersten Tür ein Lichtschimmer hervordrang.

Er musste nur den Gang hinunterschleichen, vor der Tür lauschen und sie dann öffnen. Wenn Thea dort war, würde alles ein Ende haben, was sie hatte ertragen müssen. Wenn nicht, würde er in den anderen Kammern nachsehen und dann wieder über die Treppe nach oben gehen.

Also gut. Er hatte einen Plan gefasst. Er stellte sich an die kalte Wand, wobei seine Hände jetzt die Wand hinter sich berührten, doch die Angst, sie loszulassen, war zu übermächtig. Sein Herz schlug so schnell, dass er schwor, dass ihm allein dadurch schwindelte.

Oder war es gar seine Furcht vor dem, was er vorfinden würde? Was wäre, wenn sie tot wäre?

Was würde sein, wenn Thea gar nicht hier war? Was, wenn Dyna sich geirrt hatte?

Das würde er nicht aushalten.

Er sagte sich, dass er wieder in den Gang treten würde, sobald er bis zehn gezählt hätte. Er konnte es schaffen. Er wischte sich den Schweiß von der Stirn. Dass sich obendrein seine Sicht trübte, konnte er nicht zulassen. Er holte tief Luft und trat in den Gang, nur um gleich darauf wieder zu erstarren.

Schritte kamen die Treppe hinunter auf ihn zu. Fast wäre er davongelaufen, aber dann sah er sie.

Dyna.

»Hast du alles überprüft?« Sie warf ihm einen seltsamen Blick zu. »Was ist los, Willum?«

»Ich kann mich nicht bewegen.« Seine Stimme klang wie ein bedauerndes Flüstern, obwohl es ihm so peinlich war, dass er, wenn er noch jünger gewesen wäre, vor Verzweiflung geweint hätte.

»Ich übernehme das«, flüsterte Dyna und tätschelte seinen Arm. »Du bleibst hier. Es ist niemand hier oben. Das Gebäude ist menschenleer.« Sie schritt den Gang hinunter, und die Totenstille wurde durch das Bellen eines Hundes zerrissen.

Das veränderte alles.

Er folgte Dyna, und die plötzliche Sorge um Theas Wohlergehen überwältigte seine Ängste. Sie blieb vor der Tür stehen, aus der das Bellen gekommen war. Der Hund war verstummt, aber sie konnten die Stimme eines Jungen hören.

»Sei still, Thor.«

Dyna griff nach der Klinke, doch dann zeigte sie auf die Tür. Die Tür war von außen mit einem Vorhängeschloss verriegelt. Also wurde Thea hier gefangen gehalten.

Suchend sah er sich nach einem Schlüssel an der Wand um und entdeckte ihn schließlich in der Nähe der Decke. Dyna hätte Schwierigkeiten gehabt, bis dorthin zu gelangen.

»Hier, versuch diesen Schlüssel.« Seine Hände zitterten so sehr, dass es ihm lieber war, wenn Dyna den Schlüssel ins Schloss steckte. Bestimmt war sie viel schneller als er mit seinen zitternden Händen.

Er hielt den Atem an, als sie mit dem Schloss hantierte. Als sie es endlich aufgeschlossen hatte, zog sie die Tür auf. Und sie musste sich ducken, um nicht von einem Holzscheit am Kopf getroffen zu werden.

Thea stand nicht weit entfernt, und zwei
Hunde bewachten sie.

Ein Junge stand mit einem Stück Brennholz
in der Hand vor ihr, das er in der Bereitschaft,
erneut zuzuschlagen, hoch in die Luft hielt.

KAPITEL FÜNFZEHN

»ELIOT, NEIN! DAS ist meine Freundin«, rief Thea aus.

Eliot hielt seine Waffe trotz ihrer Worte weiter zum Einsatz bereit. »Jemand anderes ist hinter ihr, Mylady.«

Dyna betrat den Raum, und dann konnte Thea den »jemand anderes« sehen.

»Willum!« Sie stürzte sich auf ihn, sobald er durch die Tür trat. Noch nie zuvor hatte sie sich so gefreut, jemanden zu sehen.

Dyna lachte, doch gleich darauf meinte sie: »Komm, Thea. Wir müssen gehen.« Sanft drückte sie Theas Ellbogen, um sie von Willum wegzuziehen. So sehr sie sich auch wünschte, für immer in Willums Armen zu verharren, war ihr sehr wohl bewusst, dass sie von hier verschwinden mussten.

Fulke konnte auf dem Weg sein.

»Ja. Ich werde alles erzählen, sobald wir von hier fort sind.« Noch immer hielt sie Willums Hand mit der ihren umklammert. Sie wollte seine Hand nicht loslassen. Noch nicht. Sie wandte sich an ihren neuen Freund. »Das ist Eliot, und er wird mit uns kommen. Er ist ein guter Junge und ein Waisenkind.«

Willum warf einen Blick auf den Jungen und reichte ihm ein Stück Käse, das er in seinen Waffenrock gesteckt hatte. »Du brauchst das mehr als ich, Junge. Sind das deine Hunde?«

Eliot nickte und kaute bereits auf dem Käse herum. »Vielen Dank für den Käse, aber bitte lasst uns gehen. Darf ich Thor und Freya mitnehmen?«

»Ja, beeilt euch«, spornte Dyna sie mit ihrem Dolch in der Hand an, während sie den Gang entlanglief. Es waren immer noch keine Geräusche innerhalb der Mauern zu hören, aber trotzdem rannten sie die Treppe hinauf, weil sie es kaum erwarten konnten, von hier zu verschwinden.

Freya blieb am Fuß der Treppe stehen und hob vorsichtig ihre Pfote.

»Ihre Pfote. Sie wird es nicht schaffen«, sagte Eliot. Thea konnte die Tränen in seiner Stimme hören, die loszubrechen drohten.

»Sie wird es schaffen, Eliot«, sagte Thea. »Der Splitter ist weg.«

»Das Risiko gehe ich nicht ein.« Willum kehrte an den Fuß der Treppe zurück und hob den Hirschhund in seine Arme. »Geht. Ich habe sie. Sie kann mit mir reiten, wenn wir zu den Pferden kommen.«

»Aye«, stimmte Dyna zu. »Wir lassen niemanden zurück, auch keine Hunde. Eliot wird mit mir reiten und Freya mit Willum. Wir haben Blossom bei uns, Thea. Kannst du reiten?«

»Ich glaube schon.«

»Dann lasse ich Freya mit Willum reiten«, sagte sie und gab allen ein Zeichen, ihr in Richtung des maroden Tors im hinteren Bereich vorauszugehen. »Geht. Die Pferde sind im Wald angebunden, ein Stück hinter dem Zaun.«

Thea folgte Dyna und achtete darauf, dass Eliot mithalten konnte. Als sie draußen waren, sah sie deutlicher, wie abgemagert der arme Junge war. Sie merkte sich im Stillen, ihn langsam zu füttern. Er würde wahrscheinlich versuchen, alles zu essen, aber er würde es nicht schaffen. Außerdem fragte sie sich, wie hungrig die armen Hunde wohl sein würden.

Eliot hatte wahrscheinlich eher die Hunde gefüttert als sich selbst zu ernähren.

Als sie das zerbrochene Tor passiert hatten, zeigte Dyna in die Richtung und sagte: »Da lang. Ich werde aufpassen, während ihr zu den Pferden geht. Thor ist direkt hinter dir, Eliot, also geh weiter. Willum hat Freya. Thea, glaubst du, du kannst es schaffen?«

»Ja, ich bin ein bisschen wund, was mich aber nicht aufhalten wird. Bringt mich einfach von hier weg. Ich habe vergessen, euch zu sagen, dass Eliot mir etwas berichtete. Der Mann, der mich abholen kommt, heißt Fulke. Ich nehme an, dass es derselbe Mann ist.« Sie schaute zu Dyna und Willum, um deren Reaktionen auf diese neue Information zu beobachten.

Willum murmelte ein paar Worte, die sie allerdings nicht verstehen konnte, und meinte dann: »Es gibt wahrscheinlich nur einen Mann namens Fulke, der so boshaft ist.«

Sie kamen bei den Pferden an, saßen auf und ritten los, während Thor mit ihnen lief. Als sich die Gruppe auf die Vorderseite des Herrenhauses zubewegte, schaute Dyna sich um. »Maitland ist hier irgendwo, also reitet weiter. Wenn wir ihn nicht entdecken, wird er uns einholen.«

Sie hatten das Gelände fast verlassen, als ein Mann aus dem vorderen Teil des Herrenhauses trat und sich die Augen rieb, als wäre er gerade geweckt worden. »Komm zurück, du kleiner Mistkerl!«

Das erschreckte sie nicht so sehr wie der Mann, der auf einem Pferd aus der anderen Richtung auf sie zukam.

Thea schwor, dass es Fulke Slater war. Sie griff nach ihrem Bogen, doch dann wurde sie von Sorge ergriffen, weil sie das leichte Zittern in ihrer Hand spüren konnte.

»Nein, ich verstehe ja, was du vorhast, aber spanne deinen Bogen nicht, Thea«, rief Dyna ihr zu, und drehte sich gleichzeitig im Sattel, um ihren Bogen zu packen. Sie stellte sich in die Steigbügel, ohne ihr Pferd zu stoppen. Ihre ersten beiden Pfeile verfehlten ihr Ziel.

Der dritte Pfeil traf ihn am Bein. Sein Pferd drehte sich zur Seite und scheute vor Schreck.

»Du Luder! Ich komme und hole dich, das verspreche ich dir!«

Das war ganz eindeutig Fulke. Thea erkannte die Boshaftigkeit in seiner Stimme.

Eliot brach in ein panisches Kreischen aus. »Wird er uns erwischen? Er wird mich schlagen.«

Fulke war inzwischen ein gutes Stück vom Weg abgekommen, doch dann schaffte er es, sein Pferd zum Stehen zu bringen. Thea konnte ihn gerade noch durch die Bäume sehen, als er den Pfeil aus seinem Bein zerrte.

»Du brauchst dir keine Sorgen zu machen, Junge«, rief Willum dem jungen Eliot zu. »Sein Pferd kann nicht mit unseren Rössern mithalten. Das sind Schlachtrösser und seins pfeift auf dem letzten Loch.«

Eliot wimmerte und klammerte sich an Dynas Rücken, während sie ihr Pferd zu einem schnelleren Tempo antrieb.

»Wer ist der Junge, Thea?«, fragte Willum.

»Sie hatten ihn angeheuert, um auf mich aufzupassen, wofür er im Austausch eine Mahlzeit erhalten sollte. Seine Hunde und er sind am Verhungern.«

Wenige Augenblicke später trafen sie auf Maitland und den Rest der Gruppe.

Maitland winkte und bedeutete ihnen, langsamer zu reiten. Auf diese Weise konnten sie sich unterhalten, während die Pferde in einem gleichmäßigen Tempo weiterliefen. »Wir reiten zum Gasthaus zurück, in dem unsere Gruppe in der ersten Nacht übernachtet hat. Ich traue der Umgebung nicht, in der ihr angegriffen worden seid. Allerdings müssen wir uns austauschen und unsere Pläne abstimmen. Das war ein guter Schuss, Dyna. Wir wollten dir gerade zu Hilfe kommen, als du ihn erwischt hast.«

»Verdammt, ich habe die ersten beiden Pfeile danebengeschossen«, meinte Dyna. Thea vermutete, dass sie gerne noch heftiger geflucht hätte, aber sich wegen des Jungen zurückhielt.

»Du hast nur einen gebraucht. Thea, bist du wohlauf?« Maitland lenkte sein Pferd neben die beiden Frauen, um neben ihnen zu reiten.

»Ja. Ich bin müde und vom Reiten in Bauchlage ein bisschen wund, aber sonst bin ich gesund.«

Willum griff nach ihrem Handgelenk und zog den Ärmel ihrer Tunika zurück, um die wunden Stellen an ihrem Handgelenk freizulegen. »Du warst gefesselt?«

»Ja, aber Eliot hat die Fesseln durchgeschnitten.« Sie erzählte den Männern die Geschichte des Jungen. »Ich habe versprochen, ihn zu den Ramsays zu bringen. Wir müssen ihm helfen, Maitland.«

Maitland nickte. »Er wird vielerorts willkommen sein. Das weißt du. Das ist die Aufgabe unserer Clans, der Menzies, Grants, Ramsays, Camerons. Wir heißen alle willkommen.«

Thea konnte ihre Tränen nicht zurückhalten. Sie wusste genau, was er meinte. Sowohl ihr eigener Clan als auch ihre Verbündeten würden Sorge dafür tragen, dass Eliot sich willkommen und wohl fühlte. Sie warf einen Blick über ihre Schulter und stellte erfreut fest, dass Thor noch hinter ihnen war und zwar hechelte, aber er war da.

Dann erinnerte sie sich an etwas anderes. »Warte! Ich muss noch eine Sache erledigen.« Die Erinnerung an Lorna, Eliots Freundin, war plötzlich wieder aufgetaucht. Sie mussten kehrtmachen. Die Kapelle, in der das

Mädchen Zuflucht suchte, lag laut Eliot in der entgegengesetzten Richtung.

»Worum geht es?«, fragte Willum.

»Das erzähle ich euch unterwegs, aber wir müssen nach Süden zurück und an dem Ort vorbei, an dem ich festgehalten wurde. Zu einer Kapelle. Wir müssen die Kapelle finden.«

»Du wirst nicht dorthin zurückgehen, Thea«, befahl Maitland. »Nimm sie nicht mit, Willum.«

Eliot begann zu schniefen, und alle drehten sich zu ihm um, aber er sagte nichts, obwohl ihm die Tränen über das Gesicht liefen. Der Junge hatte zu viel durchgemacht.

»Seine Freundin. Ich muss seine Freundin suchen. Folgt mir einfach. Ich weiß, wo sie ist.«

Willum wendete sein Pferd, während Dyna auf Thea einredete.

»Thea, du kannst nicht klar denken. Fulke sucht uns. Du bietest ihm genau, was er will.« Dyna lenkte ihr eigenes Pferd so, dass sie Thea am Weiterreiten hinderte.

Thea schüttelte wütend den Kopf. »Fulke Slater interessiert mich nicht. Es gibt ein kleines Mädchen von sieben Sommern, das in einem Waisenhaus missbraucht wurde. Sie ist weggelaufen und hält sich in einer Kapelle versteckt. Eliot ist der Einzige, der sich um sie kümmert. Ich habe mit dem Rehkitz vielleicht einen Irrtum begangen, aber nicht in dieser Angelegenheit. Sie ist ein Kind, und kein Tier. Was, wenn Eliot nicht zurückkommt, um ihr Nahrung zu bringen? Was wird dann aus dem Mädchen werden?«

Dyna stöhnte. »Himmelherrgottnochmal. Reite voran. Eliot, du bleibst mit Maitland zurück.« Sie ritt dicht an ihn heran und übergab ihm den Jungen.

Thea und Willum trabten nach Süden, wobei Thea ihm alles erzählte, was Eliot über das Mädchen gesagt hatte. Glücklicherweise trafen sie Fulke nicht wieder. An der kleinen Kapelle angekommen, stieg Thea ab, aber Dyna legte Protest ein.

»Du wirst nicht allein gehen, Thea!«

Thea blieb stehen, und sie fühlte sich so schwach, dass ihr fast die Knie einknickten. Dyna sprang von ihrem Pferd herunter. »Willum, pass auf die Pferde auf.«

»Es ist nur eine Kapelle, Dyna. Der Pfarrer oder Priester wohnt wahrscheinlich in einer anderen Kirche und kommt wahrscheinlich nur einmal pro Abend hierher.« Das Gebäude war klein und wirkte verlassen, obwohl der hohe Kirchturm ihm gebührenden Respekt verlieh. Thea konnte das Pochen ihres Herzens spüren und sie betete, dass sie das Mädchen finden würden. Sie wusste, was die anderen denken würden – dass dieses Mädchen eine andere Bedeutung für sie hatte. Aber so war es nicht. Dieses Mädchen verdiente ein gutes Leben. Bei den Ramsays würden sie einen guten Platz finden, wie ihn auch Simone und Beatris und so viele andere gefunden hatten.

»Wo ist sie?«, fragte Dyna.

»Eliot hat gesagt, sie würde sich unter der unteren Treppe verstecken.«

»Wie sieht sie aus?«

Thea dachte einen Moment lang nach und antwortete dann: »Ich weiß es nicht. Er hat es nie gesagt. Ihr Name ist Lorna.«

»Lorna? Machst du Witze?«

Thea wusste, was Dyna meinte, aber sie sagte nur: »Das hat Eliot mir gesagt.«

Sie traten ein und warteten, bis sich ihre Augen an das Licht gewöhnt hatten. Die Stille war überwältigend.

Als sie das untere Ende der Treppe erreichten, die in den Keller führte, schob Thea Dyna zur Seite und trat hinter die Treppe. Dort saß ein Mädchen mit den prachtvollsten roten Haaren und großen Augen. Ihre Angst war so greifbar, dass Thea sprechen musste, um ihre Anspannung zu lösen.

»Lorna, Eliot hat uns geschickt. Wir nehmen ihn und seine beiden Hunde mit zu unserem Clan, und er hat uns gebeten, auch dich zu holen.«

Eine Träne kullerte über ihre Wange, und sie ballte ihre Hände in ihrem Schoß, während sie auf dem kalten Steinboden saß. Ihr Kleid war alt und ausgefranst.

»Wie heißen seine Hunde, wenn ich bitten darf?«, fragte sie.

Thea unterdrückte ein Lächeln. Das Mädchen war nicht dumm.

»Ja, sie ist klug genug, um uns auf die Probe zu stellen«, meinte Dyna.

»Mein Name ist Thea Douglas und das ist

Dyna. Wir nehmen Eliot und seine beiden Hunde Freya und Thor mit zu uns in das Gebiet der Ramsays.«

Thea berührte den Unterarm des Mädchens und sagte: »Wir versprechen dir, dass wir dir nicht wehtun werden, Lorna. Du kannst in unserer Küche arbeiten, und wir versprechen dir, ein warmes Bett für dich zu finden. Wir werden dich ernähren und kleiden, aber vor allem beschützen wir dich vor den grausamen Menschen, die Waisenhäuser betreiben. Die Ramsays haben im Laufe der Jahre viele Waisenkinder adoptiert.«

Das Mädchen wischte sich die Tränen von den Wangen, nickte und wirkte zufrieden. Sie flüsterte: »Ich komme mit euch.« Aber sie bewegte sich nicht.

»Was ist los?«, fragte Thea.

»Ich kann mich nicht bewegen, und ich habe keinen Umhang zum Tragen.«

Dyna sagte: »Ich werde dir beim Aufstehen helfen, und wir haben extra Decken bei unseren Pferden. Ich werde einen netten großen Mann für dich finden, mit dem du reiten kannst, damit du warm und sicher bist.«

Sie schüttelte so wild den Kopf, dass Thea ahnte, was im Waisenhaus passiert war, um sie zum Weglaufen zu bewegen. »Nein, du kannst mit Dyna reiten. Wäre dir das recht?«

Das Mädchen nickte und griff nach Dyna, die ihr half aufzustehen.

Lorna hatte ein neues Zuhause.

Sie erreichten das Gasthaus kurz nach Sonnenaufgang. Aber es schien, dass sie so bald keine Ruhe finden sollte.

Kyle und sein Sohn Kyler traten aus dem Gasthaus, als sie herangeritten kamen. Sie wurden von vier Ramsay Wachen begleitet, die ihnen dicht auf den Fersen waren.

»Oh nein, Willum. Ich habe ein schlechtes Gefühl.« Thea hielt den Atem an und wartete auf das, was sicherlich eine schlechte Nachricht sein würde.

Willum rieb ihr leicht den Arm und trieb sein Pferd nah genug an Kyle heran, damit sie sich unterhalten konnten.

»Verzeih mir, Thea. Aber wir sind hier, um dich zu holen. Dein Vater ist sehr krank, und deine Mutter bittet um deine Rückkehr.«

Dyna sah Maitland an. »Dann kehren wir alle zurück. Wir haben einen Jungen, ein Mädchen und zwei Hunde zu unserer Gruppe hinzugewonnen, von denen einer eine verletzte Pfote hat. Wir können bei den Ramsays entscheiden, was wir als Nächstes unternehmen werden.«

»Ich nehme den anderen Hund«, erbot sich Kyler. »Er wird nicht mit uns mithalten können. Ich weiß, wie schnell wir reiten werden.« Kyle sprang herunter, um den Hund zu holen und hob ihn auf Kylers Pferd.

Thea wusste, dass das arme Tier sich nicht wohlfühlen würde, aber sie hatten keine andere Wahl. Angesichts der Erschöpfung in den Augen des Hundes dachte Thea, dass Thor sich in sein Los ergeben würde.

Eliot sah Kyle mit einem Hauch von Angst an. »Mylord, werdet Ihr mich und meine Freundin in Euren Clan aufnehmen? Ich verspreche, hart für das Essen zu arbeiten, und ich kann auch für Lorna mitarbeiten. Ich kann in den Ställen arbeiten, wenn Ihr versprecht, mich nicht zu schlagen.«

»Ich bin nicht der Laird, sondern sein Stellvertreter, Junge. Mein Name ist Kyle.« Er hielt Thor einen Klumpen getrocknetes Fleisch hin, der nun vor Kyler lag. »Der Ramsay Clan heißt dich, deine Freundin und deine Hunde willkommen, Junge, und es wird keine Schläge geben.«

Dyna sagte: »Reich mir noch ein Stück von dem Fleisch rüber, Kyle. Ich habe Lorna schon etwas zu essen gegeben, aber wir brauchen ein bisschen mehr. Der Junge ist auch am Verhungern, und wir hatten nicht mehr viel übrig, um ihm etwas zu geben.«

Eliot nahm das angebotene Fleisch mit einem Lächeln entgegen, starrte es an und schnupperte daran, bevor er hineinbiss.

Theas Tränen ließen sich nicht zurückhalten. Sie schaute zu Willum hinüber und lächelte, als sie beobachtete, wie die Leute ihres Clans sich um zwei Hunde, ein Mädchen und einen Jungen kümmerten, den sie bereits sehr liebgewonnen hatte. Als sie alle versorgt waren, brach die Gruppe auf.

Thea sprach mehrere Gebete, als sie in den heller werdenden Tag ritten. Sie konnte ihren

Vater nicht verlieren, nicht nach allem, was sonst in ihrem Leben gerade passierte.

Kapitel Sechzehn

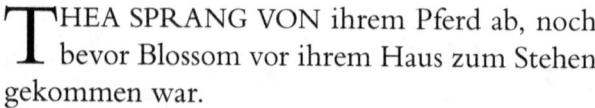

T HEA SPRANG VON ihrem Pferd ab, noch
bevor Blossom vor ihrem Haus zum Stehen
gekommen war.

Willum stieg ebenfalls ab, aber sie legte ihm eine
Hand auf den Arm, um ihn daran zu hindern, die
Hütte zu betreten. Er musste sich um sein eigenes
Wohlbefinden kümmern.

»Geh mit den anderen voraus, Willum. Gönn
dir eine gute Mahlzeit, kümmere dich um dein
Pferd, und wir sehen uns wieder, wenn es mir
möglich ist. Du musst an der frischen Luft sein,
nicht in diesen vier Wänden. Und bitte hilf Eliot
und Lorna, sich einzugewöhnen.«

Fast wäre sie herumgewirbelt, aber er hielt sie
auf, umfasste ihr Gesicht mit beiden Händen und
küsste sie, was sie überraschte.

Und er war köstlich. Sein Mund wärmte den
ihren und schmiegte sich an den ihren, während
er sie festhielt. Das jagte ihr einen Schauder über
den Rücken, den sie vom Scheitel bis zu den
Zehen spürte. Seine Zunge neckte die ihre, bis
sie sich auf sein Spiel einließ, und sie lieferten

sich ein Duell mit einer plötzlichen Leidenschaft, die ihr ungemein gut gefiel. Ihr wurde innerlich ganz heiß und kribbelig und sie bettelte nach mehr. Doch er beendete den Kuss und küsste ihre Stirn, während er mit seinen Daumen über ihre Wangen streichelte. Sie war kaum noch in der Lage, sich aufrecht zu halten.

Dieser Mann ließ sie Dinge fühlen, die sie noch nie zuvor empfunden hatte.

»Wenn du etwas brauchst, schick einfach jemanden zu mir. Du weißt, dass ich oder jeder andere alles tun wird, was dir oder deiner Mutter eine Hilfe ist«, meinte Willum. »Ich werde dein Pferd versorgen, bevor ich gehe. Blossom ist genauso erschöpft wie du.«

»Vielen Dank«, sagte sie. »Ich muss ins Haus gehen.« Sie lief zum Haus und eilte durch die Tür, wobei sie betete, dass ihr Vater am Tisch sitzen würde.

Das tat er nicht. Ihr Herz schlug so schnell, dass sie sich zwang, innezuhalten und einen Schluck Wasser aus dem Eimer mit frischem Brunnenwasser zu trinken, den sie neben der Tür aufbewahrten.

Ihre Mutter kam aus dem Schlafgemach in den Hauptraum der Hütte. »Oh, meine liebe Thea! Du bist schnell zurückgekommen. Ich bin froh, dass du hier bist!«

»Mama«, sagte sie, immer noch ein wenig atemlos. »Wie geht es Papa? Bitte sag mir, dass es ihm gut geht.« Sie konnte die Erschöpfung im Gesicht ihrer Mutter sehen. Die Sorge um ihren Vater, die Frage, ob er überleben würde, die

Angst vor dem Tod – all diese Strapazen waren im Gesicht ihrer Mutter zu sehen.

Sie winkte Lorana zu, die sich an die Röcke ihrer Mutter klammerte, wandte sich dann aber wieder ihrer Mutter zu. »Ich muss zu ihm gehen. Darf ich? Ist er wach oder schläft er? Er wird doch überleben, oder? Bitte sag ja.«

»Atme tief durch, Tochter. Du bist am Rande der Verzweiflung. Ich möchte nicht, dass du deinen Vater siehst, ehe du dich beruhigt hast. Du könntest ihn aufregen.« Sie legte ihrer Tochter die Hände auf die Schultern und schob sie zu einem Stuhl am Tisch hinüber. »Bitte setz dich für einen Moment.«

»In Ordnung. Ich muss erst einmal zu Atem kommen«, flüsterte sie und lächelte Lorana an.

»Thea, hör auf, deine Schwester anzulächeln.« Der Tonfall ihrer Mutter war so barsch, wie sie ihn noch nie gehört hatte. »Wir müssen reden, bevor du deinen Vater besucht. Ich will nicht, dass du ihn aufregst.«

Thea runzelte die Stirn, dann sah sie ihre Mutter an. »Das ist eine unhöfliche Bemerkung. Warum sagst du so etwas? Lorana freut sich, wenn ich sie anlächle. Und ich habe nicht die Absicht, Pa aufzuregen.«

»Du weißt, warum ich das sage.«

»Nein, das weiß ich nicht. Bitte verwirre sie nicht, Mama. Sie ist hier bei uns und hört uns zu.«

»Thea Douglas, es ist an der Zeit, dass du die Wahrheit akzeptierst. Und ich erlaube dir nicht, deinen Vater zu sehen, bevor du diese Worte gesprochen hast.« Ihre Mutter verschränkte die Arme vor der Brust, ein Blick, der Thea verriet, dass sie sich in dieser Frage nicht bewegen würde. »Wenn du zu ihm gehst und über deine Schwester sprichst, als wäre sie noch hier, wirst du ihn verwirren und aufregen. Gib die Wahrheit zu, oder du kannst ihn nicht sehen, bis es ihm besser geht.«

»Welche Worte? Dass ich Lorana nicht mehr anlächeln soll? Warum sagst du das? Ich verstehe das nicht.« Dann schloss sie die Augen und zwang sich, die Wahrheit zu akzeptieren. Die harte Wahrheit, die sie zu ignorieren beschlossen hatte, die Wahrheit, die sie so sehr aufwühlte, dass niemand den Namen des Mädchens vor ihr erwähnen würde. Sie hatte sich monatelang über ihre Schwester getäuscht, einfach weil sie nicht bereit war, sie loszulassen.

»Doch, das tust du.« Ihre Mutter stemmte die Hände in die Hüften, schritt im Kreis durch den Raum und blieb vor Thea stehen. »Sag die Worte, Thea.«

Theas Worte kamen in einem Schrei heraus. »Ach, Mama. Ich kenne die Wahrheit, ich will sie nur nicht wahrhaben! Muss ich das?«

»Das musst du, aber du hast zugelassen, dass dein Wunschdenken deinen Verstand vernebelt. Ich muss hören, dass du es jetzt akzeptierst, wenn du deinen Vater sehen willst. Lorana ist nicht da und das weißt du.« Die Worte ihrer Mutter trafen sie härter als jeder Faustschlag.

Thea sprang aus dem Stuhl und wich von ihrer

Mutter zurück. Was war nur in sie gefahren? »Mama, bitte. Warum tust du das?«

»Weil sie vor einem Jahr gestorben ist. Es war kurz nach dem Weihnachtsfest, als wir alle vom Winterfieber befallen wurden. Wir haben es überlebt, aber die süße Lorana nicht. Sie ist hinter dem Haus begraben. Du kennst die Wahrheit.«

Thea wich zurück, bis sie mit dem Rücken an eine Wand stieß. Sie wollte es leugnen, auch wenn sie wusste, dass es wahr war. Erinnerungen drängten sich in ihr Gedächtnis zurück. Flüchtige Erinnerungen an ein Mädchen, das weinte, obwohl keine Tränen mehr kamen, an ein Kind, dessen Schrei so schwach war, dass man ihn kaum hören konnte. Sie schloss die Augen, und ergab sich den Visionen der schlimmsten Momente ihres Lebens.

Lorana. Die liebe Lorana, die den Schmerz nicht verdient hatte.

Erinnerungen an ihren eigenen Schmerz, als sie sich an Loranas leblosen Körper klammerte. An ihr Wehklagen, das die Luft zerriss.

»Nein! Mama, ich kann nicht. Ich liebe sie innig. Ich werde sie Papa gegenüber nicht erwähnen, aber ich muss ihn sehen.« Sie drängte sich an ihrer Mutter vorbei und eilte in die Schlafkammer ihrer Eltern, wo sie sich auf das Bett warf und sich neben ihren lieben Vater legte.

Seine Augen waren geschlossen, sein Atem war flach und unruhig, aber er musste sie hören können. »Papa, bitte komm zurück zu mir. Ich kann dich nicht verlieren und Lorana auch nicht.

Du bist mein Fels in der Brandung, immer für mich da, in allem. Wenn du nur deine Augen öffnest, verspreche ich dir, dass ich dir bei der Heilung helfen werde. Ich werde alles tun, was nötig ist. Wenn ich von der Patrouille zurücktreten muss, werde ich das tun.« Sie warf einen eingehenden Blick auf das aschfahle Gesicht ihres Vaters, das so gar nicht zu dem starken Mann passte, den sie anbetete. »Bitte, Papa. Sag mir, dass es dir besser geht. Du kannst mich jetzt nicht verlassen.«

Tränen liefen ihr über die Wangen, und sie klammerte sich an seinen Arm und schmiegte sich auf der Bettdecke liegend eng an ihn. Sein großer Körper war in eine zusätzliche dicke, warme Decke gehüllt. Sie streichelte seinen Arm und küsste seine Wange, froh, seine warme Haut zu spüren. Sie hatte befürchtet, dass er sich kalt anfühlen würde oder heiß vor Fieber. Vielleicht würde er erwachen und mit ihr in Erinnerungen schwelgen wollen, wenn sie von den schönen Dingen sprach, die sie in ihrem Leben erlebt hatten. Sie musste etwas unternehmen, um ihn aufzuwecken.

»Weißt du noch, als Lorana geboren wurde und ihr Gesicht so rot war und ihre kleinen Finger so winzige Fäuste machten? Und sie schwang sie so lange, bis sie bekam, was sie sich wünschte, meistens mehr Milch von Mama.«

Ihr Schluchzen verebbte allmählich, während sie weiter mit ihrem Vater sprach und die Erinnerungen den Schmerz in ihrem Kopf für den Moment verdrängten. »Weißt du noch, als sie zum ersten Mal meinen Namen rief?« Sie kicherte, weil sie das Mädchen so deutlich vor Augen hatte. »Zuerst sagte sie ›Dea‹, daraus wurde ›Sea‹ und dann ›Tea‹ und dann ...« Sie unterdrückte ein weiteres Schluchzen. »Und als sie zwei oder drei Jahre alt war, kicherte sie so sehr, wenn sie unter dem Wasserstrahl deiner Schöpfung badete, schwang ihre Arme und lachte so sehr, wenn das warme Wasser ihr Gesicht bespritzte, dass sie mich auch zum Lachen brachte.« Sie konnte die Anwesenheit ihrer Schwester fast spüren. Sie schloss die Augen, um noch mehr Erinnerungen zu wecken, und durchlebte einige ihrer schönsten Momente zusammen.

»Erinnerst du dich noch an das erste Mal, als sie einen von Mamas Obstkuchen aß? Sie verschmierte ihn im ganzen Gesicht, die Beeren färbten ihre Kleidung und ihre Hände, und sie sagte nur ein Wort, immer und immer wieder - mehr.« Ihre Schwester war ein so schönes Kind gewesen, schöner als alle ihre Cousinen. Ihr Haar war von einem satten Kastanienbraun gewesen, von genau dem gleichen Farbton wie die Mähne ihres Lieblingspferdes. Und im Sonnenlicht flackerte es, als wären Goldflecken wie Feenstaub über die feinen Strähnen gestreut.

»Ich vermisse sie, Papa. Ich möchte, dass sie zurückkommt. Ich glaube, ich habe nur so getan, als ob sie noch da wäre, und ich habe so sehr so getan, dass ich vergessen habe, dass es nicht echt ist. Ich weiß, dass sie nicht mehr da ist, aber es schmerzt mich zu sehr, um daran zu denken.« Wie ertrug man solchen Schmerz? Wie konnte ihre Mutter damit zurechtkommen? Ihr Vater? Ihre Großmutter? Nie sprachen sie über Lorana und verbargen ihren Kummer in sich. Thea würde ihre süße Schwester nie vergessen, aber sie wusste jetzt, dass ihr Wunschdenken dem Rest ihrer Familie nur Schmerz gebracht haben musste. »Aber vor allem brauche ich von dir, dass du gesund wirst. Ich brauche dich. Mehr muss nicht gesagt werden. Ich verspreche, dir bei deiner Heilung zu helfen, wo ich nur kann.«

Sie schloss die Augen und war rasch eingeschlafen, während ihre Hand die ihres Vaters umschloss.

Als sie aufwachte, war es mitten in der Nacht. Die Atemzüge ihres Vaters schienen ein wenig rhythmischer und gleichmäßiger zu sein. Ein bisschen kräftiger, würde sie sagen, wenn man sie fragen würde.

»Bitte verlass mich noch nicht, Papa.« Sie dachte an den gutherzigen Willum und daran, wie er sie auf ihrer Reise unterstützt hatte. Ihr kamen alle Herausforderungen in den Sinn, die sie auf ihren Patrouillen hatte meistern müssen und dann war da noch dieser eine, ganz bestimmte Engländer. »Ich muss dir so viele Fragen stellen. Was soll ich zum Beispiel wegen Willum machen? Er ist ein gutherziger Mann und er ist lieb und gutaussehend, wobei er obendrein genau wie Mama gut mit Tieren umgehen kann. Ich fürchte, ich habe mich in ihn verliebt. Aber ich kann ihn nicht heiraten.«

Ihr Vater stieß einen tiefen Seufzer aus und flüsterte: »Warum nicht? Wenn du ihn liebst, solltest du ihn heiraten. Hat er dich schon gefragt?«

»Nein.« Sie hatte geantwortet, ohne dass sie bewusst darüber nachgedacht hatte. Als ihr bewusst wurde, dass ihr Vater gesprochen hatte, keuchte sie und stützte sich auf die Ellbogen, sodass sie ihm in die Augen sehen konnte. »Pa? Deine Augen sind offen? Bist du wirklich wieder gesund?«

»Noch nicht ganz gesund, aber es geht mir besser. Nun beantworte meine Frage, Tochter. Du hast mir die Ohren vollgeheult, und ich verdiene eine Antwort. Warum kannst du ihn nicht heiraten, wenn er dich bittet? Du hast doch gesagt, du liebst ihn.«

Sie legte ihren Kopf in die Mulde der Schulter ihres Vaters. »Was ist denn, wenn ich schwanger werde und wir ein Kind bekommen, das genau wie Lorana aussieht? Und dann könnten wir sie an das Fieber verlieren, und das würde ich niemals im Leben verkraften. Was würde ich dann tun?«

»Thea Elizabeth Douglas. Glaubst du an den Herrn?«

»Aye.«

»Glaubst du an den Himmel?«

»Ja, das weißt du doch.«

»Was glaubst du denn, wohin ein kleines Mädchen von acht Sommern geht, wenn sie von uns ginge? Was glaubst du, wo deine Schwester jetzt ist?«

Nun musste sie frische Tränen vergießen, aber das machte ihr nichts aus. »Sie ist im Himmel.«

»Und da gehört mein kleines Mädchen hin. Sie war das süßeste Kind auf Gottes Erden, und ich glaube fest daran, dass sie in seiner Obhut weilt und glücklich ist. Morgens spielt sie mit Butterblumen und nachmittags mit Welpen. Und deine Urgroßeltern und dein Großvater sind alle da, um auf sie aufzupassen. Was könntest du dir noch vorstellen? Und was glaubt du, was sie tut?«

»Ich weiß nicht, was sie anstellt. Spielt sie vielleicht den ganzen Tag mit Welpen? Das ist nicht so schrecklich.«

»Nein, sie spielt mit Welpen und passt auch auf dich und deinen Bruder auf. Wer hat dich vor diesem Unhold gerettet? Wer hat dir den Mut gegeben, dich so heftig zur Wehr zu setzen?«

»Lorana?«

»Ich glaube, sie wacht über dich und sie verleiht dir die Kraft, die du brauchst, wenn es drauf ankommt. Das wird nicht anders sein, wenn du ein Kind bekommst.«

Thea dachte eingehend über die Worte ihres Vaters nach. Sie glaubte an Gott und den Himmel und auch daran, dass ihre Schwester ganz bestimmt dort war. Im Himmel sollte alles perfekt sein, also warum sollte sie sich dann nicht darüber freuen, dass ihre Schwester bei Gott und Großpapa war? Hatte sie all dies aus der falschen Perspektive gesehen?

»Alles ist gut, Mädchen. Du musst mit deinem Schmerz klarkommen, und dazu braucht es Zeit. Mach dir aber keine Sorgen um sie. Richte dein Augenmerk auf dich selbst. Du musst allmählich genesen und falls du einen Mann hast, der dir seine Liebe entgegenbringt, solltest du deine Zeit mit ihm genießen.«

»Und wenn wir ein Mädchen haben, sollen wir sie Lorana nennen, Papa?«

»Nein. Lorana war eine eigenständige Person. Mir ist aber bewusst, dass du sie ehren willst, also schlage ich vor, du wählst einen ähnlichen Namen? Wie Nora? Oder Ana?«

»Nora. Das gefällt mir sehr.« Nun lächelte sie tatsächlich und in ihrem Herzen erblühte etwas Neues und Aufregendes. Dann war da auch noch etwas, das sie schon lange nicht mehr erlebt hatte.

Hoffnung.

Hoffnung auf eine Zukunft für Willum und sie. Hoffnung auf eine lange Zeit, die sie noch mit ihrem Vater genießen konnte.

Und die Hoffnung, alles tun zu können, was getan werden musste, wenn die Zeit gekommen war.

»Ich liebe dich, Papa. Und jetzt muss ich mich bei Mama entschuldigen.« Mit einem Kuss auf die Wange verabschiedete sie sich von ihm und verließ die Schlafkammer, wobei ihr Herz vor widersprüchlichen Gefühlen wehtat.

Ihrem Vater ging es besser, aber sie hatte Lorana verloren. Wie sollte sie je imstande sein, über einen solchen Verlust hinwegzukommen?

Und warum hatte sie diese Wahrheit so lange verleugnet?

KAPITEL SIEBZEHN

AUF RAMSAY CASTLE wartete Torrian bei den Stallungen auf ihre Ankunft, und zwar genau an der Stelle, an der Willum ihn zu finden gehofft hatte.

Überall im Freien war es besser als in der großen Halle. Für eine Weile hatte Willum die Nase von steinernen Kellern und Menschenmassen voll. Einer nach dem anderen saßen sie ab und halfen einander mit den Hunden, ehe sie sich um sich selbst kümmerten.

Dyna hob Freya behutsam von ihrem Platz, während Eliot von seinem Pferd heruntersprang, obwohl die Knie des Jungen bei der Landung nachgaben. Er kam auf die Beine und eilte an Freyas Seite. Thor gesellte sich zu ihnen, sobald Kyle ihn abgesetzt hatte.

»Hunde?«, fragte Torrian mit einem breiten Lächeln im Gesicht. Er war noch keine zehn Sommer alt gewesen, als sein erster Hund, Growley, als ständiger Begleiter in sein Leben getreten war. Alle Welpen, die er seitdem gezüchtet hatte, und die in den Highlands sehr geschätzt wurden, waren Nachkommen von Growley.

Auf seinen Bauch klopfend zeigte Maitland auf den Bergfried. »Ich muss unbedingt etwas essen. Dyna und Willum werden dich über die Geschehnisse informieren. Ich gehe mit den anderen hinein und erkundige mich, ob Onkel Logan Informationen für uns hat.«

»Die hat er. Du wirst schon sehen. Die Lage im Grenzland wird nicht besser.«

Maitland machte sich auf den Weg, während Torrian die Gruppe in die Stallungen führte, wo es wärmer war. »Thea ist bei ihrem Vater?«

»Aye. Sie hat ihr eigenes Abenteuer hinter sich. Ein Schurke hat sie sich geschnappt, als wir in Edinburgh waren, und hat sie dann gefangen gehalten. Es gelang uns, sie schnell zu befreien, und dabei fanden wir diesen lieben Jungen, der zusammen mit ihr eingeschlossen war. Sein Name ist Eliot.« Dyna erstattete Bericht, wie Thea in der Menge verloren gegangen war und wie sie dann wiedergefunden wurde. »Wie geht es Donnan?«

»Da gibt es keine Veränderung. Er lebt zwar, aber eine Art von Fieber hat ihn befallen. Brenna weiß nichts über die Ursache, aber sie hat ihn schon mehrere Male mit verschiedenen Tränken besucht. Die Zeit wird es zeigen. Meine Hoffnung ist, dass Theas Anwesenheit ihm helfen wird, wieder zu genesen.«

Eliot stand ehrfürchtig vor dem mächtigen Laird, und sein Blick folgte Torrian überall hin. Das Oberhaupt des Ramsay Clans sank auf ein

Knie und pfiff Thor zu sich, und Eliots Lächeln wurde noch breiter, als er sah, wie Torrian dem Hund seine Aufmerksamkeit schenkte und ihm die Ohren kraulte, bis dieser begeistert mit dem Schwanz wedelte.

»Bist du der stolze Besitzer dieser beiden Hunde, Junge? Sie sind von einer etwas anderen Rasse als meine.« Sein Blick lag nun auf Eliot, der blass wurde, aber zur Antwort nickte.

»Aye, mein Herr. Aber ... nicht unbedingt der Besitzer. Vielleicht gehöre ich ja ihnen, den Hunden.«

Torrian gluckste. »Ja, so ist das manchmal.«

Willum erläuterte Eliots Rolle bei der ganzen Sache, einschließlich des Splitters, den Thea aus Freyas Pfote gezogen hatte.

»Sie hat sie wieder heilgemacht«, meinte Eliot und trat einen Schritt von dem hochgewachsenen Laird zurück, als dieser sich erhob.

»Das hätte ich von Thea nicht anders erwartet. Du und deine Hunde seht hungrig aus. Wenn du zu dem Fach an der Wand neben der Tür gehst, wirst du etwas Brot für deine Tiere finden, und in der Nähe steht ein großer Eimer mit Wasser. Wenn du zurückkommst, werde ich dir etwas zu essen besorgen, Junge. Etwas später werden wir ihnen etwas Milch bringen.«

Eliot nickte und eilte zum Ende des Stalls, wobei seine Hunde ihm unaufgefordert nachjagten. Lorna saß auf einem Haufen Stroh und starrte zu Torrian hinauf, und wenn er raten sollte, würde er sagen, dass sie abwartete, was als Nächstes passieren würde.

»Lorna, ich bringe dich in die Halle, wo du dich aufwärmen kannst und bald neue Kleidung bekommst.«

Sie antworte mit einem Nicken und lächelte, doch dann drehte sie sich weg, um Eliot und seine Hunde zu beobachten.

»Erzähl mir den Rest«, sagte Torrian.

»Beide sind Waisenkinder«, meinte Willum. »Weil sie ihn geschlagen haben, ist Eliot aus dem Waisenhaus weggelaufen. Seitdem lebt er im Wald. Er sagte, er sei eines Tages aufgewacht und habe die Hunde neben sich schlafend vorgefunden, und sie hätten ihn nicht wieder verlassen. Über Lornas Situation haben wir keine genauen Kenntnisse, aber sie hat sich im Keller einer Kapelle versteckt – unter einer Treppe. Sie ist auch aus dem Waisenhaus fortgerannt, also brachte Eliot ihr Essen. Thea versprach ihm, dass er dem Clan beitreten könnte, wenn er willens wäre, zu arbeiten. Und dann lud sie Lorna ein, die sehr froh war, aus den Kellern herauszukommen. Sie sagte, sie möge keine Spinnen.«

»Er wird wahrscheinlich ein harter Arbeiter sein. Was ist mit ihr? Sie wirkt geschwächt.«

»Wir wissen nur wenig über die beiden, nur das, was Eliot Thea erzählt hat. Ich weiß nicht, was ein Mädchen dazu bringt, sich im Keller einer alten Kapelle mit Spinnen zu verstecken, aber ich denke lieber nicht darüber nach.« Dyna sprach leise, um nicht gehört zu werden.

Torrian blickte zu Lorna hinüber, die noch immer lächelte. »Brenna wird sich um sie kümmern. Sie wird sie baden, ihr die Haare waschen und sie flechten, da bin ich mir sicher.«

»Ihr müsst den Jungen erst ein bisschen aufpäppeln. Er ist ausgehungert«, meinte Dyna und nickte zu Eliot hin. »Wahrscheinlich kannst du ihn mit einer Feder umhauen, so dünn wie er ist. Um die arme kleine Lorna ist es auch nicht besser bestellt.«

»Wir kümmern uns um die beiden. Sorge dich nicht.« Torrian richtete seine Aufmerksamkeit wieder auf Willum. »Wer hat Thea entführt?« Torrians Blick verengte sich, als er die Antwort abwartete.

Willum musste sein Temperament zügeln. »Der Junge sagte, ihr Entführer hätte sie an einen Mann namens Fulke verkaufen wollen.«

»Ist das derselbe Mann, der sie auf unserem Land attackiert hat?«, fragte Torrian.

»Aye. Er kam gerade zum Herrenhaus, als wir fortritten. Seine Schulter wies eine Wunde auf und er fluchte wie ein Teufel. Er hat Thea erkannt. Wenn ich mir hätte sicher sein können, dass Thea nichts fehlte, hätte ich ihn verfolgt. Dyna hat ihm einen Pfeil ins Bein geschossen, und vielleicht wird diese Wunde nun sein Ende herbeiführen.«

»Hoffentlich stirbt er an seinem Fieber.« Dyna schritt unruhig umher. »Ich wünschte, ich hätte einen besseren Schuss zustande gebracht, der ihn auf der Stelle getötet hätte.«

Torrian kratzte sich an seinem Bart, was darauf hindeutete, dass er tief in Gedanken versunken war. »Männer wie er sterben nicht so leicht. Das kannst du mir glauben.«

Eliot kehrte zurück und ließ seine beiden Hunde zurück, die vollauf damit beschäftigt waren, ihr Fressen zu vertilgen, als hätten sie seit Tagen nichts mehr bekommen.

Torrian wandte sich dem Jungen zu und verschränkte die Arme vor der Brust. »Ich wollte einen Burschen für die Arbeit im Stall einstellen. Ich frage mich, ob du daran interessiert wärst, Eliot. Ich weiß nicht, ob du das weißt, aber das Mädchen, dem du geholfen hast, ist meine geliebte Nichte, und ich bin dir mehr als dankbar für all die Hilfe und Freundlichkeit, die du ihr entgegengebracht hast. Ich werde mich revanchieren, wenn ich dazu in der Lage bin.«

»Das wusste ich nicht.« Sein Blick wanderte von Dyna zu Willum und zurück zu Torrian.

»Das ist Torrian, der Laird des Ramsay Clans. Hast du noch immer Interesse daran, dem Clan beizutreten?«, fragte Willum.

»Ja, ich werde hart arbeiten und ich esse nicht viel. Ich kann draußen schlafen. Meine Hunde halten mich warm.«

»Wie wäre es, wenn du im Stall arbeitest und dich um die Hunde kümmerst? Du kannst mit ihnen im Stall schlafen und hast eine schöne warme Decke. Kein Ramsay schläft im Freien, wenn er das nicht aus freiem Willen tut.« Torrian lächelte Willum zu. »Ich habe bald einen neuen Wurf von Welpen. Willst du mir helfen, sie nach der Geburt zu versorgen? Solange sie noch klein sind, halte ich sie in der Box am Ende, fernab der Pferde. Ich brauche jemanden, der sich um sie kümmert. Bist du dazu in der Lage, Junge?«

»Aye, Mylord.« Die Tränen, die Eliot bei seiner Antwort in die Augen traten, verrieten ihnen genau, was das für ihn bedeuten würde – ein Dach über dem Kopf, regelmäßiges Essen und eine Arbeit, die er liebte.

»Nach dem Essen werde ich dich den Hunden und dem Stallmeister vorstellen. Willum, bring den Jungen in den Bergfried, Brenna soll ihm saubere Kleider geben und eine Schüssel mit heißem Eintopf. Anschließend mache ich ihn mit allen bekannt.«

Der Junge schlang seine Arme um den Mann und sagte: »Danke, Chief. Ich werde Euch nicht im Stich lassen.«

»Ich glaube, das wirst du bestimmt nicht.« Er tätschelte Eliot die Schulter und wandte sich dann Lorna zu. Er kniete sich hin, um mit ihr zu sprechen. »Lorna, hier draußen ist es zu kalt für dich. Ich habe eine Schwester namens Lily, und sie wohnt in einem Haus voller Mädchen. Sie könnte ein bisschen Hilfe gebrauchen. Kannst du nähen? Oder hast du schon einmal Gemüse geschnitten?«

»Aye, Mylord. Mama hat mir das Nähen ein wenig beigebracht, bevor sie starb. Und ich habe im Waisenhaus Gemüse geschnitten.«

»Und dein Vater? Ist er auch gestorben?«

»Ich habe meinen Vater nie gekannt.«

»Ich denke, du wirst gut in das Haus meiner Schwester passen. Warum gehst du nicht mit Dyna in die große Halle? Sie wird dir warme

Kleidung und etwas Suppe besorgen. Ich schicke meine Schwester, damit sie dich später abholt.«

»Vielen Dank, Mylord.«

Torrian verabschiedete sich und Eliot umarmte Lorna. »Ich glaube, wir können hier glücklich werden, Lorna. Meinst du nicht auch?«

Lorna nickte.

»Ich glaube, ihr werdet hier glücklich sein, Eliot«, sagte Dyna. »Hier gibt es viele Jungen, mit denen du dich anfreunden kannst. Und wir haben eine ausgezeichnete Köchin. Und Lily kennt viele Mädchen, mit denen sich Lorna anfreunden kann. Ihr werdet schon sehen.«

Willum und Dyna brachten Eliot und Lorna zum Bergfried, und nachdem sie die beiden bei Tante Brenna zurückgelassen hatten, setzte Willum sich zu Maitland.

»Hast du dir schon irgendwelche Pläne zurechtgelegt? Gibt es Neuigkeiten für unsere Patrouille?«

»Aye, Onkel Logan hat noch mehr Nachrichten von James Douglas gehört. Die englischen Truppen im Grenzland und bei Berwick haben angefangen, Gehöfte und Höfe zu überfallen, und Douglas hat um mehr Waffen, wie Schwerter und Bögen gebeten, damit die dort Wohnenden geschützt werden können. Wir brechen in zwei Tagen auf, um ihn zu unterstützen. Alaric, Eli, Tevis und Wenna werden mitkommen. Ob Thea sich uns anschließt, ist ungewiss. Ich hoffe allerdings, dass du dabei sein wirst, Willum.«

»Ich schließe mich euch gerne an, aber bis

dahin schlafe ich mit Eliot in den Ställen. Ich helfe ihm beim Eingewöhnen.«

Maitland nickte und schenkte ihm ein wissendes Lächeln. Willum blieb nicht länger in der Halle, als er musste.

Am nächsten Tag würde er Thea einen Besuch abstatten.

KAPITEL ACHTZEHN

»MAMA«, RIEF THEA, sobald sie ihre Mutter gefunden hatte, die sich in ihrem Nebengebäude hinter dem Häuschen um Bo kümmerte. Ihr Vater hatte es als Unterschlupf für die Tiere, aber auch für ihre Mutter gebaut, damit sie dort die Wärme und den Schutz von Mauern finden konnten. Das Nebengebäude war in zwei Bereiche unterteilt. Auf der einen Seite befand sich eine Feuerstelle damit kleinere Tiere dort etwas Wärme fanden, während der größere Teil keine Feuerstelle besaß. Er hatte einen Bereich mit einem Steinboden und einem Dach gebaut und ihn mit dicken Mauern versehen, um die Tiere vor den Elementen zu schützen. In dem größeren Bereich gab es verschiedene Gehege, die sich an der Mauer aneinanderreihten, um kranke Tiere voneinander getrennt zu halten.

Sobald Thea den Bereich betrat, versuchte Bo, sich der Fürsorge seiner Mutter zu entziehen. Thea eilte quer durch den Raum und beruhigte ihn schnell, wobei er sie mit seiner kalten Nase anstieß, sobald sie in der Nähe war. »Mama, verzeih mir, dass ich gestern Abend so ungehalten war. Ich habe mich geirrt. Du weißt, wie innig ich dich liebe, aber ich war so aufgeregt wegen Papa und Lorana. Er ist jetzt wach, und ...« Sie stieß einen tiefen Seufzer aus. »Und ich weiß, dass Lorana im Himmel bei Großpapa ist.«

»Ich bin froh, dass das jetzt in deinem Kopf angekommen ist. Ich vermisse Lorana auch. Ich denke sogar jeden Tag an sie, aber ich muss mein Leben hier weiterleben. Ich werde mein süßes Mädchen eines Tages wiedersehen. Auch ich habe eine Weile gebraucht, um ihren Verlust hinzunehmen, und du bist noch jung. Du hast länger dazu gebraucht.«

»Ich entschuldige mich zutiefst für meine barschen Worte. Ich weiß nicht, was über mich gekommen ist. Von nun an werde ich ihr Ableben als Wahrheit anerkennen«, meinte Thea, ohne den letzten Gedanken auszusprechen, der noch in ihrem Kopf harrte. Wenn sie wegen Loranas Tod nicht von diesen Schuldgefühlen geplagt würde, hätte sie die Wahrheit möglicherweise schon eher akzeptiert. Allerdings brachte sie es nicht über sich, diese Worte auszusprechen. Noch nicht.

»Sorgen. Ich habe schon von den anderen von eurer Reise gehört, und du hast eine aufregende Patrouille hinter dir. Das war es, was deine Gedanken durcheinandergebracht hat. Du warst auf Patrouille und hast dir Sorgen gemacht, ob ihr angegriffen werden würdet, was dann auch geschehen ist. Ich erinnere mich, wie es war, als ich schwierige Zeiten durchgemacht habe, bevor ich zu den Ramsays gekommen bin, und ich mich noch vor allem und jedem fürchtete. Und nachdem Bearchun mich dann auch noch angegriffen hatte, durchlitt ich noch mehr Ängste. Solche Gedanken hindern dich daran, die Dinge so zu sehen, wie du sie sehen solltest. Der Gedanke, deine Schwester sei bei mir, war für dich wahrscheinlich ein tröstlicher Gedanke.«

»So war es.« Sie wusste ihrer Mutter gar nicht zu sagen, wie durcheinander ihre Gedanken gewesen waren. »Papa ist mitten in der Nacht aufgewacht. Wir haben uns unterhalten, und ich hoffe, das ist ein Zeichen, dass er wieder gesund wird.«

»Ich habe euer Gespräch mitgehört, und ich freue mich sehr. Es ist ein gutes Zeichen dafür, dass dein Vater wieder gesund werden wird. Ich habe in deinem Bett geschlafen, damit ich euch beide nicht störe. Ich werde gleich nach ihm sehen. Aber sag mir erst, dass du noch nicht wieder gehen willst. Du musst dich erst von diesem letzten Angriff erholen. Und...«

Thea merkte, dass ihre Mutter sie um etwas bitten wollte, das ihr nicht gefallen würde. »Und?«

»Überlege dir bitte, ob du vielleicht bei der nächsten Patrouille nicht mit dabei bist. Wie ich sehen kann, waren deine Handgelenke gefesselt. Wo wurdest du noch verletzt? Ich denke, du solltest zu Hause bleiben und dich ein wenig ausruhen und dann bei der nächsten Patrouille wieder mitreiten.«

Sie schüttelte den Kopf. Wenn die Patrouille aufbrach und Willum dabei wäre, dann würde auch sie mitreiten. Sie wollte so gern mehr

Zeit mit Willum verbringen, aber sie hatte auch dieses nagende Bedürfnis, das sie nicht in Ruhe lassen würde, bis sie die Sache zu einem Ende gebracht hatte. Jetzt war es ihr noch wichtiger, Rache an Fulke Slater zu üben. Obwohl dieser boshafte Mann bei ihrer letzten Begegnung nicht Hand an sie hatte legen können, so war es ihm doch anzulasten, dass sie auf sein Bestreben hin entführt worden war.

»Wir werden sehen. Erzähl mir von Bo.« Sie betrachtete die Nähte in seinem Fell und den Verband, den ihre Mutter angelegt hatte, damit Bo seine Wunden nicht leckte.

»Er hat viermal versucht, den Verband abzureißen. Bevor dein Vater krank geworden war, hat er noch versucht, Bo eine Art von Kragen um den Hals zu legen, damit er die Wunde nicht erreichen kann. Das hat er bis jetzt nicht geschafft. Bo hatte ein bisschen Fieber, aber er hat es überstanden. Ich hoffe, es wird ihm nicht schlechter gehen.«

Thea betrachtete die gute Arbeit ihrer Mutter. »Das hast du gut gemacht, Mama. Es ist schon fast verheilt.«

»Vielen Dank. Bald schon werde ich nicht mehr in der Lage sein, solche feinen Arbeiten auszuführen. Meine Augen lassen mich im Stich. Ich kann nicht mehr so gut sehen, wie früher. Ich bin froh, dass ich dich ausgebildet habe.«

Sie dachte an die vielen Male, bei denen sie ihrer Mutter zur Hand gegangen war, wenn diese die Wunden der Tiere genäht hatte. Thea war über das seltsame Wohlgefühl überrascht gewesen, dass sie durch ihre Handreichungen bei der Versorgung der Tiere empfunden hatte. Die Frage war allerdings, ob sie das für immer tun könnte. Dessen war sie sich nicht sicher.

»Ich danke dir, dass du Bo gerettet hast, Mama.« Nachdem sie Bo losgelassen hatte, umarmte sie ihre Mutter kurz.

»Hast du schon etwas über deinen Angreifer gehört?«

»Ja, er ist in Edinburgh. Allerdings weiß ich nicht genau, an welchem Ort er sich aufhält. Ich hoffe, wir werden den Scheißkerl ausfindig machen.« Sie erzählte ihrer Mutter von den Abenteuern ihrer Patrouille und dem Zusammentreffen mit Fulke vor dem Herrenhaus.

Ihre Mutter schaute sie mit enttäuschter Miene an, dass sie sich zum Fluchen hinreißen ließ. »Mama, ich bin alt genug.«

»Ich weiß. Ich kann dir keinen Vorwurf machen. Der Mann hat nichts Besseres verdient.«

Beide hörten sie das Getrappel eines herannahenden Pferdes, also ging Thea zur Tür und spähte hinaus. Sie war erfreut, als sie entdeckte, dass es Dyna war.

Dyna sah sie, als sie sich dem Häuschen näherte, und rief: »Wie geht es deinem Vater?«

»Besser. Ich bin gleich bei dir, Dyna.« Bislang hatte Thea noch keine Gelegenheit gefunden, sich mit Dyna darüber auszutauschen, wie sie ihr Vorhaben, anderen Frauen, die von Männern belästigt wurden, Gerechtigkeit widerfahren zu lassen, verfolgen könnte. Aber vielleicht war jetzt ein guter Zeitpunkt dafür.

»Nein, es ist nicht nötig, euch draußen zu treffen. Dyna soll zu dir nach hier hinten kommen, damit ihr vor dem Wetter geschützt seid. Ich werde derweil nach deinem Vater sehen.« Ihre Mutter war im Begriff zu gehen, als Dyna eintrat. Die beiden begrüßten sich und dann tauschte Dyna mit ihrer Mutter den Platz.

Thea ließ sich neben Bo nieder und gab ihm einen Knochen zum Kauen, während sie plauderte. »Neuigkeiten für mich?«

»Nein. Ich hatte nachsehen wollen, wie es dir und deinem Vater geht.« Wir werden in zwei Tagen wieder aufbrechen, aber du brauchst nicht mitzukommen, wenn du nicht bereit bist.«

»Bis dahin werde ich bereit sein. Dessen kannst du dir sicher sein. Solange Fulke Slater nach mir sucht, halte ich es für das Beste, wenn ich von zu Hause fort bin.«

Dyna beäugte sie neugierig, und setzte sich dann zu Gerland, damit sie das Tier streicheln konnte.

»Dyna, darf ich dich etwas fragen?«

»Ja, natürlich. Ich werde antworten, wenn ich kann.«

»Ich habe mir überlegt, was ich mit meinem Leben anfangen soll – meine Bestimmung, wie mein Vater es nennt. Nicht alle Frauen können oder wollen sich so zur Wehr setzen wie wir beide, und dass niemand sich für sie einsetzt, ärgert mich. Bist du der Ansicht, ich könnte es mir zur Aufgabe machen, diesen armen Frauen zu helfen? Ich will eine Möglichkeit finden, ihren Misshandlungen ein Ende zu machen. Wie du es mit dem Mann getan hast, der dich angreifen wollte. Er wird es nicht noch einmal versuchen, nachdem er mit dir zu tun hatte.«

Dyna schnaubte. »Ich wünschte, das wäre so einfach, Mädchen. Dieser Mann wird eine andere Frau finden, die er missbrauchen kann. Es wird eine sein, die keinen Dolch in ihrem Stiefel trägt. Das ist ganz normal. Viele Männer – natürlich keine Ramsays, soweit ich weiß – missbrauchen ihre Frauen fortwährend. Aber nur weil es üblich ist, heißt es nicht, dass es leichter wäre, dagegen anzugehen. Es wäre bewundernswert, wenn du deine ganze Zeit einem solchen Unterfangen widmen würdest, aber ich fürchte, das wird dich nicht ausreichend beschäftigen.«

Über Dynas Antwort überrascht runzelte Thea die Stirn. »Aber warum nicht?«

»Weil die meisten Ehemänner sich große Mühe geben, die Hinweise zu verbergen. Einige sind stolz auf die Art und Weise, wie sie ihre Frauen behandeln; sie halten dies für ihr Recht. Den meisten ist es peinlich und sie schweigen. Oft fordern die Männer ihre Frauen auf, den Mund zu halten. Ganz bestimmt wollen sie verhindern, dass die Familie der Frau erfährt, wie er sie behandelt. Torrian wird einen Mann aus dem Clan verweisen, wenn er ihn dabei erwischt, wie er seine Frau missbraucht, aber er ist unter den Lairds eine Ausnahme. Und die Frauen schämen sich, ob es nun ihr Mann war, der sie verletzt hat, oder ein Fremder, wie der Mann, der sich an mir hatte vergreifen wollen.«

»Also bist du nicht schon öfter einer anderen Frau zu Hilfe gekommen?«

»Nein. Es tut mir leid, dir diese Nachricht mitteilen zu müssen, aber du wirst nicht viele Frauen finden. Darum hat die Bande der Vettern es so schwer gefunden zu handeln Die Männer hielten ihr abscheuliches Werk im Verborgenen.«

Thea verdaute diese Information und fühlte sich ein weiteres Mal verloren.

»Warum hältst du die Fähigkeiten deiner Mutter nicht für bewundernswert? Ich dachte, du würdest gern mit Tieren arbeiten.« Dyna kraulte Gerland hinter den Ohren.

»So ist es, ... aber sie erledigt den Hauptteil der Arbeit. Sie braucht mich nicht.«

»Wenn deine Mutter stirbt, wird der Ramsay Clan keine Heilerin für die Tiere haben. Du weißt, dass ihre Arbeit von unschätzbarem Wert für den Clan ist. Wer wird ihren Platz einnehmen?«

Thea hielt sich bei diesem schrecklichen Gedanken die Ohren zu. Nach dem Verlust ihrer Schwester, dem Sturz ihres Bruders vom Pferd und der Befürchtung, dass auch ihr Vater sterben würde, war sie nicht bereit, sich mit dem Gedanken des Todes eines weiteren Familienmitglieds zu befassen. »Bitte, sag so etwas nicht. Ich werde meine Mutter noch nicht verlieren. Das könnte ich nicht ertragen.«

»Ich gehe davon aus, dass Bethia noch lange bei uns sein wird. Und das hoffe ich auch für deinen Vater. Ich denke nicht, dass du im Moment eine Entscheidung treffen musst. Meiner Ansicht nach ist es eine bewundernswerte Aufgabe, auf Patrouille zu gehen, um Schottland zu schützen. Du kannst dich einfach darauf konzentrieren.« Dyna stand auf und strich sich ein paar Hundehaare von der Kleidung. »Das reicht für den Moment.«

»Das werde ich tun, aber ich habe im Moment eine wichtigere Aufgabe.«

»Was?«

»Rache.« Ihr Blick blieb auf Dyna haften, um ihre Reaktion abzuschätzen. Zu ihrer Überraschung sah Dyna nicht glücklich aus. »Dyna, er hat zweimal versucht, mich anzugreifen. Oder er hat mich einmal angegriffen und dann gehofft, mich zu verkaufen.«

»Ich habe befürchtet, dass du das sagen würdest. Versprich mir bitte, dass du von einem Versuch absiehst, Vergeltung zu üben, wenn so viele Engländer in der Gegend sind. Wusstest du, dass Logan gehört hat, die Männer in Berwick Castle sollen so hungrig sein, dass sie angefangen haben, ihre Pferde zu verspeisen?«

Thea keuchte. »Was für ein furchtbarer Gedanke! Das macht mich krank.«

»Edward schickt ihnen wegen der Hungersnot keinen Proviant. Sie könnten am Ende verhungern. Oder schlimmer noch, Kannibalismus ausüben.«

Sie konnte diesen Gedanken nicht fassen, aber sie glaubte nicht, dass Fulke Slater für König Edward arbeitete. Er stahl zu seinem eigenen Vorteil, und damit würde er so bald auch nicht

aufhören. Und er hatte versprochen, sie zu holen.
Jetzt wäre sie auf ihn vorbereitet, wenn er käme.

Oder sie würde ihn verfolgen. Er hielt sie für eine hilflose Frau.

Sie würde ihm das Gegenteil beweisen.

KAPITEL NEUNZEHN

———— ❧ ————

WILLUM SAH NACH Eliot, der es sich im Stall gemütlich gemacht hatte und glücklich war. Zur Betonung seines Wohlbefindens tätschelte der Junge seinen Bauch.

»Ist er jetzt voll?«, fragte Willum.

»Ja, mit dreimal am Tag essen ist man satt. Früher war ich froh, wenn ich eine Mahlzeit am Tag finden konnte. Und meine Hunde werden auch gefüttert. Es gefällt mir hier, und Lorna auch. Die Luft hier riecht frisch und es stinkt nicht so wie in Edinburgh. Vielen Dank an Euch und Thea. Wo ist sie? Wann kann ich sie sehen?«

Willum gluckste. Er musste dem Jungen zustimmen. Auch für ihn stank die Stadt immer nach brackigem Abwasser, obwohl es in der Nähe des Castles ein bisschen besser war. »Ich werde sie jetzt besuchen. Wenn es ihr gut geht, bringe ich sie zu dir.«

Willum lächelte und freute sich, dass Eliot nun mit seinem neuen Zuhause glücklich war. Es war zwar kein Zuhause mit Eltern, aber zumindest hatte er einen Ort, an den er gehörte.

Die Wachen würden sich darum kümmern, dass er gut versorgt wurde, so wie sie diese Fürsorge allen Stallburschen angedeihen ließen.

Doch Willum machte sich auch um Thea Sorgen, und er konnte seinen Besuch nicht länger hinausschieben. Aye, es wäre eine gute Idee, einmal nachzusehen, ob ihr Vater auf dem Wege der Besserung war, wobei es allerdings noch wichtiger war, sich ein Bild über ihr Befinden zu machen.

Immerhin war sie für eine Weile in Gefangenschaft gewesen und das musste sie verunsichert haben. Wenn er ihr helfen konnte, die Bedrohung zu überwinden, die sie von Fulke Slater zu erwarten hatte, der es auf sie abgesehen hatte, würde er alles in seiner Macht Stehende tun.

Allerdings hegte er auch die Befürchtung, sie könnte die Verfolgung des Schurken selbst in die Hand nehmen. Für heute hatte er sich noch ein anderes Ziel gesetzt, und zwar wollte er sie davon überzeugen, ihren Plan nicht in die Tat umzusetzen und es ihm zu überlassen, dem grausamen Kerl das Handwerk zu legen.

Als er sich dem Häuschen näherte, das Thea mit ihren Eltern bewohnte, war er überrascht, Dyna von dort fortreiten zu sehen. Sie zügelte ihr Pferd, als sie sich begegneten.

»Ist alles in Ordnung? Ist ihr Vater auf dem Wege der Besserung?«, fragte er Dyna.

»Aye. Er liegt noch immer kränklich darnieder, aber es geht ihm besser. Sprich mit Thea. Ich habe vorgeschlagen, dass sie bei dieser Patrouille

aussetzt, doch sie beharrt darauf, dass sie dafür
bereit ist. Ich fürchte aber, dass es ihr nur darum
geht, Fulke Slater zu finden. Es ist nicht gut,
jemanden auf Patrouille zu haben, der ein anderes
Ziel verfolgt als der Rest des Trupps.«

»Ich verstehe, was du sagen willst. Wenigstens
würde sie damit jemanden im Auge haben,
dessen Absicht darin besteht, uns zu schaden oder
zu bestehlen. Er ist Engländer. Passt das nicht
zu unserem generellen Ziel?« Willum musste
zugeben, dass ihn die Vorstellung, ohne Thea auf
Patrouille zu gehen, nicht gerade begeisterte. Falls
sie hierbleiben würde, um sich auszukurieren,
hätte sie sein Verständnis. Er konnte nur beten,
dass sie nicht zurückblieb, um Slater auf eigene
Faust zu verfolgen. Eventuell könnte er mit ihrer
Mutter sprechen, und ihr ans Herz legen, dass
sie ein wachsames Auge auf ihre Tochter werfen
sollte.

»Aye, gewissermaßen«, meinte Dyna. »Aber
nur als generelles Ziel. Warten wir ab was du von
ihrer allgemeinen Bereitschaft zur Teilnahme an
einer Patrquille hältst. Wir unterhalten uns dann
bei deiner Rückkehr in die Halle. Ich möchte
Thea nicht in Gefahr bringen.«

»Einverstanden.« Er winkte Dyna nach, als
sie zum Bergfried zurückritt. Willum konnte
Dynas Bedenken verstehen. Es war eher
kontraproduktiv, wenn auf einer Patrouille
jemand dabei war, der auf etwas anderes aus war
als der übrige Trupp. Sich ausschließlich auf die
Suche nach einem Mann zu konzentrieren mit

der Folge, dass sie andere Dutzende übersahen, wäre für keinen von ihnen zuträglich.

Als er sein Pferd zu dem kleinen Stall führte, den Donnan gebaut hatte, war er überrascht, dass Thea mit Bo und Gerland dort draußen war und die Tiere Eichhörnchen jagen ließ.

»Dein Hund braucht scheinbar Bewegung? Ist das der Grund, der dich an einem kalten Morgen hinaus ins Freie treibt, Mädchen?«

Sie wirbelte herum und ihre Miene hellte sich auf. Willum war über die Maße erfreut, Zeuge eines solchen Ereignisses zu sein. Allein dies machte seinen Ausflug lohnenswert.

»Willum, ich freue mich so, dich zu sehen.« Als er auf sie zuschritt, blieb sie stehen und schaute sich ein letztes Mal um, womit sie sich vergewisserte, dass sie allein waren. Dann schlang sie die Arme um ihn, und drückte ihn.

Das war ihm aber nicht genug und so zog er sie noch fester an sich und raunte ihr zu. »Wenn du keinen Kuss willst, sag es jetzt.«

Lächelnd schmiegte sie sich daraufhin noch dichter an ihn. »Es gibt nichts, was ich im Moment lieber tun würde.«

Er nahm ihr Gesicht zwischen seine Hände, ehe er seine Lippen auf die ihren herabsenkte, und dann tat er genau das, was er sich schon so lange gewünscht hatte. Zuerst küsste er sie nur ganz zart, doch dann übermannte ihn sein Verlangen nach ihr und er nahm ihren Mund leidenschaftlich in Besitz, wobei er seine Lippen quer über ihre legte, um den Kuss zu vertiefen und alles von ihr zu kosten. Er hatte sie schon einmal kurz geküsst, als er sich nach der Patrouille hier von ihr verabschiedet hatte. Das hatte ihn allerdings nur davon überzeugt, dass er unbedingt mehr von diesem wunderschönen Mädchen begehrte.

Ihre sanften Kurven schmiegten sich perfekt an seinen Körper, und obwohl er wusste, dass das unmöglich war, wünschte er sich nichts sehnlicher, als sie in diesem Moment zu seiner Frau zu machen. Sie wusste nichts von der Macht, die sie über ihn ausübte, oder davon, dass er sich jeden Tag ein bisschen mehr in sie verliebte.

Er brachte gerade so viel Abstand zwischen ihre Gesichter, dass er eine Spur von Küssen über ihren Hals und wieder hinauf zu ihrem Ohr beschrieb, wobei er sie mit seiner Zunge neckte, bis sie in seinen Armen erschauderte.

»Thea, du bist so wunderschön. Du bist das schönste Mädchen, dass mir je begegnet ist.«

Er machte seinem Ansturm auf sie ein Ende, um ihr in die Augen zu schauen und das versteckte Verlangen darin zu entdecken, ehe er sich in der Betrachtung ihrer geschwollenen Lippen erging. Er wünschte sich nichts mehr als sie jede Nacht neben sich zu haben, bevor er die Augen zumachte, um sie jeden Morgen aufs Neue zu erblicken, wenn er die Augen wieder aufschlug. Sie beide würden ein harmonisches Paar sein, und sein Bedürfnis sie zu seiner Frau zu machen, wurde mit jedem Mal stärker, wenn er mit ihr zusammen war.

In Wirklichkeit musste er sich aber auf die Patrouille vorbereiten. Der Trupp würde viel zu früh wieder aufbrechen. Es bliebe ihnen keine Zeit für eine Hochzeit und so würde er erst dann einen Heiratsantrag machen, wenn Fulke Slater keine Gefahr mehr für sie darstellte.

Sie schmiegte sich an ihn. »Ich wünschte, wir hätten mehr Zeit, um allein zu sein, Willum. Wie sollen wir uns je kennenlernen, wenn wir ständig von den Mitgliedern der Patrouille umgeben sind?« Ihr Atem kam in kurzen Zügen und verriet ihm, dass sie das zärtliche Intermezzo ebenso genossen hatte wie er selbst.

»Das ist sehr schwierig, doch da ich mir nun sicher bin, dass du mir die gleichen Gefühle entgegenbringst wie ich dir, werde ich es mir zur Priorität machen, mehr Zeit für uns allein zu finden.« Sein verschmitztes Grinsen erfreute sie.

»Das würde mir sehr gefallen«, flüsterte sie, wobei sie errötete.

Gerland kam zurückgerannt und stupste Willum an, als wollte gestreichelt werden. Also bückte er sich und schenkte dem Tier die geforderte Aufmerksamkeit. Bald darauf zog der Hund ab und verschwand in Richtung Wald, um wahrscheinlich nach Bo zu suchen, der sich langsamer bewegte und alles beschnüffelte, was ihm in die Quere kam.

»Hast du Lust auf einen Ausritt, meine Süße?«, fragte er und blickte zum Himmel auf. »Die Sonne scheint, und du könntest die warmen Strahlen genießen, da der Frühling nun fast schon Einzug hält. Ich verspreche, nicht über dich herzufallen.«

»Ich reite mit dir, aber nur, wenn du versprichst,

irgendwann wieder über mich herzufallen.« Sie kicherte, als er mit den Augenbrauen wackelte.

»Dieses Versprechen kann ich dir getrost geben.«

Thea ging hinein, um ihrer Mutter mitzuteilen, dass sie aufbrechen würden, und ihr zu sagen, wo sich die Hunde aufhielten, ehe sie sich dann gemeinsam auf den Weg zum Stall machten. Willum hob sie auf ihr Pferd. »Dyna hat mir gesagt, es ginge deinem Vater besser.«

»Ja, er ist auf dem Wege der Besserung. Ich habe letzte Nacht neben ihm geschlafen, und er ist mitten in der Nacht aufgewacht, um sich mit mir zu unterhalten. Ich fühle mich so viel besser. Aber er darf mich noch nicht verlassen. Ich brauche ihn noch so sehr. Immer gibt er mir so gute Ratschläge, ohne die ich verloren wäre.«

»Ich freue mich, dass es ihm besser geht. Mir ist bewusst, dass es dir bei seiner Krankheit schwerfallen wird, wieder auf Patrouille zu gehen. Wirst du noch eine Weile hierbleiben?«

»Nein. Ich will diesen Schurken, Fulke Slater, verfolgen. Jetzt, da wir wissen, dass er einen Groll gegen mich hegt, muss ich der Sache ein Ende setzen, Willum. Du verstehst doch sicher. Er wird nicht eher aufgeben, bis er mich dafür bestraft, dass ich bin verwundet habe.« Sie lenkte ihr Pferd zu einem der beliebteren Wege, die aus dem Gebiet der Ramsays hinausführten.

Ihm war gegenwärtig, dass sie noch einen weiten Weg vor sich hatten, ehe sie ihr Gebiet verließen, doch er hegte die Vermutung, dass Thea nicht in Richtung des Bergfrieds reiten wollte. Er musste ihr Recht geben. Auch er wollte lieber seine Ruhe haben.

Es gefiel Willum gar nicht, sie das sagen zu hören, Doch er war der Ansicht, dass ihre Worte über Fulke wahr waren. Sie würde nicht eher Ruhe geben bis der Mann gefunden und eingesperrt war. Oder gar tot war. Also sagte Willum das Einzige, was er sagen konnte, um die Situation besser zu machen. »Ich verspreche, dir bei diesem Unterfangen zur Seite zu stehen. Wenn wir ihn finden, werden wir ihm so lange zusetzen, bis wir ihn überzeugt haben, dich nicht mehr zu verfolgen.«

»Vielen Dank, Willum.« Sie hielten ihre Pferde auf dem Weg an, der zu beiden Seiten dicht bewaldet war, und da weder ein Wind ging noch Regen fiel, war es so still, dass sie jedes Rascheln und jeden Vogelruf hören konnten. »Hörst du etwas? Nicht auf dem Weg, sondern im Wald?« Sie schwor, dass sie Stimmen hörte, aber es war im Wald, nicht auf dem Weg.

Thea drehte den Kopf und suchte die Umgebung aufmerksam mit Blicken ab. »Ich höre Stimmen«, flüsterte sie und machte ihm ein Zeichen, still zu sein.

Er lenkte sein Pferd näher zu ihr heran und der Wald war auf beiden Seiten des Weges einfach endlos. »Ich höre sie auch. Es sind Männerstimmen. Was glaubst du, wo sie sein könnten?«

»Onkel Logan hat sich mit einigen seiner Boten in den Wäldern in der Nähe von hier getroffen. Nicht weit von unserer Grenze entfernt.« Fast jeder wusste, dass Logan in früheren Zeiten ein

Spion für die schottische Krone gewesen war, also traf das Wort nicht mehr wirklich zu, aber er liebte es, ein großes Geheimnis um viele Dinge zu machen. »Glaubst du, er trifft hier draußen die Boten von König Robert?«

»Das nehme ich an«, antwortete Willum. »Er spricht immer von einem Boten, der ihm Informationen bringt, aber ich habe die besagten Männer nie zu Gesicht bekommen. Bist du ihnen einmal begegnet?«

Sie schüttelte den Kopf und ihr Blick wurde schmal als sie dem Geräusch genauer lauschte. Sie deutete auf eine Stelle zwischen den Bäumen. »Dort. Ich glaube, sie sind hinter dieser Reihe von Bäumen. Glaubst du, es sind Räuber? Erkennst du irgendwelche Stimmen?« Thea würde jeden Mann der Ramsay Wachen an seiner Stimme erkennen.

Sie hielt ihren Finger an die Lippen und dirigierte ihr Pferd näher heran. Dann zeigte sie zu den Stimmen und dann auf ihr Ohr, woraufhin er sein Pferd näher an die gleiche Stelle führte.

Es klang wie Logan Ramsay, und nach Theas großen Augen zu urteilen, hatte er recht.

Beide beugten sich zu den Geräuschen und lauschten.

»Was habt ihr gelernt?«, fragte Maitland. »Irgendetwas über die Engländer?«

Logan schnaubte. »Ja, aber nicht das, was wir zu hören hofften.«

»Was zum Teufel soll das bedeuten, Onkel Logan?«, fragte Maitland. Nach so vielen Tagen auf Patrouille mit ihm hatte

Willum keine Schwierigkeiten, seine Stimme wiederzuerkennen.

»Rede frei heraus. Keine Spielchen mit deiner Geheimniskrämerei.« Die Stimme dieser Frau klang wie Dyna.

Willum flüsterte: »Sollen wir sie unterbrechen? Sie wissen lassen, dass wir hier sind?«

»Gleich«, antwortete sie und hielt die Hand hoch.

»Da ist ein abtrünniger Engländer, ursprünglich einer von Edwards Männern aus Berwick. Er sagt, er sei auf der Suche nach Nahrung, aber in Wahrheit ist er auf etwas anderes aus.«

»Etwas anderes oder jemand anderen?«, fragte Dyna. »Er sollte besser nicht in die Nähe der Ramsays oder Menzies kommen.«

»Es heißt, er sei auf dem Weg hierher. Er ist auf der Suche nach einem Ramsay.«

Willum warf einen Blick auf Thea, deren Augen sich nun weiteten. Er hatte den Impuls, durch die Bäume zu brechen und die Gruppe über ihre Anwesenheit in Kenntnis zu setzen, aber Thea hielt ihre Hand hoch, um ihn vorerst davon abzuhalten. Er verstand, warum. Sein Großvater war berüchtigt für seine Geheimniskrämerei. Wenn es in diesem Gespräch um Fulke ging, würde ihr niemand etwas sagen.

Thea wollte es aber wissen. Sie hatte es verdient, Bescheid zu wissen.

Maitland stöhnte. »Himmel, sag, dass es nicht wahr ist. Sag, dass er nicht so weit in den Norden kommt.«

»Sie sagen, er wäre schon fast hier. Er ist allein,

zu Pferd. Er versteckt sich, wenn jemand in seine Nähe kommt. Ein Sheriff hat ihn auf der Straße in der Nähe des Menzie Gebiets getroffen, und ihn zurück nach Süden geschickt. Aber er ignoriert die Aufforderung des Sheriffs und hält sich gut versteckt. Er kommt langsam durch den Wald voran, aber er ist immer in der Nähe des Hauptweges, um seinen Weg zu finden. Er kennt die Gegend nicht gut genug, um die anderen Wege zu nehmen.«

»Und ein Sheriff hat einen Boten geschickt? Warum hören wir erst jetzt von ihm, wenn er so langsam vorankommt und schon fast hier ist?«, fragte Maitland.

»Weil der Sheriff, der auf ihn gestoßen ist, endlich seinen Namen herausgefunden hat«, entgegnete Logan.

»Wer zum Teufel ist es?«, verlangte Maitland zu erfahren.

»Fulke Slater.«

Kapitel Zwanzig

THEA TAT IHR Bestes, um jede Reaktion zu verbergen. Sie wollte verhindern, dass ihr Onkel dahinterkam, von ihnen belauscht worden zu sein. Sie schaute Willum an, und er nahm ihre Hand.

Dann erklang abermals Dynas Stimme. »Ich werde umkehren. Wir sollten unsere Patrouille morgen antreten und nicht erst in zwei Tagen. Wir können nach dem Schurken suchen, wenn wir in Richtung Süden unterwegs sind. Sollen wir sie davon informieren?«

»Das sollten wir, denke ich«, meinte Maitland. »Alle müssen sich in Acht nehmen. Bei diesem Schuft darf keiner arglos sein.« Logan grunzte. »Er ist nur ein Mann, der wildgeworden ist, weil die Rache an seiner Seele frisst. Man sagt, er hätte zwei ernsthafte Wunden. Seine Schulter und sein Bein sind verletzt, und er verliert immer noch so viel Blut, dass durch seine Hose tropft. Es ist nicht nötig, ihr etwas zu sagen, wenn sie nicht auf Patrouille geht. Bald wird er tot sein. Ich werde Torrian Bescheid geben, damit er sich darum kümmern kann.«

»Wenn sie nicht mitkommt, muss sie in den Bergfried umsiedeln. Wir sollten sie und ihre Mutter warnen. Die Familie sollte nicht ohne wenigstens zwei Wachen im Häuschen sein, zumal Donnan darniederliegt und Drystan wieder bei den Grants ist. Slater ist mit der Gegend vertraut, da er sie schon einmal in der Nähe angegriffen hat.« Maitland war mehr als eindringlich, sein Tonfall ungeduldig. »Sie können dort nicht allein bleiben.«

»Da sie wahrscheinlich mit uns kommt, sollten wir sie einweihen«, meinte Dyna. »Tragt bitte auch Sorge dafür, dass ihre Mutter beschützt wird. In der Zwischenzeit kehre ich in den Bergfried zurück. Hier draußen ist es zu kalt. Ich ziehe eine Feuerstelle vor, wenn sich die Möglichkeit bietet. Es bestand nicht der geringste Grund für ein Treffen hier draußen, Logan. Genug mit deinen Geheimnissen. Erzähl uns einfach alles, was du erfahren hast.«

»Merk dir meine Worte, Dyna. Manchmal verleitet die Wahrheit einen Menschen zu grundlosem Handeln. Das wirst du eines Tages noch erkennen. Manche Dinge bleiben besser im Verborgenen.«

Die Gruppe löste sich auf, und Thea und Willum sahen sich an, während sie darauf warteten, dass die anderen sich verabschiedeten. Das Geräusch von Hufschlägen drang zu ihnen durch, und so warteten sie, bis die Reiter weit fort waren, ehe sie es wagten, wieder zu sprechen.

Thea hatte gemischte Gefühle wegen dieses Vorkommnisses. Ihr schlechtes Gewissen plagte sie, weil sie gelauscht hatte, und gleichzeitig war sie auf ihren Großonkel zornig, weil dieser die Unverschämtheit besaß, ihr diese Informationen vorzuenthalten. Sie hatte ein Recht darauf, die Wahrheit zu erfahren.

Thea war sich nicht sicher, was sie von dieser Neuigkeit halten sollte, abgesehen davon, dass sie nun ihre Chance hatte, den Schurken Slater zu töten. Könnte sie das? Sie bemühte sich, den Worten ihres Großonkels hinsichtlich der Rachegedanken des Mannes, die seine Seele zerfraßen und ihn in den Wahnsinn trieben, oder dem, was er ihr antun könnte, nicht zuviel Bedeutung beizumessen.

»Wirst du mit uns auf Patrouille gehen?« Er drückte ihre Hand, dann hob er sie an seine Lippen und küsste nacheinander jeden einzelnen Finger.

»Aye, das muss ich«, antwortete Thea, und ein Schauer überlief sie. »Ich werde diese Sache zu Ende bringen. Außerdem bin ich lieber mit dir unterwegs, als hier ohne dich zu sein. Zu Hause zu sein und endlich anzuerkennen, dass Lorana nicht mehr unter den Lebenden ist, scheint mir derzeit zu schmerzhaft, um im Häuschen auszuharren. Drystan hat sich wieder verabschiedet, Vater ist krank. Es ist zu quälend. Auf Patrouille wird mein Verstand von anderen Dingen gefordert. Und ich will diesen Narren suchen, anstatt darauf zu warten, dass er mich findet.«

»Willst du dich mir anvertrauen? Ich bin mir nicht sicher, ob ich alles verstanden habe, was du gerade gesagt hast. Was ist mit Lorana? Ich dachte, sie sei schon vor geraumer Zeit gestorben?«

Dies war der rechte Zeitpunkt, um Willum gegenüber die Wahrheit einzugestehen. »Kannst du einen Moment Zeit erübrigen? Wenn dem so ist, würde ich dieses Gespräch lieber mit dir allein führen. Wir könnten uns dazu auf eine der Lichtungen setzen? Es ist ein warmer Tag für ein kurzes Gespräch.« In diesem Moment vertraute Thea Willum mehr als jedem anderen. Zumindest vertraute sie darauf, in ihm einen Zuhörer zu haben, der sie nicht zu unerbittlich verurteilen würde.

»Gewiss«, antwortete er. »Führe mich, wohin du willst.«

Willum folgte ihr zu einem schönen Platz mit einem großen flachen Felsplateau im Mittelpunkt. Er hatte ein zusätzliches Plaid dabei, das er auf dem Felsen ausbreitete, um es für Thea wärmer zu machen. Dies war eine weitere Kleinigkeit, auf die er achtete, was dazu führte, dass sie sich noch ein bisschen mehr in ihn verliebte. Er sah stattlich aus, und war ein grimmiger Krieger und doch war er so rücksichtsvoll und freundlich. Er hatte eine Sanftheit an sich, die bei Männern nicht so oft zu finden war. Diese Eigenschaft erinnerte sie an ihren Vater.

Als sie sich niedergelassen hatte, faltete sie die Hände in ihrem Schoß und fing an, ihre Geschichte zu erzählen. »Als ich nach Hause kam und erfuhr, dass mein Vater krank war, führte mir seine Krankheit die Wahrheit über meine Lage vor Augen, so sehr ich sie auch leugnen wollte.

Mir war sie nur allzu bewusst, doch es war mir einerlei, ob jemand darüber Bescheid wusste. Die Leute sprachen mich nicht darauf an, da sie fürchteten, ich könnte schlecht reagieren, und jetzt ... jetzt ist mir klar, wie töricht mein Verhalten war.«

»Töricht? Wovor auch immer du dich geschützt hast, will ich bezweifeln, dass es ein törichtes Verhalten war.«

Er griff nach ihren Händen und schloss seine eigenen darum, um sie zu wärmen. Sie liebte es, seine Hände auf ihren zu sehen, da seine Haut von der Sonne so viel dunkler als ihre geworden waren.

»Ich habe den Tod meiner Schwester geleugnet.« Na also. Sie hatte es gesagt. Sie gab ihm gegenüber die Wahrheit zu und wartete auf seine herablassende Reaktion, die unweigerlich kommen würde. Aber sie kam nicht.

»Das kann ich nachvollziehen«, meinte Willum.

Von seiner Antwort überrascht, überlegte sie, in welche Richtung sie das Gespräch lenken sollte. Sie war auf ein vernichtendes Urteil gefasst gewesen und wusste nun nicht, was sie sagen sollte.

Willum fuhr fort. »Ich sage dir, ich verstehe es, weil ich gesehen habe, wie meine Mutter das Gleiche bei dem Tod meiner Schwester getan hat. Sie wollte ihren Namen nie wieder erwähnen. Mein Vater wollte Annis einen bleibenden Tribut zollen, aber meine Mutter wollte nichts davon wissen. In ihrer Denkweise hätte das bedeutet, dass sie den Tod ihrer Tochter hätte zugeben müssen, und vielleicht empfand sie auch ein gewisses Schuldgefühl am Tod meiner Schwester. Ist das deine Situation?«

Er schaute ihr in die Augen, seine Fingerspitzen streiften ihre Wange. Es war an der Zeit, die Wahrheit zuzugeben. Die Wahrheit, die sie ihren Eltern gegenüber nie hatte zugeben können.

»Als ich an diesem Abend zu Bett ging, war Lorana ziemlich fiebrig. Sie wollte nicht allein sein – manchmal glaube ich, sie hat mich einfach mit Mama verwechselt –, aber sie wollte nicht allein gelassen werden. Wir schliefen im selben Bett, wie es Schwestern oft tun. An diesem Abend willigte ich ein, dicht neben ihr zu schlafen, obwohl sie so heiß war, dass ich schwöre, dass es meine Haut verbrannte. Oft habe ich mir Vorwürfe gemacht, weil ich sie nicht dazu angehalten habe, mehr Wasser zu trinken, oder weil ich nicht zu Mama gegangen bin, um ihr zu sagen, wie heiß ihr war. Aber Mama hatte sich gerade erst von ihrem eigenen Fieber erholt, und Papa war immer noch kränklich. Sogar Drystan lag noch die meiste Zeit im Bett. Ich habe versucht, mich selbst um Lorana zu kümmern, aber ich ...«

»Nein, was immer du jetzt sagst. Ich glaube es nicht. Aber nur zu, bring deinen Satz zu Ende.«

»Ich bin gescheitert. Die Schuld an ihrem Tod laste ich mir selbst an. Ich habe meine Schwester im Stich gelassen, und ihren Tod zu leugnen sah ich als einzige Möglichkeit, mit dieser Schuld umzugehen. Ich habe mir immer eingeredet, dass Lorana sich hinter den Röcken meiner

Mutter versteckte.« Thea verstummte. Sie war in Tränen ausgebrochen und wollte die Fassung wiederlangen. »Ich habe mir eingeredet, dass sie noch da wäre, wenn ich wegginge und dann wieder zurückkäme.«

»Du bist vor der Wahrheit davongelaufen.«

»Aye.« Mit den Fingerspitzen tupfte sie ihre Tränen ab und wischte sie sich vom Gesicht. »Wenn ich von zu Hause fort war, fiel es mir leichter zu glauben, dass sie noch lebte.«

»Warum erzählst du mir das?«

»Ich musste es jemandem beichten...« Sie blickte zu ihm auf, in der Hoffnung, keine Verurteilung in seinen Augen erkennen zu müssen, doch dann schlug sie ihren Blick erneut nieder und richtete ihn auf den Boden.

»Was musst du beichten?«, fragte er, wobei er seine Fingerspitzen an ihr Kinn legte und es anhob, womit er ihren Blick wieder auf seinen richtete. »Du hast nichts zu beichten, soweit ich das sehen kann.«

»Aber das muss ich. Wenn ich Mama Bescheid gesagt hätte, wäre Lorana vielleicht noch am Leben.«

»Nein, Mädchen. Das Ganze klingt, als wäre deine Schwester sehr krank gewesen. Ich bin mir nicht sicher, ob sogar Tante Jennie etwas dagegen hätte ausrichten können, wenn sie nichts getrunken hatte und ihr Fieber so heftig in ihr brannte. Wir haben viele an dieses Fieber verloren, und ich glaube nicht, dass du etwas hättest ändern können. Loranas Zeit war gekommen und du warst nicht die Urheberin dafür. Dass sie gestorben ist, war nicht deine Schuld. Das Fieber war schuld.«

Sie beugte sich vor, wobei sie in seine Umarmung sank und ihr Kinn auf seine Schulter stützte. »Ich weiß nicht, warum ich ihren Verlust so lange verleugnet habe. Was ist nur los mit mir?«, lamentierte sie weinend und umschlang Willums Taille.

»Ich kann nichts Schlimmes erkennen, das mit dir los ist.«

Er zog sich zurück und küsste sie sanft auf die Stirn. Dann beschrieb er mit seinen Lippen eine Spur von Küssen über ihre Wange und ihren Hals, bis ihr ein Quieken entfuhr. Er lachte und küsste dieses Mal ihre Lippen, und ein Seufzer entrang sich ihr, als er sie verschlang. Seine Hände wanderten ihren Rücken hinunter und dann unter ihren Po, bis er sie auf seinen Schoß hob.

Ihr Kuss endete, und sie flüsterte: »Das war eine großartige List, mich auf deinen Schoß zu bekommen. Das hast du so raffiniert gemacht.«

»Weil ich mir wünsche, dir näher zu sein, meine liebste Thea. Ich würde dich zu meiner Frau machen, wenn die Dinge anders wären, doch das wird nicht heute geschehen. So ist es nicht richtig. Du bist aufgebracht, und ich will alles in meiner Macht Stehende tun, um dich dies vergessen zu lassen.«

Mit einem zufriedenen Summen meinte sie: »Dann küss mich noch einmal. Ich vergesse alles, wenn du mich berührst, Willum.«

Er entsprach ihren Wünschen und bettete sie mit dem Rücken auf den Felsen, ehe er sie mit sanfter Leidenschaft küsste. Sie kicherte, als seine kurzen Bartstoppeln sie kitzelten.

»Gefällt dir das?«, fragte er und ließ sein Kinn über ihre Wangen und ihren Hals wandern.

Sie zappelte und kreischte, worauf er mit einem spielerischen Knurren reagierte, bis sie beide von ihrem Felsblock rutschten und unsanft auf dem Erdboden aufprallten. Willum fing sein Gewicht mit seinen Armen ab, damit er nicht auf ihr landete. Sein Lächeln schwand.

»Ich muss dir eins sagen, woran du schuld bist und kein anderer«, meinte er ernst.

Theas Herz pochte einmal heftig, doch gleich darauf schien es ganz still zu stehen. »Wie bitte?«, flüsterte sie und war sich gar nicht so sicher, ob sie seine Antwort hören wollte.

»Du bringst mich dazu, dir zu verfallen, Thea Douglas.«

»Oh, Willum!« Seiner Körperwärme zum Trotz erschauderte sie. »Ich bin jederzeit bereit, die Konsequenzen dafür auf mich zu nehmen.«

»Komm. Ich werde dich nach Hause bringen. Es wird kühl draußen, und deine Mutter wird sich fragen, wo du steckst.«

»Aye, du hast recht. Ich danke dir, dass du mir zugehört hast, Willum.« Und sie musste zugeben, dass es sich anfühlte, als wäre eine Last in Form von ihrer Schuld am Tod ihrer Schwester von ihren Schultern genommen. Seine Worte waren wahr. Es war nicht ihre Schuld. Und wie gern würde sie die Schuld für diese andere Sache auf sich nehmen.

Sie bestiegen ihre Pferde und legten ihren

Rückweg schweigend zurück, denn sie waren allein durch die Gesellschaft des anderen glücklich. Als sie in der Nähe ihres Häuschens angekommen waren, fragte Willum: »Bist du sicher, dass es deinem Vater besser geht und du fortkannst?«

»Aye. Mir bleibt noch der Rest des heutigen Tages und die Nacht, die ich mit ihm verbringen kann, bevor wir morgen zu unserer Patrouille aufbrechen. Ich bin froh, dass sie um einen Tag vorverlegt wurde. Das passt mir sehr gut.« Sie blickte zu Willum hinüber, der jetzt ihr Fels in der Brandung war. Irgendwie wusste sie, dass er immer für sie da sein würde. »Ich danke dir, dass du an meiner Seite bist.« Ihre Stimme drohte zu brechen, aber sie schwor sich, keine Träne zu vergießen. Sie musste stark sein.

»Immer.« Er beugte sich vor und gab ihr einen Kuss, der sie nach mehr verlangen ließ. Es war mehr als ein flüchtiger Abschiedskuss, denn ihre Zungen umkreisten sich mehrere Male.

Es war ein Kuss, der ihr für immer in Erinnerung bleiben würde.

Willum versetzte sich im Sattel, als sie die Tür ihres Häuschens erreichten. »Wir sehen uns morgen, und ich verspreche dir meine Hilfe dabei, ihn zu finden.«

Thea ahnte, dass ihre Mutter sie beobachten würde, und anstatt noch einen Kuss auszutauschen, sprang sie vom Pferd, winkte zum Abschied und führte Blossom in den Stall.

Morgen würden sie aufbrechen und Fulke Slater suchen, aber das war ihr nicht früh genug.

Sie ging auf das Häuschen zu, während sie sich einen Plan zurechtlegte.

Sie wusste, dass es unglaublich töricht war, doch nun, da sie ja wusste, dass Lorana über sie wachen würde, konnte sie es wagen dieses Risiko einzugehen. Am nächsten Tag könnte es zu spät sein. Wenn alles gut ging und sie Slater, wie sie es vermutete, ganz in der Nähe fand, würde sie vor dem Mittag zurück sein. Dann konnte die Patrouille sich ihrer eigentlichen Arbeit für König Robert zuwenden.

Es war ihr sehnlichster Wunsch, dass der Narr endlich zunichtegemacht würde. Sie wollte keine Drohungen von Folter oder Schmerz mehr. Sie würde ihn erwischen, und zwar zu einem Zeitpunkt und einem Ort, an dem er sie am wenigsten erwartete.

Später würde sie ihre Entschuldigung an alle anderen aussprechen. Ein letztes Mal noch wollte sie sich mit ihrem Vater unterhalten, dann würde sie beim Abendessen mit ihrer Mutter plaudern, bevor sie sich früh zu Bett begeben würde. Dann würde sie sich nach Einbruch der Dunkelheit hinausschleichen, eines der Schlachtpferde finden und Fulke Slater aufspüren.

Ehe es ihm gelang, zu ihr zu kommen.

Eliot erwachte durch das Geräusch eines Pferdes, das aus seinem Stall trottete. Er fühlte sich noch nicht ganz zugehörig, und er wusste, dass er keine Befugnis hatte, jemanden wegen eines Ausritts um Mitternacht zur Rede zu stellen.

Wer auch immer ein Pferd nach draußen führte, konnte nach Belieben handeln. Er säuberte die Ställe und fütterte die Pferde und Hunde und war noch dabei, diese Arbeit zu lernen. Noch hatte er keine Kenntnisse darüber, wer ein Pferd aus dem Stall nehmen durfte und wer nicht.

Allerdings bestand auch die Möglichkeit, dass die Boxentür nicht richtig verriegelt war und das Pferd sich selbstständig gemacht hatte, weshalb er aufstand, um nachzusehen.

Er war mehr als überrascht, als er sah, wie Thea eines der großen Schlachtrösser, das bereits gesattelt war, aus der Box am Ende des Stalls führte. Er stellte sich in den Gang zwischen den Boxen und beobachtete sie. Sie blieb stehen und legte den Finger an die Lippen, als sie ihn erblickte.

Was auch immer Thea von ihm verlangte, würde er für sie tun. Ohne sie wäre Eliot nicht hier. Sie war es gewesen die den anderen verkündet hatte, dass sie ihn mitnehmen würde. Es war Thea, die versprochen hatte, dass er dem Ramsay Clan beitreten könnte.

Nie würde er sich gegen sie stellen.

Sie nahm einen kleinen Sack Hafer, winkte ihm zu und ging davon. Zuerst rührte er sich nicht, weil er sie nicht verärgern wollte, doch nachdem sie gegangen war, schritt er leise bis zum Ende des Stalls und spähte in die Nacht hinaus. Da er sich im Stall außerhalb der Burgmauern befand, konnte sie Ramsay Castle und das Gebiet der Ramsays in einem kurzen Ritt vollständig verlassen.

Seiner Vermutung nach hatte sie genau das vor. Er starrte in die mondhelle Nacht hinaus, in der keine Wolken die hellen Himmelskörper verdeckten und ihm somit den Blick auf Thea freigaben, als sie zum Aufsitzblock ging, auf das Pferd stieg, ihm den Hals tätschelte und auf den Hauptweg, der das Ramsay Gebiet verließ, zuritt. Ein Hund, von der gleichen schlaksigen Statur wie sein eigener, folgte ihr. Es musste einer ihrer Hirschhunde sein.

Thea wollte sich allein auf den Weg machen. Er konnte nur eines tun.

Ihr folgen.

»Komm, Thor. Wir haben etwas zu erledigen.«

KAPITEL EINUNDZWANZIG

THEA TRIEB IHR Pferd in den Galopp. Alle würden ihr zürnen. Sie hatte vielen ihrer Freunde und Familienmitgliedern versprochen, Fulke Slater unter keinen Umständen allein aufzuspüren. Allerdings wollte sie das Risiko nicht eingehen, dass es ihm gelingen könnte, noch jemandem Schaden zuzufügen. Dies war eine Sache zwischen Fulke und ihr. All die Ängste, die sie zuvor ausgestanden hatte – die Angst vor dem Alleinsein –, spielten nun keine Rolle mehr, solange Fulke nicht erledigt war. Im Moment stellte *er* die größte Bedrohung für ihre Familie dar, und wenn sie ihn erledigte, würde sie damit auch einen Teil ihrer Angst loswerden.

Sie hatte Gerland mitgenommen, falls sie ihn zu Torrian schicken musste. Ganz bestimmt würde sie ihren Hund nicht kämpfen lassen – sie würde es nicht ertragen können, wenn er verletzt würde. Das war für sie undenkbar, nachdem sie Bo beinahe verloren hatte und nach ihrer Bestürzung am gestrigen Tag über die Erkenntnis, dass Lorana tot war.

Es war noch einige Zeit bis zur

Morgendämmerung, also erwartete sie nicht, dass sie viele Menschen auf dem Hauptweg begegnen würde. Der Weg so breit, dass das Mondlicht ihn beschien und ihr Vorankommen somit erleichterte. Jetzt musste sie nur noch diesen Schurken aufspüren.

Es hieß, er sei in der Nähe des Menzie Gebiets gewesen, als man ihn gesichtet hatte, also überlegte sie, wie weit es von dort bis zum Gebiet der Ramsays war. Ihrer Vermutung nach würde er sich bemühen in der Dunkelheit bis zum Land der Ramsays zu kommen und wahrscheinlich direkt in das Gebiet vordringen, in dem sie ihn beim letzten Mal gesehen hatte.

Sie brachte ihr Pferd zum Stehen und schloss die Augen, um sich an die vielen Reisen zu erinnern, die sie unternommen hatte. Sie strengte sich nach besten Kräften an, um sich den Ort zwischen dem Gebiet der Ramsays und Menzies vorzustellen, an dem frisches Wasser zu finden war.

Und dann wusste sie es. »Ich habe es, Gerland. Ich weiß genau, wo er sich versteckt. Von dort aus könnte er das Ramsay Gebiet in kürzester Zeit erreichen. Du wirst sehen, dass ich recht habe.«

Mehr als einmal hatte sie an einer Stelle Rast gemacht, wo ein Bach in der Nähe einer Lichtung am Fuße eines Hügels entlangfloss. Es gab einen kleinen Felsvorsprung – sie hatten ihn Höhle genannt, als sie noch kleine Jungs und Mädchen waren –, der in der Nacht als Schutz vor den Elementen dienen konnte. Die Bäume waren zwischen der Lichtung und dem Weg dicht

gewachsen und boten jedem einen zusätzlichen
Schutz, der sich dort aufhielt.

Sie kannte die Gegend so gut, dass sie beschloss,
sich zu Fuß anzuschleichen. Auf diese Weise
konnte sie sich leiser bewegen als mit dem
großen Schlachtross. Sie band ihr Pferd an einen
Ast, dann beugte sie sich hinunter und flüsterte
ihrem Hund etwas zu.

»Gerland, bleib.«

Gerland gehorchte, obwohl er das vielleicht
nicht getan hätte, wenn ein Kaninchen vor
ihm hergesprungen wäre. Sie schlich sich näher
heran, in der Hoffnung, durch die Bäume spähen
zu können. Dann vernahm sie Stimmen, bevor
sie jemanden sehen konnte. Sie erkannte die
Stimmen nicht wieder, doch sie gehörten zwei
oder drei verschiedenen Personen.

Also wartete sie und schwor sich, so lange still
zu verharren, bis sie wusste, wer auf der Lichtung
war.

»Wo ist sie?«, rief ein Mann.

Wie erstarrt hielt Thea den Atem an, während
sie auf eine Antwort wartete. Sie kannte Fulkes
Stimme nicht so gut, aber sie hätte durchaus
diesem Schurken gehören können.

Die nächste Stimme erkannte sie.

Sie war sich so sicher, dass sie zurückrannte –
immer noch bemüht, so leise wie möglich zu
sein – bis sie die Stelle erreichte, an der ihr Pferd
angebunden war, beugte sich zu Gerland hinüber
und befahl: »Torrian, Gerland. Finde Torrian und
bringe ihn her.«

Alle Hunde wussten, wer Torrian war, da

er der Züchter des Rudels war, also war sie zuversichtlich, dass Gerland ihn finden und ihn hierherführen würde. Und wenn Thea bei ihrer Rückkehr nicht mehr hier wäre, würde Gerland ihrer Spur folgen. Sogar Hirschhunde wussten, wie man Spuren verfolgt.

Sie wollte nicht riskieren, dass der anderen Person auf dieser Lichtung etwas zustieß.

Es war Eliot, und Fulke hatte ihn erwischt.

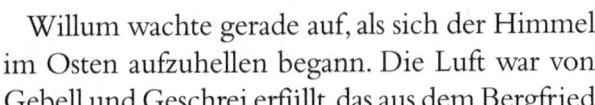

Willum wachte gerade auf, als sich der Himmel im Osten aufzuhellen begann. Die Luft war von Gebell und Geschrei erfüllt, das aus dem Bergfried und dem Innenhof schallte. Es war etwas passiert.

Thea. Sie hat sich allein auf die Suche nach Fulke gemacht. Darauf würde er sein Leben verwetten.

Seiner Annahme nach wäre sie heute irgendwann aufgebrochen, um seine Verfolgung aufzunehmen. Eigentlich war er überrascht gewesen, als Thea sagte, sie würde abwarten und sich der Patrouille anschließen. Allerdings hatte er ganz sicher nicht erwartet, dass sie sich mitten in der Nacht davonschleichen würde.

Offenbar hatte sie es sich anders überlegt, sich der größeren Gruppe anzuschließen.

Ihm entfuhr ein Fluch und er ärgerte sich über sich selbst, weil er nicht darauf gefasst gewesen war. Er hätte die Nacht mit der Bewachung ihres Häuschens verbringen sollen. Es machte für ihn keinen Unterschied, ob er unter einem Baum vor Ramsay Castle oder Theas Haus schlief. Eilig lief er zum Stall, um so schnell wie möglich herauszufinden, was passiert war.

Er bahnte sich einen Weg durch die kleine Ansammlung von Ramsay Wachen, die sich direkt vor dem Tor zusammengefunden hatten und hielt Ausschau nach jemandem, den er fragen könnte. Maitland stand am Rande und sprach mit Dyna. Also entschied er sich hinüberzugehen, um zu erfahren, was sie wussten.

»Was ist passiert, Maitland?«, fragte Willum.

»Thea ist verschwunden. Wir vermuten, dass sie hinter Fulke her ist.«

»Ist sie allein gegangen?« Willum war bemüht, durch nichts zu verraten, dass er und Thea das Gespräch mit Logan am Nachmittag zuvor mitgehört hatten. »Diese starrsinnige Frau.«

»Wir sind uns da nicht ganz sicher. Eliot wird ebenfalls vermisst, und auch zwei Hunde – Thor und Gerland, sowie zwei Pferde. Es gibt noch andere Möglichkeiten. Vielleicht hat Fulke sich Eliot geschnappt und ihn als Köder benutzt, weil er wusste, dass Thea alles tun würde, was er verlangt, wenn es zum Schutze von Eliot dienen würde. Vielleicht haben die beiden Verschwundenen gar nichts miteinander zu tun.« Maitland blickte zu Dyna. »Hast du irgendwelche Einfälle? Hast du etwas in deinen Visionen gesehen?«

Dyna schloss die Augen und sah aus, als würde sie auf etwas lauschen, das niemand sonst hören konnte. Wenige Augenblicke später schlug sie die Augen wieder auf und meinte: »Ich glaube, Thea ist allein gegangen und Eliot ist ihr gefolgt. Das konnte ich sehen, aber ich sehe auch Eliot mit Fulke. Das ergibt keinen Sinn.«

»Aye, das ergibt wohl einen Sinn. Eliot ist ihr nachgegangen und kam Fulke zu nahe. Fulke schnappte sich Eliot, um Thea aus der Deckung zu locken.« Willum sah beide an und sagte: »Da er Eliot kannte, hätte er ihn sich geschnappt, wenn er ihn irgendwo gesehen hätte. Schließlich war es Eliots Schuld, dass Thea freigekommen ist. Zumindest würde Slater das so sehen. Wir müssen ihnen nachreiten. Ich gehe in den Stall und mache mein Pferd bereit.«

»Ich werde gleich bei dir sein. Ich möchte zuerst mit Logan sprechen«, meinte Maitland.

Dyna schloss sich Willum an, und sie gingen durch die Tore hinaus. »Sie hat uns gestern Abend belauscht, stimmt es? Ich dachte, ich hätte euch beide durch die Bäume gesehen, als ich ging. Logan hat euch nicht gesehen.«

»Aye, wir waren auf einem Ausflug, als wir Stimmen hörten. Wir waren zu schockiert, um uns zu erkennen zu geben.«

»Wir alle wissen, wie Logan zu Lauscherei steht, also werde ich euch beide nicht verraten.«

»Wie habt ihr herausgefunden, dass Thea fort ist?«, fragte Willum. Er wusste, dass Thea mucksmäuschenstill sein konnte, wenn die Situation es erforderte.

»Maitland ist früh hier herausgekommen, um den Aufbruch der Patrouille vorzubereiten, und bemerkte das Fehlen der Pferde. Dann stellte er fest, dass auch Eliot und Thor verschwunden waren. Maitland dachte, der Junge könnte zu

Theas Häuschen geritten sein, da er nach ihr gefragt hatte, und schickte eine der Wachen los, um ihn zurückzuholen. Dort war er aber nicht, und Thea auch nicht.«

Ein lautes Bellen unterbrach sie, und als sie sich umdrehten, sahen sie einen Hund, der den Weg entlang auf sie zuraste.

Gerland bellte erneut und rannte direkt auf Torrian zu, der gerade aus dem Tor trat. Torrian kniete sich vor ihn hin, und der Hund lief laut kläffend direkt auf ihn zu. Nachdem er Torrians Hand abgeleckt hatte, rannte Gerland ein paar Schritte in die Richtung zurück, aus der es gekommen war, hielt dann inne, drehte sich um und wartete darauf, dass der Mensch ihm folgte.

»Du weißt, wo sie ist, nicht wahr, Gerland? Dann werden wir dir folgen. Komm, Junge. Komm und saufe nach deinem Lauf etwas Wasser.« Torrian führte den Hund in Richtung Stall.

Torrian blieb neben Willum und Dyna stehen. »Wollt ihr mitkommen? Willum, ich würde dein Schwert begrüßen, und Dyna deinen Bogen und deine Visionen, für den Fall, dass du welche hast, die uns weiterhelfen.«

Willum nickte. »Dyna und ich werden dich begleiten, und Maitland kommt mit. Ich würde mich auch auf die Suche machen, wenn wir Gerland nicht als Führer hätten.«

Torrian klopfte ihm auf die Schulter. »Ich veranlasse, dass eine weitere Gruppe zu uns stößt, wenn wir nicht vor der Mittagssonne zurück sind. Alaric und Eli können die nächste Gruppe vorbereiten.«

»Bis dahin müssen wir sie gefunden haben«, meinte Willum, und seine Stimme wurde leiser.

Er konnte die Vorstellung nicht ertragen, wie Thea mit Fulke allein war, und dabei war es ganz gleich für welchen Zeitraum.

Ihm war angst und bange davor, herauszufinden, wozu dieser Mann imstande war.

KAPITEL ZWEIUNDZWANZIG

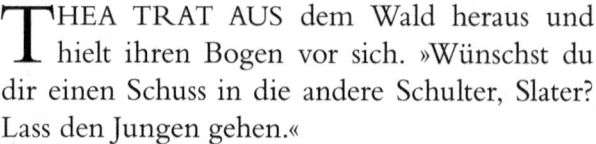

THEA TRAT AUS dem Wald heraus und hielt ihren Bogen vor sich. »Wünschst du dir einen Schuss in die andere Schulter, Slater? Lass den Jungen gehen.«

Sie hätte ihn auf der Stelle erschießen sollen. Durch ihre Warnung hatte er die Gelegenheit den Jungen vor sich zu ziehen und ihm einen Dolch an den Hals zu halten.

»Das glaube ich nicht. Für euch habe ich andere Pläne. Ihr werdet beide zum nächsten Gasthaus mit mir mitkommen. Solltest du auch nur im Ansatz versuchen, von mir wegzulaufen, werde ich ihn töten, indem ich ihm vor deinen Augen den Hals aufschlitze. Im Gasthaus besorgst du mir dann Essen und einen Heiler für die Wunde an meinem Bein.«

Thea ließ sich einen Augenblick Zeit, um den Mann in Augenschein zu nehmen. Er sah fiebrig aus. Seine Augen hatten diesen seltsamen Glanz, seine Hände zitterten, und er wischte sich ständig über die Lippen. War er hungrig? Durstig? Wenn er so hungrig war, wie man es von vielen Engländern behauptete, wäre das eine Erklärung für seine zittrigen Hände und das Befeuchten der trockenen Lippen. Sein Blick war jedoch fiebrig. So viel stand für sie fest.

»Du hast das Fieber, Fulke. Du wirst nicht weit kommen.«

»Nein, kein Fieber«, widersprach er und strich sich über die Stirn.

»Aye, das hast du. Ich kann den grünen Ausfluss sehen, der aus deinem Bein sickert. Vielleicht kannst du es schaffen, vielleicht aber auch nicht. Lass den Jungen gehen. Er hat mit der Sache nichts zu tun. Das geht nur dich und mich etwas an.« Noch nie im Leben war sich Thea einer Sache so sicher gewesen. Sie würde den Jungen aus der Gewalt dieses Schurken befreien und sich dann mit ihm befassen. Sie war stolz auf sich, weil sie keine Angst hatte, und sie würde ohne Zögern handeln, um zu tun, was getan werden musste. *Lorana, hilf mir, Eliot zu befreien.*

Ihr Vater hatte recht. Sie konnte fast spüren, wie Lorana ihr über die Schulter blickte.

»Ich bin gerade an einem Gasthaus vorbeigekommen, das nicht weit von hier ist. Dorthin werden wir gehen. Dort kann ich essen und mich dann um euch beide kümmern.«

»Deine Forderung ist der Beweis dafür, dass du gar nicht weißt, wohin du gekommen bist. Hier in dieser Gegend gibt es kein Gasthaus. Ist dir entfallen, dass du nicht in England bist? Wir befinden uns hier am Fuße der Highlands, und hier gibt es nur sehr wenige Gasthäuser.« Sie musste zugeben, dass ihre Hände stärker schwitzten, als ihr lieb war. Sie war nicht

darauf gefasst gewesen, mit diesem Idioten in
Verhandlungen treten zu müssen. Ganz sicher
hatte sie nicht erwartet, Eliot bei ihm zu sehen.
Der Junge war ihr gefolgt. Bei dieser Vorstellung
zog sich ihr Herz ein bisschen zusammen, aber
es erfüllte sie auch mit Angst. Das war ein noch
größerer Ansporn, diesen Schurken zu töten,
der sie beide bedrohte. Sie hatte gehofft, ihn zu
töten und mit ihm fertig zu werden. Sie könnte
ihm einen Pfeil ins Auge schießen, wenn ihre
Hände nicht zittern würden aber nach den
Fehlschüssen, die auf ihr Konto gingen, als ihr
Bruder beteiligt war, konnte sie das Risiko nicht
unbedacht eingehen.

Sobald die Sache ausgestanden war, würde
sie von allen als töricht bezichtigt werden, und
sie hätten recht. Sie hätte nicht allein kommen
sollen. Sie hatte nicht erwartet, dass Eliot ihr
folgen würde. Es war allein ihre Schuld, dass er
sich jetzt in Gefahr befand.

»Dann gehen wir zurück zu dem Gasthaus,
an dem ich vor kurzem vorbeigekommen
bin. Ich habe es gesehen. Wenn du eine List
versuchst, stirbt der Junge. Dies ist eine einfache
Aufforderung. Essen im Austausch für euer
beider Leben.«

»Gut. Ich begleite dich vorerst.« Torrian und
Willum würden bald nachkommen. Gerland
würde sie schnell herbringen. Sie musste nur
Zeit schinden.

Sie fixierte Eliot mit ihrem Blick und tat ihr
Bestes, um ihn wissen zu lassen, dass sie beide dies
ohne Probleme überstehen würden.

»Du hast ein Pferd auf dem Weg? Führe mich dorthin. Du reitest vorne, damit ich dich im Auge behalten kann. Und lass deine Waffe fallen. Ich werde den Jungen vor mir halten, und wenn du etwas versuchst, stirbt er. Hast du verstanden?«

»Verstanden.« Sie legte ihren Bogen am Wegrand ab, aber so, dass sie hoffte, Torrian würde ihn entdecken. Auch ihren Dolch ließ sie dort liegen. Der in ihrem Stiefel blieb versteckt. Wenigstens war sie so vorausschauend gewesen, ihn mitzunehmen.

Sie bestieg ihr Pferd und ritt voran, wobei ihr zehn verschiedene Möglichkeiten einfielen, den Schurken anzugreifen, aber sie war mit all ihren Einfällen unzufrieden. Jede Angriffstaktik, die ihr in den Sinn kam, würde Eliot in Gefahr bringen, und zu diesem Risiko war sie nicht bereit.

Ein Umstand könnte sich allerdings zu ihren Gunsten auswirken. Fulke war in keiner guten Verfassung. Noch einmal ließ sie sich alles durch den Kopf gehen, was sie über ihn wusste, um keine Fehler zu machen.

Die Wunde an seinem Bein war noch immer offen und es sickerte nicht nur Blut, sondern auch ein wenig grünliches Sekret heraus. Sie war sich auch sicher, dass er von Fieber befallen war. Seine Augen wirkten glasig, sein Gesicht war gerötet, und seine Hände zitterten leicht – all das waren Anzeichen für eine Erkrankung, die von einer schlecht verheilten Wunde herrührten. Das Zittern könnte aber auch auf seinen Hunger zurückzuführen sein. Wenn genügend Zeit verging, würde der Mann vor ihren

Augen zusammenbrechen, ohne dass sie etwas unternehmen musste.

Je mehr sie darüber nachdachte, desto stärker war sie von seiner Krankheit überzeugt. Und er musste hungrig sein, wenn er lieber essen wollte, ehe er sich an ihr rächte. Der Hunger würde zudem schwächend auf ihn wirken. Möglicherweise wäre Eliot stark genug, um ihn abzuwehren.

Sie wollte allerdings nicht, dass Eliot etwas unternahm. Jedenfalls noch nicht.

Zu diesem Zeitpunkt hatte sie keine andere Wahl, als sich seinen Befehlen zu fügen. Die beste Möglichkeit dazu bestand darin, nur langsam voranzukommen, um Zeit zu gewinnen, bis Hilfe eintraf. Sie hatte nicht die geringsten Zweifel, dass ihre Retter bald hier sein würden. Sie betete, dass Gerland Torrian zu diesem Ort zurückführen konnte. Ein weiterer Grund, sich nur langsam voran zu bewegen kam ihr in den Sinn. Wenn sie es bis zum Gasthaus schafften, würde sie sich hineinschleichen müssen, um zu stehlen, und sie könnte leicht erwischt werden.

Die Strafe für einen Diebstahl in einem derartigen Etablissement, könnte aus dem Abhacken der Hand bestehen. Bei dem Gedanken rieb sie sich das Handgelenk. Ihre zweite Befürchtung bezog sich aber darauf, dass der Schankraum eines Gasthauses größtenteils von Männern besetzt sein würde, von denen einige vielleicht schon gehörig betrunken waren.

Das bedeutete, unverschämt grapschende Hände und widerwärtige Angebote. Es war ja nicht so, dass sie den Schankraum ungeniert betreten würde, wenn sie versuchte, Essen zu stehlen, doch falls sie erwischt würde, könnten sich die Konsequenzen als noch schlimmer als der Verlust einer Hand herausstellen.

Die einzige andere Möglichkeit bestand darin, ein Herrenhaus oder einen Weiler ausfindig zu machen, wo sie Nahrungsmittel stehlen konnte. Das war also ihr Plan. Sie wollte eine Behausung finden, die leer zu stehen schien. Oder ein Haus, das sie kannte. Sie waren beinahe auf dem Gebiet der Menzies angekommen und Onkel Drew und Tante Lina hatten Freunde, die hier am Weg wohnten.

Sie waren eine kurze Zeit in unangenehmer Stille unterwegs, als ein Herrenhaus in Sicht kam. Eine große Anzahl von Menschen tummelte sich dort, aber sie hatte keine Ahnung, was sie taten. Einige konnte sie hinter dem Haus hören, also nahm sie an, dass sie die dort angebundenen Pferde versorgten, da es noch früh am Morgen war.

Das bedeutete aber auch, dass in dem Haus etwas zu Essen sein musste. Sie musste nur einen Weg finden, sich nach drinnen zu schleichen, und sie würde versuchen, etwas Nahrung zu erbetteln, ehe sie sie stahl, und sie dann zu Fulke bringen. Wenn sie Glück hatte, würde jemand das Plaid der Ramsays erkennen und ihr freundlich gesonnen sein.

Es war einen Versuch wert. Und sie würde sich nicht von Fulke davon abhalten lassen, drinnen auf Nahrungssuche zu gehen.

»Ich mache hier halt.« Sie saß ab, bevor er Einwand erheben konnte. Sie band ihr Pferd absichtlich nicht fest. Sie wollte schnell wegkommen können, wenn sie die Chance dazu hatte.

»Nein, du reitest zum Gasthaus weiter.«

Sie sah ihn nicht an, sondern schlich sich dichter heran. Ihre Stimme kam in einem lauten Flüsterton heraus: »Wir beide sind am Verhungern. Ich kann nicht auf etwas zu Essen in einem Gasthaus warten, das wahrscheinlich gar nicht existiert. Zudem ist es hier einfacher etwas zu stehlen als in einem belebten Gasthaus. Die Vorratslager werden selten bewacht, und viele der Bewohner halten sich draußen auf. Zumindest sind die Männer mit Waffen bei ihren Pferden.«

Sie warf einen Blick über ihre Schulter. Der arme Eliot tat sein Bestes, um sich nicht zu bewegen, aber sie konnte sehen, dass der Dolch ihn schon einmal geschnitten hatte und nun eine kleine Blutspur an seinem Hals hinunterlief.

»Komm zurück, du Luder!«

Sie ignorierte ihn und ging direkt auf das Haus zu, während sie Fulke hinter die Bäume zurückwinkte, damit niemand ihn sah.

Als sie sich dem Eingang näherte, spähte sie durch die teilweise offen stehende Tür und bemerkte ein paar Frauen, die sich um einen Topf auf dem Herd scharrten. Als sie zur Seite ging, bemerkte sie ein Fenster, das einen Spalt offenstand, und beschloss, ihr Glück zu versuchen.

»Guten Morgen«, rief sie durch das Fenster und schob einen der Läden zurück. »Ich komme von den Ramsays und bin in einer misslichen Lage. Hättet ihr vielleicht einen halben Laib Brot übrig, den ihr mir überlassen könntet?«

Das würde reichen, um Fulke vorerst zum Schweigen zu bringen.

Die Frau sah sie mit einem deutlich fragenden Ausdruck im Gesicht an. Die zweite sagte: »Sie trägt ein Plaid der Ramsays. Drew würde ihr das Brot geben. Zu viele hungern, und wir haben Glück.«

Die andere Frau brach ein Brot in zwei Hälften und legte es auf einen Tisch vor dem Fenster.

Thea sagte: »Vielen Dank.« Sie schnappte sich das Stück Brot und bewegte sich leise in Richtung der Vorderseite des Hauses. Eine Stimme ertönte aus dem hinteren Teil des Hauses, also lief sie los und suchte Schutz in den Bäumen. Als sie an Fulke vorbeikam, winkte sie ihm zu und hielt ihm einen Teil des Brotes hin.

Sie befürchtete, einer der Männer könnte die Verfolgung aufnehmen, aber nichts geschah. Fulke folgte ihr in die Bäume und hielt Eliot immer noch dicht auf seinem Pferd. Sobald sie sich sicher fühlte und tief genug im Wald war, um nicht mehr gesehen zu werden, blieb sie stehen und reichte ihm das Brot.

Er griff danach, seine Augen blickten fiebrig und wild. Er nahm einen so großen Bissen von dem Brot, dass er es kaum kauen konnte. Sabber lief ihm über das Kinn. Das war ihre Chance.

Kaum hatte er seinen zweiten Bissen genommen, stürzte sich Thea auf ihn und warf ihn vom Pferd, obwohl er die Zügel festhielt.

Eliot stürzte ebenfalls zu Boden und schnell wich er dem Zugriff von Fulke und den Hufen des Pferdes aus. Zur gleichen Zeit kam eine Gruppe von Menschen um das Herrenhaus herum, von denen zwei zu Pferd waren, und schrien ihnen zu.

»Ihr da. Lasst den Jungen in Frieden. Wir bringen euch zur Strecke!«

Thea sprang auf ihr Pferd und hielt Eliot ihre Hand hin. Er schwang sich mit solcher Vehemenz hinter ihr hoch, dass er fast auf der gegenüberliegenden Seite wieder herunterfiel. Thea hielt ihn fest, bis der Junge seine Arme um ihre Taille geschlungen hatte. Dann trieb sie ihr Pferd an und ritt von der wütenden Gruppe weg, die auf sie zugerast kam.

»Er ist Engländer. Er ist derjenige, der uns zuvor bestohlen hat«, hörte sie, doch weigerte sich, den Blick zurückzuwenden.

»Du Mistkerl. Wir werden dich nicht laufen lassen. Wir wissen, dass du zu den Engländern gehörst, die unsere Häuser ausrauben, und das nicht zum ersten Mal.«

Thea traute ihren Ohren nicht. Waren sie hinter Fulke her und nicht hinter ihnen beiden? Sie beschloss, sich ein Stück zu entfernen, bevor sie anhielt, um sich ein Bild zu machen.

Sie ritten im Zickzack um die Bäume herum, wobei Eliot ein wenig umherrutschte, bis er sich an das Tempo gewöhnt hatte. Als er wieder sicher saß, warf Thea einen Blick über die Schulter zurück und stellte erfreut fest, dass die Bewohner des Anwesens, aus dem sie das Brot erhalten hatte, Fulke aufgehalten hatten und das Essen zurückholten, das er hinter seinem Rücken zu verstecken versuchte.

Jetzt hatte sie nur noch ein Problem.

Wo um alles in der Welt befand sie sich? Sie hatte keine Ahnung, in welche Richtung sie sich wenden musste. Um ihr klopfendes Herz zu beruhigen, sah sie sich ihre Umgebung genau an und wusste dann, dass sie nicht weit vom Hauptweg entfernt waren. Sie musste dorthin zurückfinden, um in das Gebiet der Ramsays zurückzukehren.

Plötzlich fiel ihr ein Falke ins Auge. Blue kreiste über ihr.

Nichts hätte sie mehr zum Lächeln bringen können. Willum war ganz in der Nähe.

KAPITEL DREIUNDZWANZIG

DER SUCHTRUPP HIELT mitten auf einer Kreuzung an.

»In welche Richtung ist sie verdammt nochmal geritten?«, fragte Willum. Gerland hatte sie zu einer Lichtung geführt, wo sie offensichtliche Anzeichen dafür gefunden hatten, dass dort gerade jemand Rast gemacht hatte. Und anfangs war ihre Spur auch offensichtlich gewesen. Umherstreifende Pferde im Wald hinterließen unweigerlich Spuren ihres Vorbeiziehens. Aber ihr Glück war nicht von Dauer gewesen.

Dyna schüttelte den Kopf. »Wir müssen uns aufteilen. Wenn wir alle zusammenbleiben, kommen wir niemals weit genug. Wir sind nicht weit vom Gebiet der Menzies entfernt. Sie müssen in der Nähe sein. Wir sind ihren Spuren eine Zeit lang gefolgt, aber jetzt sind sie verschwunden. Vielleicht ist sie nicht mehr auf dem Pferd.«

»Das ist möglich«, meinte Torrian, der sich dabei in der Gegend umsah. »Dies ist ein stark bewaldetes Gebiet. Ich bezweifle, dass sie weit vom Weg abgekommen sind. Die Bäume sind zu dicht. Lasst uns jeder eine andere Richtung einschlagen. Dyna reitet nach Süden, Maitland nach Osten, ich gehe nach Westen, und Willum, du gehst zurück zu der Gabelung, an der wir gerade vorbeigekommen sind, und nimmst den anderen Zweig. Wir treffen uns dann wieder hier in kurzer Zeit.«

Sie ritten in entgegengesetzte Richtungen los, und Willum spürte, wie die Mauern der Panik sich um ihn herum aufrichteten. Er wollte dies nicht. Das stimmte nicht ganz. Er wünschte sich, Thea zu finden, allerdings nicht auf sich allein gestellt. Trotzdem würde er alles in seiner Macht Stehende tun, um sie zu finden. Sie zu retten war es wert, sich seinen Ängsten zu stellen. Er pfiff nach seinem Falken, Blue, der nicht weit entfernt war.

Wenn Thea in der Nähe wäre, würde sie Blue erkennen und in seine Richtung reiten.

Er kehrte zu der Weggabelung zurück, ohne jemandem zu begegnen, und ritt in die entgegengesetzte Richtung weiter, von der sie ursprünglich gekommen waren.

Er folgte dem Weg, wobei er auf beiden Seiten nach Anzeichen dafür suchte, dass ein Tier oder ein Mensch in letzter Zeit hier durchgekommen war. Das Spurenlesen hatte er vor langer Zeit von seinen Eltern gelernt, und im Laufe der Jahre hatte sich diese Fähigkeit als nützlich erwiesen.

Er konnte keinen Hinweis auf jemanden entdecken. Der Wald stand hier nicht ganz so dicht, also stieg er ab und führte sein Pferd in den Wald hinein, um sich ins Ungewisse zu wagen

und nach einem Anzeichen der lieben Thea zu
suchen.

Seine Einsamkeit im Wald ließ ihn unweigerlich
zu dem Ort zurückkehren, an dem er nicht sein
wollte. Es war eine Erinnerung, die ihn seit Jahren
quälte. Mit allen Mitteln hatte er versucht, sich
von dem Schrecken jener drei Tage zu befreien,
aber die Sache ließ ihn nicht in Ruhe.

Das Summen eines Insekts versetzte ihn in die
Vergangenheit zurück, als wäre er wieder sechs
Jahre alt...

∗∗∗

Willum jagte den Schmetterling und lachte, als
dieser die Richtung so schnell änderte, dass er
ihn nicht mehr fangen konnte.

»Halte still, damit ich dich fangen kann. Ich
werde dir nichts tun, versprochen.« Er folgte
ihm einen Pfad hinunter und auf einen anderen,
ohne zu bemerken, dass er sich weit von seinem
Ausgangspunkt entfernt hatte.

Er jagte ihn, bis ihm die Puste ausging,
lachte und freute sich jedes Mal, wenn er das
orangefarbene Geschöpf fast erwischt hatte.
Zu seiner Bestürzung flog der Schmetterling
plötzlich über seinen Kopf hinweg und entfernte
sich aus seiner Reichweite. Er beobachtete ihn
einen Moment lang, dann drehte er sich um und
wollte zu seinen Eltern zurückkehren.

»Mama?«

Niemand war hinter ihm. Er runzelte die Stirn.
Er hatte seine Eltern erst vor einem Moment

verlassen. War es nicht nur ein Augenblick gewesen?

Das Schlimmste war aber, dass ihm die Gegend vollkommen unbekannt war. Mit finsterer Miene ging er ein Stück des Pfades zurück, nur um dann festzustellen, dass er unter seinen Füßen verschwand – es war eher eine Spur, die Hunderte von Tierspuren in diesem Wald hinterlassen hatten, als ein echter Weg. Das war aber einerlei, denn er konnte direkt vor sich zertrampeltes Gras sehen, und er folgte diesem grünen Streifen, bis er auf eine Steinfläche stieß.

Er konnte sich nicht erinnern, über Steine gelaufen zu sein. Er hätte doch sicher die kleinen Felsen unter dem Leder seiner Stiefel gespürt, oder nicht? Er wirbelte wieder im Kreis herum und hatte keine Ahnung, wo er sich befand.

Bestimmt würden seine Eltern ihn finden? Seine Mutter war im Begriff, ein neues Geschwisterchen für ihn zu bekommen, also bewegte sie sich nicht schnell, aber sein Vater könnte auf die Suche gehen. Er war bestimmt in der Nähe.

Oder? Je mehr Willum nachdachte, umso mehr meinte er, gehört zu haben, dass sein Vater gesagt hatte, er ginge auf die Jagd. Er legte den Kopf in den Nacken, um nach den Falken seines Vaters Ausschau zu halten, doch er sah keine.

Willum musste sich das Unvermeidliche eingestehen. Er hatte sich verlaufen.

Er blickte zur untergehenden Sonne auf und schwor sich, vor Einbruch der Dunkelheit den Rückweg zu finden. Er sprach ein kurzes Gebet, damit er den Nachhauseweg fand, denn die Dunkelheit war ihm ein Gräuel.

Wie oft hatte ihm sein Vater gesagt, er müsste sich daran gewöhnen, denn es war nicht so, dass sie einfach die Sonne an den Himmel hängen konnten, damit sie ihnen den Weg zeigte, wohin sie auch gingen. Er hatte so sehr versucht, sich an die Dunkelheit zu gewöhnen, aber wohin er auch schaute, etwas tauchte auf.

Ein Wolf im hinteren Teil der Höhle.

Fledermäuse über seinem Kopf.

Monster unter dem Bett, in dem er schlief, wenn sie im Castle der Ramsays übernachteten.

Der gemeinste, hässlichste Räuber, den er je gesehen hatte, hinter den Bäumen.

Er lief und lief und lief und rief auf dem ganzen Weg nach seinen Eltern, aber er bekam von niemandem eine Antwort. Mücken bedeckten seine Haut. Er schlug auf sie ein, aber sie hörten nicht auf.

Er brauchte das feine Netz, das seine Mutter für ihn gemacht hatte, damit er im Sommer darunter schlafen konnte, wenn es zu schlimm wurde.

Er schlug und tötete einen Käfer nach dem anderen, wobei er jeden einzelnen verfluchte. Er kratzte sich, bis er schrie, lehnte seinen Kopf zurück und schrie so laut er konnte, in der Hoffnung, dass seine Mutter ihn hören würde.

Stattdessen flog ein Käfer in seinen Mund.

Er weinte und weinte und weinte.

Willum schüttelte den Kopf, um belastende Erinnerungen zu vertreiben. Er musste seinen Verstand im Zaum halten und sich konzentrieren. Thea brauchte ihn. Er zwang sich, seine kindlichen Ängste zu überwinden. Nachdem er einmal tief durchgeatmet hatte drang er weiter in den dichten Wald ein, ohne jedoch die kleinste Spur zu entdecken. Er wollte schon kehrtmachen, doch dann sah er aus dem Augenwinkel etwas Farbiges aufblitzen. Vor ihm hing einen Kleiderfetzen an einem Busch.

Es war ein Stück von einem Ramsay Plaid. Zwar könnte dieses Stück Stoff auch jedem anderen des Clans gehören, aber er musste die Möglichkeit in Betracht ziehen, dass es von Eliot oder Thea stammte. Er strich mit den Fingern darüber und suchte dann den Boden nach Spuren von Fußabdrücken oder Pferdehufen ab.

Die Hoffnung wuchs im nächsten Augenblick. Am Rande des Hauptweges fand er Theas Waffen. Ein Bogen und der Dolch, den sie bei sich trug, waren am Wegesrand abgelegt worden. Hier musste sie auf Fulke und Eliot gestoßen sein.

Dann fand er handfeste Beweise dafür, dass sie hier gewesen waren. Zwei Pferde und drei Menschen. Genau danach hatte er gesucht. Hoffnung keimte in ihm auf, und obwohl die Erinnerungen ihn noch immer plagten, machte es ihm die neu geschöpfte Hoffnung leichter, ihnen keine Beachtung zu schenken. Er würde nicht zulassen, dass seine Ängste ihn daran hinderten, Thea und Eliot zu finden.

Er stieg wieder auf sein Pferd und folgte dem

Weg, wobei er sich schwor, seine Konzentration auf das zu richten, worauf ist in Wirklichkeit ankam – Eliot und Thea.

Er liebte Thea mit Herz und Seele. Wenn sie getrennt waren, hatte er das Gefühl, als würde ihm ein Teil seiner selbst fehlen. Falls er sie nicht finden würde …

Seine schweißfeuchten Handflächen klebte an den Zügeln seines Pferdes, doch er schob seine Nervosität beiseite und wünschte, sie würde ebenso wie der Schweiß verschwinden, der ihm über den Rücken rann. Er zollte dem Sog seiner Erinnerung keine Beachtung und konzentrierte sich auf Thea. Wohin waren sie unterwegs?

Die Spur, der er folgte, verlief parallel zum Weg, also kam er unter den Bäumen hervor, um schneller voranzukommen. Er hielt nach Anzeichen dafür Ausschau, dass die Gruppe, die er verfolgte die Richtung geändert hatte, doch er konnte nichts Auffälliges entdecken. Es verging eine kleine Weile und er wollte gerade zu ihrem Treffpunkt zurückkehren, als er vor sich die Geräusche eines Tumults vernahm.

Eine Gruppe von Schotten zerrte einen Mann über den Weg und versuchte, ihm etwas aus den Händen zu reißen. Willum hätte schwören können, dass es Fulke Slater war. In der Hoffnung, einen besseren Blick auf den Mann erhaschen zu können, näherte er sich der Gruppe und ließ sein Pferd langsamer gehen. Es war tatsächlich Fulke, und er kämpfte mit einer Kraft, die nur aus Verzweiflung erwachsen konnte. Dabei hielt er etwas fest, das wie ein Stück Brot aussah. Es gelang ihm, vier der Männer abzuwehren. Er fluchte und schrie, als sei er nicht mehr bei Sinnen, und als Willum bemerkte, dass seine Hose an der Stelle einen feuchten Fleck aufwies, wo Dynas Pfeil ihn vor einigen Tagen getroffen hatte, wurde ihm klar, dass der Mann aller Wahrscheinlichkeit dem Fieberwahn anheimgefallen war.

Als der Schrei eines Falken ertönte, blickte Willum erfreut auf, um Blue über ihm schweben zu sehen. Noch ehe er den Vogel zu sich pfeifen konnte, brach eine Gruppe von Räubern aus dem Wald hervor, vier zu Pferd und zwei im Laufschritt.

Zuerst war er der Ansicht, sie würden auf das Handgemenge zusteuern, aber bald wurde ihm klar, dass sie es offenbar direkt auf ihn abgesehen hatten. Er starrte die Narren ungläubig an. War ein einzelner Mann es wirklich wert, eine Verletzung oder gar den Tod zu riskieren? Denn obwohl das Zahlenverhältnis zu seinen Ungunsten ausfiel, so hatte er doch sein Schwert.

»Holt euch sein Pferd!«

Da er nun genau wusste, worauf sie es abgesehen hatten, beschloss er, dass es an der Zeit war, sich zu wehren. Er pfiff nach Blue und rief ihn zu sich herunter. Dann zog er sein Schwert. Die Narren waren nur mit Dolchen bewaffnet, die kaum groß genug waren, um diese Bezeichnung zu verdienen.

Er streckte zwei von ihnen nieder, bevor Blue mitten in den Wahnsinn hineinflog und mit seinen

Krallen das Gesicht eines Mannes attackierte, der daraufhin in den Schutz des Waldes floh. Damit blieben drei Männer zu Pferd übrig.

Blue überraschte sie alle. Er flog dicht vor dem Kopf eines der Pferde entlang, das sich aufbäumte, seinen Reiter abwarf und die beiden anderen Pferde so erschreckte, dass sie in die andere Richtung rannten. Der Mann am Boden setzte den Tieren im Laufschritt nach.

Willum rechnete nicht mit ihrer Rückkehr, also wandte er sich wieder dem Kampf zwischen Fulke und den anderen Männern zu. Die vier – die vermutlich aus dem nahe gelegenen Gebäude gekommen waren – hatten das Diebesgut zurückgeholt und waren fast wieder an der Tür.

Fulke taumelte den Weg entlang. Willum steckte sein Schwert in die Scheide zurück und nahm seinen Bogen. Dann spannte er einen Pfeil und legte ihn an.

»Er gehört mir, Willum. Erschieß ihn nicht.«

Willum senkte seinen Bogen und schaute in die Richtung, aus der die Stimme gekommen war. Es war Theas Stimme. Dort war sie, sein schöner Racheengel, auf einem der Ramsay Schlachtrösser, das sie gerade aus dem Wald zu seiner Rechten herauslenkte.

»Miststück!«, brüllte Fulke über seine Schulter. Willum glaubte, er hatte Theas Stimme gehört, wenn er sich auch suchend nach ihr umsah. Dass er sie nicht entdecken konnte, hielt ihn nicht davon ab, noch lauter zu schreien: »Du wirst mir einen blasen, bevor ich dir die Luft abschnüre.«

Fulke nahm seine ganze Kraft zusammen und

rannte los, wobei ein wildes Kreischen durch die Luft schallte.

Willum klopfte mit seinen Fersen an die Flanken seines Pferdes, um dem Schurken nachzusetzen, und Thea tat dasselbe. Ein wildes Lächeln zeigte sich auf Willums Gesicht. Hinter Thea folgte sein Trupp. Torrian, Maitland und Dyna.

Fulke sah sie und wieder fing er zu schreien an. »Ich werde dich umbringen!« Mit wildem Gebrüll rannte er direkt auf sie zu, den Dolch über dem Kopf erhoben.

Thea befahl ihrem Pferd mit den Knien, langsamer zu werden, und stellte sich in die Steigbügel. Sie hielt ihren Bogen dicht am Ohr. Ihr Pfeil traf ihn in die Brust, bevor er zwei weitere Schritte machen konnte. Er sackte zu Boden und rührte sich nicht mehr.

Willum musste sie mit seinen eigenen Augen sehen. Während die anderen abstiegen, um Fulke in Augenschein zu nehmen, ritt er direkt auf Thea zu und stieg erst aus dem Sattel, als er neben ihr angekommen war.

Thea hatte sich eine Hand vor den Mund geschlagen, um dem Schluchzen Einhalt zu gebieten, das aus ihr hervorbrach. Willum fasste sie um die Taille, hob sie vorsichtig vom Pferd und umarmte sie fest.

»Ich liebe dich, Thea. Ich hoffe, du wirst für immer mein sein.«

Thea nickte und klammerte sich an ihn, wobei sie seine Tunika mit ihren Tränen befeuchtete.

Sie war in Sicherheit. Endlich.

KAPITEL VIERUNDZWANZIG

NOCH AM SELBEN Tag kehrten Thea und die anderen in das Gebiet der Ramsays zurück. Sie freute sich, ihren Vater zu sehen, doch sie war sich keineswegs so sicher, ob sie sich das Ende dieser Reise herbeisehnte. Sie ritt mit Willum, und es gefiel ihr sehr, an ihn geschmiegt zu sein, denn er umhüllte sie mit seiner Wärme. Als ihr Schluchzen endlich nachgelassen hatte, flüsterte sie: »Ich liebe dich auch, Willum.«

Dann drückte er ihre Hand und küsste sie auf den Scheitel. »Heißt das, du würdest meinen Heiratsantrag annehmen, wenn ich dir einen machen würde?« Ehe sie antworten konnte, drückte er erneut ihre Hand und sagte: »Nein. So geht das nicht. Das ist die falsche Art, dir einen Heiratsantrag zu machen.« Er hielt sein Pferd für einen Moment an und drehte sie zu sich um. »Thea, willst du mich heiraten? Wir müssen das nicht sofort tun. Ich kann warten, bis du bereit bist und bis dein Vater wieder genesen ist. Oder wenn...«

Sie legte einen Finger an seine Lippen, um ihm Einhalt zu gebieten. »Aye. Ich nehme deinen Heiratsantrag an. Und wir haben Zeit zu entscheiden, wann wir heiraten werden. Darüber musst du dir jetzt keine Gedanken machen.«

Er küsste sie ausgiebig, und von den anderen Reitern kamen anzügliche Rufe.

»Pass auf, da kommt Onkel Logan«, warnte Dyna.

Willum wich zurück und warf einen Blick über seine Schulter, woraufhin die umstehende Gruppe in schallendes Gelächter ausbrach.

»Ich wollte dich nur aufziehen«, meinte Dyna, als sie ihr Pferd anspornte.

Thea setze sich wieder mit dem Gesicht nach vorne zurecht. »Ich muss Papa sehen, bevor ich etwas anderes unternehme.« Sie verschränkte ihre Finger mit Willums und drückte seine Hand, während sie ihren Ritt fortsetzten.

Slater war tot und sie war mit Willum verlobt. Freilich musste sie noch die Zustimmung ihrer Eltern einholen, doch sie wusste bereits, dass ihr Vater Willum gut leiden mochte und er der Heirat zustimmen würde. Das hatte er ihr erst ... am Tag zuvor gesagt. War das erst so kurz her? Seitdem war so viel passiert.

Sie näherten sich dem Häuschen und Thea freute sich, ihren Vater auf einer Bank in der Sonne sitzen zu sehen. Er hatte sie selbst gezimmert, damit die Besucher bei schönem Wetter einen Platz im Freien hatten, wo sie sitzen konnten. Ihn nun dort auf dieser Bank zu sehen, während er so gut wie eh und je aussah, erfüllte sie mit größerer Freude, als sie je eingestehen würde.

»Papa«, rief sie. »Bist du gesund? Hast du keine Beschwerden mehr?«

Lächelnd winkte er ihr zu und stand auf, als sie nahe genug waren, um abzusteigen. Sie eilte an seine Seite und schlang die Arme um seinen Leib. »Du bist gesund? Wo ist Mama? Willum hat mich gebeten, seine Frau zu werden, und Slater ist tot.«

»Langsam, Tochter. Eins nach dem anderen. Ich bin wohlauf. Mama ist zum Bergfried gegangen, weil Torrians Hündin bei der Geburt ihres Wurfes Schwierigkeiten hat. Ich bin froh, dass Slater keine Bedrohung mehr für dich ist, aber über das andere, das du erwähnt hast, würde ich gerne mehr erfahren. Willum hat um deine Hand angehalten, und was hast du geantwortet?«

»Ja. Natürlich habe ich ja gesagt. Ich liebe ihn doch von ganzem Herzen.« Sie musste kichern, als sie anfing, ihm mit ihren eigenen Worten genau erklären zu wollen, was Willum für sie bedeutete, aber Eliot unterbrach sie.

»Thea! Helft mir!« Tränen rannen ihm über das Gesicht, als er sich ihrem Häuschen näherte und Thor quer über den Sattel vor sich her trug. »Ich wusste nicht, wo er hin ist, also habe ich ihn gesucht. Ich habe ihn am Wegesrand gefunden. Könnt ihr ihn wieder heil machen, Thea? Bitte?«

»Was ist mit ihm passiert? Armer Thor. Willum, würdest du Mama bitten, zurückzukommen? Sie kann ihm helfen.«

Ihr Vater stand hinter ihr und legte seine Hände auf ihre Schultern. »Thea, deine Mutter hat viel zu tun, und dieser Hund hat nicht mehr viel Zeit. Sie hat dich ausgebildet, ihr zu helfen. Du wirst tun müssen, was du kannst. Willum wird deine Nachricht weitergeben, aber es könnte für das Tier zu spät sein. Es ist an dir, ihn zu retten.«

Sie wirbelte herum und starrte ihren Vater mit weit aufgerissenen Augen an. »Ich? Ich kann nicht...«

»Aye, das kannst du. Ich habe dich oft genug mit deiner Mutter arbeiten sehen. Du weißt, was zu tun ist, und du hast die Gabe. Ich werde ihn in Mamas Schuppen tragen. Hol die Sachen, die du brauchst. Du bist mehr als fähig.«

Willum trat neben sie und flüsterte ihr ins Ohr. »Ich war allein im Wald, um dich zu suchen, und ich habe meine Ängste überwunden. Es ist an der Zeit, dass auch du über deine Ängste hinwegkommst. Damit meine ich alle Ängste.« Er gab ihr einen Kuss auf die Wange, ehe er dann aufsaß und mit einem Winken davongaloppierte. Donnan nahm Eliot den Hund ab, dann rutschte der Junge vom Pferderücken auf den Boden.

»Begleite uns, Junge. Wir könnten deine Hilfe gebrauchen.« Donnan ging voran und ließ Thea keine andere Wahl. Sie musste alles für den armen Thor tun, was sie konnte.

Eliots Tränen wurden immer weniger, doch sie hörten nicht ganz auf. Thea konnte seiner Verzweiflung keine Beachtung schenken. Der Druck, möglicherweise einen Fehler zu machen, durch den Eliot seinen geliebten Hund verlieren könnte, war fast mehr, als sie ertragen konnte.

»Bitte helft Thor, Thea. Er hat versucht, mich zu beschützen.«

Sie zwang ihre Ängste zurück und sagte: »Weißt du denn, was mit ihm passiert ist?«

»Nein. Als Slater mich gepackt hat, wollte Thor ihn beißen, aber er hat ihn getreten und Thor ist zurückgewichen. Er verfolge uns eine Weile, aber ich glaube, er ist in einen Kampf mit einem Tier geraten. Ich konnte ihn nicht sehen.«

Donnan legte Thor auf dem hohen Tisch ab, auf den eine alte Decke gebreitet war. Thor waren die Augen zugefallen, und aus einer Wunde in Bauchnähe blutete er stark. Thea wischte das Blut mit einem nassen Tuch ab, um sich ein Bild über die Lage der Wunde zu machen. Sie fand Zahnabdrücke in seiner Seite, und eine Stelle blutete immer noch heftig.

»Eliot, er hat sehr viel Blut verloren. Wenn es zu viel war, könnte es zu spät für ihn sein. Das kann auch der Grund sein, warum er zu schlafen scheint. Blutverlust macht einen müde. Ich werde ihn nähen, und hoffentlich erwacht er anschließend wieder. Dann müssen wir ihn füttern und ihm zu trinken geben, um den Verlust wieder auszugleichen.«

»Ich werde alles tun, was Ihr braucht, Mylady.« Die Hoffnung im Blick des Jungen erfüllte sie mit Demut. »Ich glaube, Ihr könnt ihn heilen. Ihr habt Freya geheilt.«

Ihr Vater stand Thea gegenüber. »Eliot, wenn du siehst, dass er seine Augen öffnet, während sie ihn näht, denk bitte daran, dass wir ihn davon abhalten müssen, sie zu beißen. Er könnte sich erschrecken und bei dem ersten, was er sieht, zubeißen. Sei aufmerksam und wachsam.«

Eliot nickte. »Aye, Mylord.«

»Nenn mich Donnan, Junge. Du hast meine Tochter gerettet. Ich brauche keine förmlichen Titel in meinem Haus.«

Eliot nickte.

Thea arbeitete fleißig und nähte alle offenen Stellen an seinem Bauch. Es gelang ihr, die schlimmste Stelle zuerst zu nähen, wobei Thor nicht aufwachte. Wie sie wusste, war dies kein gutes Zeichen.

»Papa, haben wir eine Rinderbrühe? Er wird wahrscheinlich kein Wasser trinken, aber wenn wir die Brühe in ihn hineinbekommen, wird das helfen.«

»Ja, ich hole etwas aus dem Topf über dem Herd. Mama hat einen Eintopf für heute Abend gekocht. Er ist noch nicht eingedickt, also denke ich, dass er ihm schmecken wird. Eliot, du musst gut aufpassen, während ich weg bin.«

Rasch hatte ihr Vater eine Schüssel mit Brühe geholt.

»Ich glaube, ich bin fertig, Papa. Wir werden abwarten, ob er wieder aufwacht. Mama hat einen Zaubertrank gegen die Schmerzen. Ich werde ihn suchen gehen.«

Sie wusch sich die Hände, drehte sich dann wieder um und war überrascht, als Thor den Kopf hob. Als er Eliot sah, begann er mit dem Schwanz zu wedeln und schlug gegen die Tischplatte.

»Er ist aufgewacht. Ihr habt ihn gerettet, Thea«, rief Eliot hocherfreut.

»Nein, noch nicht. Wir müssen ihn erst zum Fressen und Trinken bewegen.« Sie hielt dem

Hund die Schüssel so hin, dass er die Brühe aufschlabbern konnte, und im Nu hatte er sie vertilgt.

Sobald er dazu in der Lage war, versuchte er, aufzustehen, um sich jedoch sofort wieder hinzusetzen. Dann zwang er sich ein weiteres Mal auf die Beine.

»Das ist ein sehr gutes Zeichen«, meinte Thea. »Wir heben ihn vom Tisch. Wenn du magst, Eliot, kannst du dich auf den Boden setzen, und er wird den Kopf wahrscheinlich auf deinen Schoß legen.«

»Bevor du das tust«, rief eine Stimme hinter ihr, »erlaube mir bitte, dein Werk zu bewundern, Thea.« Ihre Mutter stand lächelnd hinter ihr und hielt einen winzigen Welpen im Arm.

»Mama? Ein Welpe?« Thea war schockiert, als sie sah, dass ihre Mutter einen frisch geborenen Welpen in den Händen hielt, dessen Augen noch geschlossen und dessen Fell feucht war. Er musste aus Torrians Wurf stammen.

»Seine Mutter hat keine Lust, ihn zu füttern, also habe ich beschlossen, diese Aufgabe zu übernehmen. Ich habe etwas Ziegenmilch mitgebracht, um den Winzling zu füttern. Vielleicht kann Eliot ihn für mich halten, während ich mir deine Arbeit anschaue.

Eliot kicherte, als sie ihm den Welpen mit einem Plaid darunter in die Arme legte. »Er ist so klein. Ich habe noch nie so ein Junges gesehen.«

Ihre Mutter sprach leise zu Thor, als sie sich ihm näherte, und er leckte ihr die Hand, als wollte er ihr die Erlaubnis erteilen. »Thea, deine Nähte sind besser als meine. Gut gemacht. Donnan, ich glaube, wir werden ihm noch eine Schüssel Brühe bringen.«

Thea blieb zurück und beobachtete alles, was vor sich ging. Willum kam hinter ihrer Mutter herein, und auch er begann, sich um Thor zu kümmern.

Sie hatte es geschafft. Und sie war stolz auf ihr Werk. Ihr Vater gab Thor die nächste Schale, und dann klopfte er ihr auf die Schulter.

»Gut gemacht, Thea. Du hast Thor das Leben gerettet, glaube ich. Und so gut, wie es deine Mutter getan hätte.«

»Habe ich das wirklich?«

»Ja, und meiner Ansicht nach hast du damit deine eigenen Worte widerlegt.«

Sie warf ihm einen verwirrten Blick zu. »Meine Worte?«

»Kannst du dich noch daran erinnern, dass du mir gesagt hast, du wärst nichts Besonderes? Hiermit hast du ganz sicher bewiesen, dass diese Worte falsch waren. Du bist in Wahrheit etwas sehr Besonderes.«

Sie errötete und umarmte ihren Vater. »Ich bin so froh, dass du wieder auf den Beinen bist, Papa.« Oft sagte ihr Vaters Dinge zu ihr, die sie ehrten und die sie in Erinnerung behalten sollte. Sie war noch nicht bereit, ihren Vater zu verlieren.

»Danke, Thea.« Eliot sah zu ihr auf, als wäre sie die Königin von Schottland.

Ein seltsames Gefühl der Zufriedenheit erfüllte sie, und ihr wurde plötzlich klar, was sie mit ihrem Leben anfangen wollte. »Mama, wirst du mich weiter unterrichten, damit ich dich unterstützen kann?«

»Nichts würde mir mehr Freude bereiten.« Ihre Mutter umarmte sie und sagte: »Und wir sind mit Willum einverstanden. Er hat mich auf seinem Weg um meine Zustimmung gebeten.«

Mehr Glück konnte ihr Herz nicht mehr vertragen. Wenn sich noch etwas ereignete, würde es sicher zerspringen. Sie war verliebt und glücklich.

Epilog

TORRIAN BETRAT DIE große Halle und blieb dann stehen, um abzuwarten, bis alle ihm ihre Aufmerksamkeit schenkten. Die Halle war wegen des Mittagsmahls voll, aber er hatte offensichtlich eine wichtige Ankündigung zu machen.

»Sei still«, raunte Eliot seinem neuen Freund Perrin zu, der neben Lorna saß.

Lorna hatte sich bei Liliana und ihren Zwillingsmädchen, die jetzt drei Sommer alt waren, sehr gut eingelebt. Sie verbrachte einen Großteil ihrer Zeit damit, mit den Kleinen zu spielen und beim Waschen der Kleidung zu helfen, die sie trugen. Sie hatte Thea erzählt, dass es viel schöner war, als sich unter einer Treppe zu verstecken, und noch viel schöner, als in dem Waisenhaus, in dem sie gewesen war.

Als es endlich still im Saal wurde, winkte Torrian Eliot zu sich.

»Ich?« Eliot deutete auf sich selbst, denn er konnte nicht glauben, dass das Oberhaupt des Ramsay Clans ihn zu sich nach vorne rief.

Torrian lächelte und sagte: »Aye, Eliot. Ich würde gerne mit dir sprechen.«

Eliot stand auf und stellte sich vor Torrian hin. »Aye, mein Laird.«

Torrian drehte ihn um und legte seinen Arm um Eliots Schultern, um sich der Gruppe zuzuwenden. »Ich möchte allen bekanntgeben, dass Eliot aufgrund seines Einsatzes für die Sicherheit meiner Nichte eine eigene Kammer im Bergfried verdient hat. Es ist ein kleines Kämmerchen, aber er hat sich das Recht verdient, dort zu schlafen, wo er im Winter warm bleiben kann. Außerdem ernenne ich ihn zu meinem stellvertretenden Zwingerführer. Wir haben einen neuen Wurf und bald einen weiteren, also werde ich seine Hilfe bei der Versorgung der neuen Welpen benötigen. Und natürlich darf sich Eliot sein eigenes Tier aussuchen.«

Der gesamte Saal brach in Beifall aus, Eliot errötete und blickte dann zu seinem Laird auf. »Wahrhaftig?«, flüsterte er. »Meine eigene Kammer?«

»Aye. Die hast du dir verdient. Du hast meine kostbare Nichte zweimal gerettet, und wir wissen nicht, was ohne dich geschehen wäre. Deine Kammer hat keine Feuerstelle, aber die erhitzten Steine am Fußende deines Bettes werden dich warm genug halten. Du wirst auch reichlich Decken haben, die du auf dein Bett legen kannst. Nimmst du deine neue Stellung an, Junge?«

»Aye, Sir«, antwortete Eliot.

»Ich bringe dich gleich dorthin. Und jetzt geh und iss zu Ende.«

Willum beglückwünschte Eliot, hielt aber inne, als er bemerkte, dass Onkel Logan Dyna und Maitland aufforderte, sich zu ihm in die Kabinettstube zu setzen. Willum ging mit ihnen und stellte sich hinter Dyna, in der Hoffnung, dass er die neuesten Nachrichten hören durfte.

Logan winkte sie alle herein, auch Thea, als sie in der Tür erschien. »Gut, gut. Ich werde euch allen erzählen, was ich gerade von dem Boten erfahren habe.«

»Fahre fort«, sagte Maitland. »Ich glaube nicht, dass das eine gute Nachricht ist.«

»Nein, das ist es nicht. Ihr werdet wieder von König Robert angefordert. Douglas tut sein Bestes, um das Grenzland vor den Engländern zu schützen, aber sie machen weiterhin Ärger. Ihm wurde berichtet, es sei eine große Gruppe von Berwick Castle auf der Suche nach Proviant aufgebrochen. Edward hat keine Nahrungsmittel geschickt, und sie sind alle am Verhungern. Ihr Plan ist es, eine Rinderzucht zu überfallen und so viele Tiere wie möglich nach Berwick zu treiben. Das dürfen wir nicht zulassen.«

»Er bittet also um unsere Hilfe?«, fragte Maitland.

»Aye. Er bittet euch, die Gegend abzusuchen. Findet diese Männer, bevor sie eine der Zuchtanlagen überfallen. Er möchte, dass ihr morgen aufbrecht. Keine Verzögerungen. Sir James Douglas rechnet mit unserer Hilfe. Stellt euren Trupp zusammen.«

Maitland wandte sich an Willum und Thea. »Seid ihr gewillt, euch uns anzuschließen?«

Willum warf Thea einen Blick zu und sie nickte. »Aye, wir werden dabei sein.«

»Wir nehmen vier weitere Kämpfer mit. Alaric, Eli, Tevis und Wenna. Ich will acht auf dieser Reise.«

»Seid auf eine Schlacht gefasst. Es wird eine große sein«, sagte Dyna und flocht ihren Zopf. »Ich habe sie letzte Nacht in meinem Traum gesehen.«

ENDE

www.keiramontclair.net

LIEBER LESER, LIEBE Leserin,
vielen Dank, dass Sie die Geschichte von Thea und Willum gelesen haben. Das nächste Buch, an dem ich gerade arbeite, ist das letzte Buch der Reihe und handelt von Elisant Ramsay, der jüngsten Tochter von Gavin und Merewen, und Alaric Grant, dem jüngeren Sohn von Jamie und Gracie.

Diese Geschichte führt uns zur Schlacht von Skaithmuir. Sie hat wirklich stattgefunden und Sir James Douglas seinen Spitznamen »der schwarze Douglas« eingebracht. Sie werden ihn in der Geschichte kennenlernen. Die Schlacht findet eigentlich im Winter statt, aber ich habe sie ein paar Monate vorverlegt, da dies Fiktion ist. Ich spiele ein bisschen mit der Geschichte. Ja, das gebe ich gerne zu.

Dieses letzte Buch wird die beiden Clans wieder miteinander verbinden, so wie es im zweiten Buch mit Brenna Grant und Quade Ramsay geschehen ist. In dieser Serie geht es um die dritte Generation der Ramsays, so wie es sich bei den Highlandschwertern um die dritte Generation der Grants handelt. Allerdings wird Logan Ramsay am Ende dieses Buches nicht sterben.

Aber er ist eine wichtige Figur in dieser Geschichte. Sie ist noch nicht abgeschlossen, sondern in Arbeit.

Das wird das achte Buch sein, der letzte Teil dieser Serie. Ich hoffe, meine Muse lässt mich eine Weihnachtsnovelle ersinnen, die dann das neunte Buch wäre, doch das steht noch nicht fest.

Viel Spaß beim Lesen!

Keira Montclair
www.keiramontclair.com

WEITERE BÜCHER VON KEIRA MONTCLAIR

DIE CLAN GRANT-SERIE
#1-BEFREIT VON EINEM HIGHLANDER-
Alex und Maddie
#2-HEILUNG EINES HIGHLANDER-
HERZENS-
Brenna und Quade
#3-LIEBESBRIEFE AUS LARGS-
Brodie und Celestina
#4-AUFSTIEG IN DIE HIGHLANDS-
Robbie und Caralyn
#5-DAS KNISTERN DER HIGHLANDS
-Logan und Gwyneth
#6 -MEINE VERZWEIFELTER
HIGHLANDERIN-
Micheil und Diana
#7- DER HELLSTE STERN DER
HIGHLANDS-
Jennie und Aedan
#8-HIGHLAND HARMONIE-
Avelina und Drew

DER HIGHLAND CLAN
LOKI aus den Highlands – Buch Eins
TORRIAN aus den Highlands – Buch Zwei
LILY aus den Highlands – Buch Drei
JAKE aus den Highlands– Buch Vier

ASHLYN aus den Highlands– Buch Fünf
MOLLY aus den Highlands– Buch Sechs
JAMIE UND GRACIE aus den Highlands –
Buch Sieben
SORCHA aus den Highlands – Buch Acht
KYLA aus den Highlands – Buch Neun
BETHIA aus den Highlands – Buch Zehn
LOKIS WINTERREISE – Buch Elf
ELIZABETH aus den Highlands

DIE BANDE DER COUSINS
1-Highland Rache
2-Highland Entführung
3-Highland Vergeltung
4-Highland Lügen
5-Highland Stärke
6-Highland Verehrung
7-Highland Treue
8- Highland Kraft

HIGHLAND HEILERINNEN
Der Fluch von Black Isle
Die Hexe von Black Isle
Die Geißel von Black Isle
Die Geister von Black Isle
Das Geschenk von Black Isle

HIGHLANDSCHWERTER
DER VERRAT DER SCHOTTIN
DIE SCHOTTISCHE SPIONIN
DIE JAGD DES SCHOTTEN
DIE PRÜFUNG DES SCHOTTEN

DIE TÄUSCHUNG DES SCHOTTEN
DER ENGEL DER SCHOTTEN

HIGHLAND JÄGER
Der Konflikt der Schotten #1
Der Verräter der Schotten #2
Der Behüter der Schotten #3
Der Schwur des Schotten #4
Die Bestimmung des Schotten #5
Die Warnung des Schotten #6
Die Abrechnung des Schotten #7

WEITERE BÜCHER
DIE VERBANNUNG DES HIGHLANDERS
FLUCHT IN DIE HIGHLANDS

DIE CHRONIK DER SEELENVERWANDTEN
Einem Highlander vertrauen
Einem Schotten vertrauen
Einem Anführer vertrauen

TRILOGIE SHAWS UND MACROBS
Buch 1 Highland Fehde / Emma Prince
Buch 2 Highland Verführung / Cecelia Mecca
Buch 3 Highland Geheimnisse / Keira
Montclair

ÜBER DIE AUTORIN

KEIRA MONTCLAIR IST das Pseudonym einer Autorin, die mit ihrem Ehemann in South Carolina lebt. Sie schreibt aufregende historische Romane, oft mit Kindern als Nebenfiguren.

Wenn sie nicht schreibt, verbringt sie gern Zeit mit ihren Enkelkindern. Sie hat als Highschool-Mathematiklehrerin, als Krankenschwester und als Büroleiterin gearbeitet. Sie liebt Ballett, Mathematik und Rätsel, lernt gern neue Dinge und hat Spaß am Erschaffen neuer Figuren, in die sich ihre Leser verlieben können.

Sie ist erst mit ihrem Werk zufrieden, wenn ihre Leser Tränen über ihre Geschichten vergießen, aber zum Schluss gibt es immer ein Happy End!

Ihre Bestseller-Reihe ist eine Familiensaga, die das Leben zweier mittelalterlicher schottischer Clans über drei Generationen hinweg verfolgt und mittlerweile über dreißig Bücher umfasst.

Kontaktieren Sie sie über ihre Website: www. keiramontclair.net.